가장 완전하게 만든

MOOMIN

Labora et amare.

일과 사랑

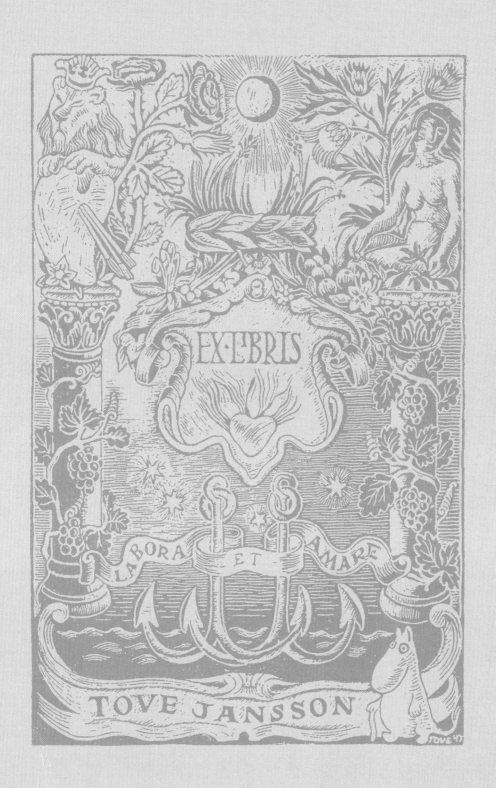

EX·L·BRIS

LABORA ET AMARE

TOVE JANSSON

가장 완전하게 만든

MOOMIN

초판 1쇄 발행일 2018년 8월 20일

글 필립 아다, 프랭크 코트렐 보이스 | 옮김 김옥수 | 펴낸이 유성권 | 편집장 심윤희 | 편집 송미경, 김세영, 김송이

표지 디자인 이수빈 | 본문 디자인 원상희 | 마케팅 · 홍보 김선우, 김민석, 박희준, 문영현, 김애정

관리 · 제작 김성훈, 박혜민, 장재균 | 펴낸곳 ㈜이퍼블릭 | 출판등록 1970년 7월 28일(제1-170호)

주소 07995 서울시 양천구 목동서로 211 범문빌딩 | 전화 02-2651-6121 | 팩스 02-2651-6136

홈페이지 www.safaribook.co.kr | 카페 cafe.naver.com/safaribook

블로그 blog.naver.com/safaribooks | 페이스북 facebook.com/safaribookskr

ISBN 979-11-6057-344-2 03840

The Moomins : The World of Moominvalley

First published 2017 by Macmillan Children's Books, an imprint of Pan Macmillan,

a division of Macmillan Publishers International Limited.

ⓒ Moomins Characters™

Korean translation ⓒ 2018 Epublic(Safari).

This edition is published by arrangement with Macmillan Publishers International Ltd and

KidsMind Agency, Korea. All rights reserved.

이 책의 한국어판 저작권은 키즈마인드 에이전시를 통해 Macmillan Publishers International Ltd와 독점 계약한

㈜이퍼블릭(사파리)에 있습니다. 신 저작권법에 의해 한국 내에서 보호를 받는 저작물이므로 무단 전재와 복제를 금합니다.

* 이 도서의 국립중앙도서관 출판시도서목록(CIP)은 서지정보유통지원시스템 홈페이지(http://seoji.nl.go.kr)와
  국가자료공동목록시스템(http://www.nl.go.kr/kolisnet)에서 이용하실 수 있습니다. (CIP제어번호 : CIP2018011426)

* 이 책의 내용 일부 또는 전부를 재사용하려면 반드시 저작권자와 ㈜이퍼블릭 양측의 동의를 얻어야 합니다.

* 사파리는 ㈜이퍼블릭의 유아 · 아동 · 청소년 출판 브랜드입니다. * 참고 도서 : 소년한길 〈즐거운 무민 가족〉 시리즈

KC마크는 이 제품이 공통안전기준에 적합하였음을 의미합니다.

제조자명 : MACMILLAN   제조국명 : 중국

수입자명 : ㈜이퍼블릭(사파리)   사용 연령 : 8세 이상

종이에 베이거나 모서리에 다치지 않게 주의하세요.

가장 완전하게 만든
MOOMIN

글 필립 아다 · 프랭크 코트렐 보이스 | 옮김 김옥수

❀ 차례 ❀

머리말

글 프랭크 코트렐 보이스

《가장 완전하게 만든 MOOMIN》은 꾸며 낸 이야기지만 이 이야기가 탄생한 나라인 핀란드는 실제로 있답니다. 눈부시게 하얀 겨울이 지나면 봄이 머뭇머뭇 찾아오고, 여름은 재미난 일로 가득한 곳이에요. 멋진 풍경으로 둘러싸인 집에는 예쁜 벽난로가 있고, 디딤돌처럼 점점이 흩어져 있는 수많은 섬들이 저녁노을에 물들어 가는 모습을 떠올리면 될 거예요. 어릴 적에는 이 책의 작가인 토베 얀손과 무민 골짜기 모두 상상 속에서만 존재한다고 생각했어요. 핀란드를 판타지 마법의 나라 '나니아'처럼 가상의 세계로 여긴 거지요. 나중에 알고 보니 핀란드는 실제로 존재하는 나라이고, 토베 얀손도 실존 인물이었어요.

토베 얀손은 핀란드의 수도 헬싱키와 바닷가의 조그만 섬을 오가며 살았다고 해요. 하지만 그 외에는 알려진 게 거의 없어요. 나이, 삶, 경력, 성별, 생김새 등 그 어떤 것도 알 수 없었지요. 그래서 처음엔 작가 이름을 어떻게 읽어야 하는지도 몰랐답니다. 작가의 존재가 신비로운 만큼 이름도 낯설었어요. 그래서 토베를 '토플'이나 '토프트'라고 읽기도 했지요. 그러다 세월이 한참 흐른 뒤에 핀란드 그림책을 훑어보다가 '링스 보아'라는 놀라운 그림을 발견했어요. 바로 토베 얀손이 자신의 모습을 그린 자화상이었어요. 그 순간 수호천사와 맞닥뜨린 것 같아 숨이 턱 막혔지요.

그제야 토베 얀손이 어떻게 생겼는지 알게 되었어요. 마치 복슬복슬한 모피 목도리를 휘감고 눈꼬리가 날카롭게 올라간 야생 동물 같은 모습이었어요. 토베 얀손도 무민 골짜기에 사는 친구들처럼 생겼던 거예요! 꼭, 꼬마 미이 같았지요.

무민 골짜기는 보편적으로 그려지는 마법의 나라와 달라요. 누구나 어른이 되어 가면서 앨리스의 '이상한 나라'와 '나니아'도, 《반지의 제왕》의 '중간계'와 마법사가 나오는 '어스시'도 모두 책 속 허구의 세계라는 사실을 인정하게 되지요. 하지만 무민 골짜기에 사는 무민 가족과 이웃, 친구들 그리고 그들의 여러 생활 양식 등은 우리 현실과 밀접한 관련이 있어요.

예를 들면 잘난 척하는 헤물렌, 신경이 예민하고 날카로운 필리용크, 수줍어하는 우디, 걱정 많은 사향뒤쥐, 척척박사 스노크 같은 캐릭터들은 실제로 우리 주변에서 흔히 볼 수 있어요. 동화 속 수많은 등장인물들이 사회 계층이나 인종, 직업 등으로 갈리는 경향이 있는 반면, 무민 골짜기에서는 인물의 다양한 성격과 생각, 행동 원칙에 따라 나뉘지요. 마치 인간의 마음을 지도 위에 정리한 것처럼 말이에요. 나는 어릴 적에 스너프킨처럼 되고 싶었지만, 결국 아빠 무민처럼 되고 말았어요. 가끔 헤물렌과 비슷할 때도 있고요.

잔치

토베 얀손은 행복한 장면을 아주 포근하고 정감 있게 잘 그리는 작가예요. 《마법사의 모자와 무민》 마지막 이야기에서 홉고블린 마법사가 왕의 루비를 탐내며 무민네를 찾아왔을 때 무민 가족은 잔치를 열어요. 환한 달밤, 아이들은 종이 등불에 걸린 나뭇가지 밑에서 식탁 주변을 요리조리 기어 다니지요. 홉고블린 마법사는 무민 가족의 다정한 모습에 결국 마음을 풀어요. 흥겨운 잔치는 누구든 한없이 착하게 만들거든요.

집

무민 골짜기의 이웃과 친구들은 누구나 무민네 집에서 살 수 있어요. 모두 종(種)이 다르고 그래서 식성과 생활 방식도 다르지만, 한 지붕 밑에서 행복하게 살지요. 겨울이 되면 무민 가족은 겨울잠을 자는 반면, 스너프킨은 따뜻한 남쪽 마을을 찾아 천막을 치며 곳곳을 떠돌아다녀요. 한집에 정착해 사는 무민 가족은 어쩌다 가끔 멀리 모험을 떠나지만, 겨우내 모험을 떠나는 스너프킨은 봄이 오면 다시 무민 골짜기로 돌아와 무민네 집 창문 아래에서 휘파람으로 무민트롤을 부르지요. 평범한 무민네 집은 가족이 온 마음을 다해 서로 사랑하고 용서하며 살아가는 독특한 공간이랍니다.

무민 가족과 친구들은 서로를 무척이나 아끼며 살아가지만 때때로 가족을 두고 모험을 떠나요. 하지만 늘 함께하지 않는다고 해서 마음까지 멀어지는 건 아니랍니다. 《마법사의 모자와 무민》에는 무민트롤이 홉고블린의 마법 모자 속에 숨었다가 나오고부터 낯선 모습으로 변하는 이야기가 담겨 있어요. 어떤 친구도 자신을 알아보지 못하자, 무민트롤은 크게 실망했어요. 엄마 무민 역시 처음엔 겁에 질린 눈으로 무민트롤을 가만히 바라보았지만, 이내 "네가 어떻게 변해도 나는 널 알아볼 수 있어."라고 말하지요. 부모님이라면 누구나 그럴 거예요. 진심은 어떤 상황에서든 통하거든요.

천재지변

무민 골짜기는 결코 평화롭거나 안전하지 않아요. 화산이 폭발하고, 혜성이 떨어지고, 홍수가 골짜기를 집어삼키기도 해요. 무민 시리즈의 시작을 알린 《무민 가족과 대홍수》는 제2차 세계대전이 끝날 즈음에 출간되었는데, 그 때문인지 책 곳곳에 전쟁 분위기가 물씬 풍겨요. 길거리에는 뿔뿔이 흩어진 무민 가족과 친구들 그리고 집을 잃고 이리저리 헤매고 다니는 해티패트너들로 가득하지요. 하지만 무민 가족은 여기저기 위험이 도사리는 골짜기에서 매일 아침 팬케이크를 굽고 커피를 끓이는 지극히 평범한 일상을 살아가요. 전쟁 중에도 친구와 이웃에게 늘 다정하고 친절하지요. 남의 집에 멋대로 들어와 지내는 떠돌이들에게조차 필요한 물건을 아낌

없이 내주고 어려운 현실을 함께 극복하고자 하는 무민 가족의 따뜻한 마음과 긍정적인 삶을 들여다보면 누구라도 살아가는 데 큰 힘을 얻을 거예요.

몇 년 전에 담쟁이덩굴 하나가 벽에 난 구멍을 타고 부엌으로 들어온 적이 있었는데, 차마 잘라 내지 못했어요. 엄마 무민이 덩굴풀을 홉고블린의 마법 모자에 넣어 둔 바람에 무민네 집이 온통 **빽빽**한 덩굴들로 뒤덮여 정글로 변한 이야기가 떠올랐기 때문이에요. 이것이 바로 무민 가족이 살아가는 방식이에요. 자신에게 주어진 환경에 순응하고 자신과 다르더라도 함께 어울리려고 노력하지요. 토베 얀손은 어떻게 이러한 마법을 부렸을까요? 마법은 특별한 게 아니에요. 따뜻하고 진심이 가득한 마음에서 비롯되는 거랍니다.

토베 얀손은 사랑하는 어머니가 돌아가시자 자신의 무너진 마음을 고스란히 담아 《무민 골짜기의 11월》을 썼어요. 어머니를 향한 그리움과 외롭고 슬픈 감정에 관한 이야기였지요. 어머니를 그리워하는 딸의 마음은 많은 공감을 얻어 독자들의 뜨거운 호응을 불러일으켰고 큰 감동을 선사했어요.

토베 얀손은 무민 가족의 이야기를 통해 핀란드라는 나라에 대한 호기심을 일깨워 주고, 핀란드 사람들의 삶에도 신비로운 마법 같은 일들이 가득하다는
사실을 독자들에게 생생하고 흥미진진하게
알려 주었답니다.

Frank Cottrell Boyce

이 책을 읽기 전에

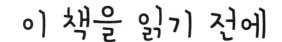

글 필립 아다

〈무민 가족〉 시리즈처럼 독특한 이야기도 참 드물 거예요. 특히 무민 이야기는 아동 문학으로 한정되지 않아서 어린이들만 읽는 책은 아니에요. 전 세계적으로 아이와 어른 할 것 없이 다양한 연령의 독자들이 좋아하지요. 어린이들은 꼭 끌어안고 싶을 만큼 폭신폭신한 무민의 외모와 깜찍하면서도 소박한 캐릭터들을 참 좋아해요. 또 어른들은 아름다운 금빛을 두른 엄마 무민의 꽃밭에 감탄하고, 크리스마스트리에 장식했던 별로 특별한 메달을 만드는 모습에 흐뭇해해요. 무엇보다 아무 대가도 바라지 않고 선뜻 도움의 손길을 내미는 무민 가족 이야기와 서로 사랑하고 이해하려고 애쓰는 그들의 세상에 모두 환호하지요. 핀란드 동화 작가이자 위대한 예술가인 토베 얀손이 따뜻한 마음으로 쓰고 그린 무민 골짜기의 세상에서는 누구나 무민 가족이 될 수 있고, 무민네 손님으로 초대받을 수도 있답니다.

토베 얀손은 시대를 앞서가는 생각과 인류애를 바탕으로 세상을 바라보았어요.
그리하여 작고 보잘것없는 동물이나 외로운 생물들을 무민 골짜기의 세상에 그
려 냈어요. 오늘날 인간의 꿈과 희망, 슬픔과 두려움을 꿰뚫어 보고 이를 무민 골짜기의 생명
체들을 통해 생생하게 이야기했지요. 척박한 환경 속에서도 더불어 살아가는 무민 가족과 친
구들의 더없이 따뜻하고 사랑스러운 마음이 독자에게 전해지길 바라면서요.

Philip Ardagh

❋ 작가 노트 ❋

이 책의 앞부분에서는 무민 골짜기와 그곳에서 살아가는 다양한 생명체들에 대해 들려주고,
뒷부분에서는 무민 가족 이야기를 탄생시킨 위대한 작가, 토베 얀손의 모든 것을 소개할 거예요.

등장인물 : 무민 골짜기의 중요한 등장인물들을 이 책에 모두 담았어요. 그중에는 여러분에게 낯선
인물도 있겠지만 걱정하지 마세요! 맨 뒷장에 '등장인물 찾아보기'가 있으니, 필요할 때마다
살펴보면 돼요. 또한, * 표시는 유익하고 흥미진진한 해설을 덧붙였다는 뜻이니 꼭 읽어
보세요.

이름 : 무민 골짜기에서 살거나 멀리서 찾아오는 등장인물들은 대부분 생물의 고유한 종 이름을 그대로
불러요. '헤물렌', '필리용크' 그리고 '무민'처럼 말이에요.

출처 : 책 내용은 〈무민 가족〉 시리즈 전 8권에서 모두 뽑아냈어요. 연재만화와 동화《무민 가족과
대홍수》는 〈무민 가족〉 시리즈와 분위기가 크게 다르다는 평이 많아서 넣지 않았어요.

삽화 : 독자 여러분의 눈을 즐겁게 하고 엄마 무민의 소풍 음식처럼 맛나게 하려고, 형식에 얽매이지
않고 재미나게 구성했어요. 눈썰미가 좋은 독자는 이 책에 인용한 구절과 삽화가 〈무민 가족〉
시리즈 내용과 약간 다르다는 걸 알아챌 거예요. 하지만 그건 이 책의 메시지를 아름답게 살리기
위한 장치라는 걸 알아 주면 좋겠어요.

무민 가족을 찾아서

무민을 제대로
알아보는 방법

생김새

무민은 온순하고 수줍어하는
성격에 키가 작고 몸이 통통하
며 귀가 조그마해요. 행여나 운 좋
게 무민을 만난다면 커다란 둥근 코가 제일 먼
저 눈에 띌 거예요. 일단은 그냥 '그 코'라고 해 두지요.
여러분에게 무민을 만나는 행운이 따른다 해도, 그게 남성 무민일지 여성 무민일지 모르기 때
문이에요. 무민 가족 가운데 아빠 무민이 지나가거든 한번 살펴보세요. 분명, 머리에 중절모
를 썼을 거예요. 그리고 엄마 무민은 근사한 손가방을 꼭 들고 다니지요. 한번은 엄마 무민이
손가방을 들고 있지 않아 아빠 무민이 못 알아본 적도 있답니다.

코를 이야기하다 옆으로 샜네요.

덩치가 크든 작든 수줍어하든 그러지 않든, 무민의 코는 다른 신체
부위와 비교해서 유난히 크고 둥근 편이에요. 어떤 사람들은 하마
코랑 비슷하다고도 해요. 새하얀 짧은 털로 덮인 부드러운 가죽이
무민의 통통한 몸과 코까지 감싸 주었다고 생각하면 되지요. 털이

복슬복슬한 부위는 꼬리 끝이 전부이지만, 가끔 두 귀 사이로 털이 비죽비죽한 무민도 있답니다.

무민이 살고 있는 북쪽 지방은 춥고 눈이 많이 내려요. 그래서 다들 털이 새하얀 무민이 눈 속에 숨으면 아무도 못 찾을 거라고 여기지요. 맞아요, 무민이 눈에 파묻히면 아무도 못 찾을 거예요. 하지만 실제로 그럴 일이 있을까요? 무민은 겨우내 겨울잠을 자거든요. 맛있는 솔잎으로 배를 가득 채운 뒤 자기 집에 편히 누워서 봄이 올 때까지 아주 오랫동안 자고 또 잔답니다. 물론 예외는 있어요. 어느 겨울밤, 무민트롤이 혼자 잠에서 깨어나 침대에서 벌떡 일어났을 때처럼요.(무민 골짜기의 동물들이 모두 그렇듯 무민도 두 다리로 똑바로 일어서서 다녀요.) 참, 무민트롤의 입 모양에 대해서는 딱히 뭐라고 설명할 수 없어요. 코가 워낙 커서 입이 잘 보이지 않거든요.

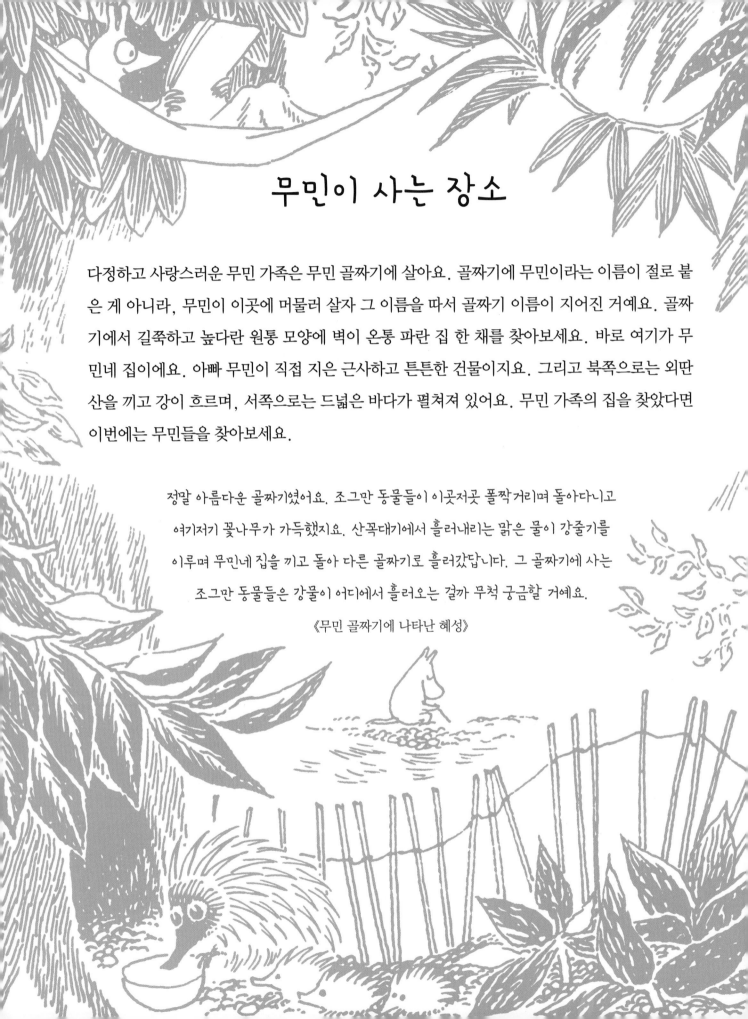

무민이 사는 장소

다정하고 사랑스러운 무민 가족은 무민 골짜기에 살아요. 골짜기에 무민이라는 이름이 절로 붙은 게 아니라, 무민이 이곳에 머물러 살자 그 이름을 따서 골짜기 이름이 지어진 거예요. 골짜기에서 길쭉하고 높다란 원통 모양에 벽이 온통 파란 집 한 채를 찾아보세요. 바로 여기가 무민네 집이에요. 아빠 무민이 직접 지은 근사하고 튼튼한 건물이지요. 그리고 북쪽으로는 외딴 산을 끼고 강이 흐르며, 서쪽으로는 드넓은 바다가 펼쳐져 있어요. 무민 가족의 집을 찾았다면 이번에는 무민들을 찾아보세요.

정말 아름다운 골짜기였어요. 조그만 동물들이 이곳저곳 폴짝거리며 돌아다니고
여기저기 꽃나무가 가득했지요. 산꼭대기에서 흘러내리는 맑은 물이 강줄기를
이루며 무민네 집을 끼고 돌아 다른 골짜기로 흘러갔답니다. 그 골짜기에 사는
조그만 동물들은 강물이 어디에서 흘러오는 걸까 무척 궁금할 거예요.

《무민 골짜기에 나타난 혜성》

무민네 집에 가면 아빠 무민과 엄마 무민 그리고 무민트롤을 쉽게 찾을 수 있을까요?
흐음, 글쎄요. 무민 가족은 모르는 이웃이 찾아와도 정성껏 대접하고, 친구들을 초대해
잔치를 여는 걸 아주 좋아해요. 그래서 집에는 늘 스니프, 스너프킨, 밈블 딸, 꼬마 미이 같은
손님들로 가득하고 가끔은 필리용크와 헤물렌 같은 이웃들도 찾아와 북적북적하답니다. 아마
친구와 이웃들 틈에서 무민 가족을 겨우 찾을 수 있을걸요.

무민트롤의 엄마, 아빠는 새 친구가 찾아오면
언제나 느긋하게 맞이해 주었어요. 방에 침대를
하나 더 들이거나 식탁에 잎사귀 쟁반을
하나 더 놓으면 되거든요.

《마법사의 모자와 무민》

그런데 아무리 뒤져도 무민 가족이 보이지 않는다면, 부두로 이어지는 바닷가로 나가 보세요.
무민 가족은 세찬 바람에도 꺼지지 않는 석유등이 타오르는 '모험호'를 타고 여행하는 걸 좋아
하거든요. 무민 가족 모두 바다를 좋아하지만, 특히 아빠 무민은 종종 배를 타고 바다로 나가
모험을 즐겨요. 그래서 무민 가족은 툭하면 친구들과 함께 바다로 떠난답니다.

누군가가 무민 골짜기 주변에서 숨
바꼭질을 하는 것 같은 기분이 들면,
물놀이 오두막에 있는 붙박이장을
꼭 열어 보세요. 바람이 조금 빠진
물놀이용 고무 헤물렌 인형이 있는
그 붙박이장 말이에요. 잠깐! 장
을 열 때 보이지 않는 작은 뒤쥐
여덟을 조심하세요. 물론 쉽지
는 않겠지만요.

무민을 언제 만나러 갈까?

무민을 만나기에 가장 좋은 계절은 봄과 여름이에요. 무민 가족이 집 밖으로 나와 정원과 숲, 바닷가를 돌아다니거든요. 무민은 따사로운 햇살을 좋아해서 겨우내 봄날이 어서 오기만 기다린답니다. 무민들이 겨울잠에서 깨어나면 봄맞이 준비를 시작하고, 날이 무더워지는 여름이면 강가에서 물을 찰방거리며 신나게 놀아요.

"이제 깨어났어!"
스노크메이든이 기뻐하며 외치자,
무민트롤은 자신의 커다란 코를
스노크메이든 코에 다정하게 문지르며
대답했어요. "봄날이 온 거야."
《무민 골짜기의 겨울》

그러니까 겨울에 무민을 찾아봐야 소용없을 거예요. 침대에서 곤하게 자는 모습만 물끄러미 쳐다보고 싶은 게 아니라면 말이지요. 무민은 11월에서 4월까지 내내 잠만 자거든요. 무민트롤은 엄마 무민이랑 아빠 무민과 함께 거실에 모여서 깊은 잠에 들어요. 푹신한 누비 이불을 덮고서 한겨울 내내 곤하게 자다가 봄이 오면 깨어나지요. 아마 대부분의 무민들이 이렇게 겨울잠을 잘걸요.

성격과 습관

무민은 무척이나 귀여운 생김새만큼 마음씨가 착하고 친절하며 붙임성도 좋아요. 또한 통통 튀는 개성으로 친구를 잘 사귀고 함께 어울리지요. 하지만 무민의 조상들은 성격이 전혀 다를지도 몰라요. 그러니 무민네 벽난로 안에 사는 나이 많고 털도 수북한 무민트롤 조상과 마주친다면 조심해야 해요. 무민트롤 조상만 아니라면, 어떤 무민이든 집에 찾아온 손님을 반갑게 맞이할 거예요. 낯선 손님이 무턱대고 찾아오거나 개구쟁이들이 집 안을 온통 어지럽혀도 정성껏 대접할 테지요. 무민 가족의 친구들인 꼬마 미이, 투티키, 스니프 등도 무민 집에 손님으로 머물다가 함께 살게 된 것이랍니다.

무민은 모험을 즐기고 재미난 놀이를 좋아하며, 짓궂은 장난도 마다하지 않아요. 한번은 무민트롤과 스니프가 사향뒤쥐 침대에 머리 솔빗을 갖다 놓은 적이 있어요. 그때 사향뒤쥐가 얼마나 골을 냈다고요. 또 무민은 시끌벅적한 잔치를 좋아해요. 잔치가 열리면 음악에 맞춰 춤추고, 옹기종기 모여서 놀이를 하거나 맛있는 음식을 잔뜩 먹는답니다.

> "아, 맛있는 걸 먹고 마시고 온갖 이야기를 나누며
> 신나게 춤추는 일이 얼마나 멋지다고요!"
> 《마법사의 모자와 무민》

행여나 무민 가족과 둘러앉아 식사하는 행운을 누린다면,
무민의 식사 예절이 아주 훌륭하다는 사실을 알게 될 거예요.

무민은 함께 모여 군것질할 때는 물론 식사한 다음에도
서로에게 고마워한답니다. 예의 바른 걸 좋아하거든요.
《무민 골짜기의 여름》

무민이 먹는 음식

무민이 좋아하는 음식은 아주 다양하고 종류도 무지무지 많아요.

❋ **팬케이크** : 거대한 물고기 마멜루크를 잡는 미끼로 써도 좋아요.

❋ **배로 만든 잼** : 스니프가 특히 좋아한답니다. 냄비 바닥까지 핥아 먹는다니까요.

❋ **오트밀 죽** : 무대 쥐 엠마는 이걸 좋아하지 않아요.

❋ **딸기 주스** : 홉고블린의 마법 모자에서
쏟아지는 딸기 주스만 좋아하는 게
아니라고요.(자세한 이야기는 190쪽에서
확인하세요.)

❋ **커피** : 두말하면 잔소리지요!

❋ **건포도 푸딩** : 동굴로 피신해 있을 때 비상식량으로 최고예요!

❋ **설탕 · 달걀 · 밀가루 · 호두 · 아몬드를 섞어 만든 돼지 모양의 과자** : 무민
골짜기에는 실제로 돼지가 살지 않지만, 스니프가 사향뒤쥐한테 돼지처럼
잔다고 한 적이 있어요.

❋ **솔잎** : 무민들은 겨울잠을 자기 전에 솔잎으로 배를 가득 채워 두어요.

무민 골짜기

"여긴 세상에서 가장 아름다운 골짜기예요."

《무민 골짜기에 나타난 혜성》

북쪽의 어느 깊은 숲, 외딴 산과 바다 사이에 무민 골짜기라는 마법 같은 마을이 있어요. 무민 가족은 이곳에서 스너프킨과 스노크, 필리용크와 헤물렌 그리고 바다 괴물 등 여러 생명체와 더불어 살아간답니다. 무민 골짜기에 봄이 오면 생기가 넘쳐흘러요. 수다쟁이 참새가 아침부터 저녁까지 조잘조잘 노래하고, 뻐꾸기는 뻐꾹뻐꾹 울면서 봄이 왔다고 알려 주지요. 꽃을 피울 준비를 마친 소나무와 배나무, 은빛으로 빛나는 미루나무도 우뚝 서 봄을 맞아요. 탐스러운 꽃송이들이 봉오리를 활짝 벌리고, 솜털 같은 초록 풀들이 쑥쑥 자라며, 초여름 무렵 땅거미가 지면 개똥벌레가 반딧불을 밝히지요.

산꼭대기에 오르자 서쪽에는 바다가, 동쪽에는 외딴 산을
휘돌아 흘러가는 강이, 북쪽에는 녹색 양탄자처럼 울창한 숲이 펼쳐져 있고,
남쪽에는 무민트롤네 굴뚝에서 연기가 뭉게뭉게 피어오르고 있었어요.
엄마 무민이 아침 식사를 준비하고 있었거든요.

《마법사의 모자와 무민》

26

무민 골짜기
지도

강바람이 안개가 자욱이 낀 외딴 산을 타고 골짜기를 스쳐 지나가요. 예전에 무민트롤이 급한 볼일이 있어 스니프와 함께 뗏목을 몰고 강을 따라 떠내려간 적이 있어요. 외딴 산 높은 봉우리에 세워진 천문대 관측소를 찾아가 무민 골짜기를 덮칠지도 모르는 혜성에 대해 물어보기 위해서였답니다.

스너프킨과 무민트롤은 졸졸 흐르는 강물 위 나무다리를 흔들면서

나란히 앉아 있었어요. 다리 밑으로 흐르는 강물은 스너프킨이 홀로 떠나고 싶어 하는

낯설고 새로운 곳으로 흐르고 또 흘렀답니다.

《마법사의 모자와 무민》

나무다리는 아빠 무민이 만들었어요. 여러 개의 널빤지를 이은 다음 강 양쪽 끝에 걸쳐서 완성했지요. 나무다리는 외바퀴 손수레가 간신히 지날 정도로 너비가 아담하답니다. 무민트롤은 종종 그곳에서 느긋하게 시간을 보내요. 무민트롤이 다리 난간 아래로 몸을 기울여 강물을 물끄러미 쳐다보고 있으면, 스너프킨이 근처에 천막을 치곤 한답니다.

무민네 집은 라일락과 재스민 덤불 안쪽에 자리하고 있어요. 두 갈래 오솔길 가운데 하나는 집에서 바닷가로 곧장 이어지는데, 바닷가에는 무민 가족이 팔각기둥 모양으로 지은 낡은 물놀이 오두막이 있어요.

투티키는 겨울이 되면 물놀이 오두막에서 눈에 보이지 않는 작은 뒤쥐 여덟과 함께 생활해요. 무민 가족은 오두막 바로 앞 부두에 돛단배 '모험호'와 뗏목을 묶어 둔답니다. 이따금씩 배를 타고 머나먼 곳으로 훌쩍 모험을 떠났다가 친구들이 살고 있는 무민 골짜기로 다시 돌아오지요.

바다 너머 아주 먼 곳에는 해티패트너의 섬이 있어요. 거칠고 메마른 땅이 솟구쳐 올라 조그만 섬을 이루었지요. 해티패트너는 해마다 수백 수천씩 이곳으로 신비로운 순례를 떠난다고 해요.

무민네 집

"내 첫 번째 집은 작기는 해도 높고 날씬했어.
무민 집들이 으레 그렇잖아."

《아빠 무민의 모험》

무민네 집은 멀리서도 한눈에 잘 보여요. 벽이 둥그렇고
꼭대기가 뾰족한 높다란 집 한 채가 쭉 뻗어 있거든요. 집
모양이 꼭 흙을 빚어 만든 핀란드 전통 벽난로처럼 생
겼지요. 무민이 사는 집은 흔히 그렇듯 밝은 파란
색 벽인 데다, 뒤쪽으로 산과 숲이 펼쳐져 있어
눈에 확 띄어요. 집 뒤편에는 오복소복한 재스
민과 라일락 덤불, 배나무와 미루나무가 자라
고 그 사이로 완만한 비탈길이 나 있답니다.

이 집은 아빠 무민이 지었어요. 처음에는 이
층집이었는데, 나중에 한 층을 더 올리고 다락
까지 만들었지요. 새로운 가족과 손님들이 연거
푸 집에 들어앉았거든요. 몸집도 생김새도 다양한 친
구와 이웃들이 무민네 집에 들락날락해서 집 안이 늘
시끌벅적 붐빈답니다.

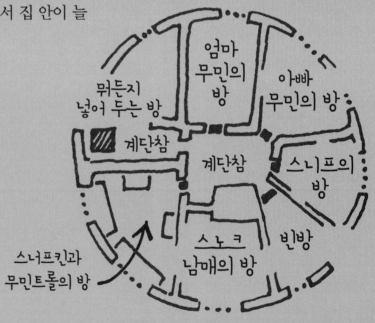

"땅이 있으면 집을 짓는 게 무민의 도리 아니겠어?
그래서 나도 직접 집을 짓기로 했지. 오롯이 나 혼자 힘으로 말이야!"

《아빠 무민의 모험》

"난 내 첫 번째 집을 믿기지 않을 만큼 빨리 지었어. 능력이 좀 뛰어나야 말이지.
게다가 난 기술과 정확한 판단력, 남다른 감각까지 타고났거든."

《아빠 무민의 모험》

아래층엔 거실, 부엌, 화장실, 손님방들이 있어요. 부엌에는 싱크대 밑의 아이가 살고, 거실 벽난로 안에는 털북숭이 무민트롤 조상이 살고 있지요. 위층에는 엄마 무민과 아빠 무민의 방, 스니프의 방, 스노크 남매의 방 그리고 스너프킨과 무민트롤의 방이 있어요. 스너프킨이 봄날에 야영이나 여행을 끝내고 무민네로 돌아오면 쓰는 방이에요. 모든 방에는 흙으로 높이 빚어 올린 집과 비슷한 모양의 벽난로가 있어서 아주 따뜻하답니다.

엄마 무민과 아빠 무민은 방을 따로 써요. 아침 일찍 일어나 해 뜨는 광경을 감상하는 엄마 무민은 동쪽 방을 쓰고 있어요. 반면 해 지는 저녁 하늘을 바라보며 낭만을 즐기는 아빠 무민은 서쪽 방을 쓴답니다. 방들은 하늘색과 노란색 그리고 점박이 무늬 등 하나같이 밝은색으로 꾸며져 있어요. 참 아늑하고 편안하겠지요? 어떤 방에는 창문 밖으로 밧줄 사다리를 내려, 손쉽게 드나들 수 있도록 했어요.

"느긋하게 쉬는 것만큼 좋은 건 없어.
평범하고 소박한 삶이 가장 소중하지."

《무민 골짜기의 11월》

베란다는 여럿이 만나서 대화하기 참 좋은 곳이에요. 무민 가족은 아침이면 이곳에서 커피를 마시고, 옆에 앉은 친구와 마주 보며 마음껏 수다를 떨어요. 다 함께 모여서 평화롭기 그지없 는 골짜기를 감상하며 깊은 생각에 잠기기에도 좋답니다.

정말 말로는 다 표현할 수 없는 밤이었어요. 이렇게 많은 걸 묻고 대답하고 감탄하고
포옹하면서 과일 펀치를 마실 수 있는 베란다는 세상 어디에도 없을 거예요.

《아빠 무민의 모험》

베란다에서 정원을 바라보고 있으면,
엄마 무민이 집안일에 얼마나 자부심을
느끼는지 알 수 있어요. 엄마 무민은 밭
에서 식구들이 먹을 채소를 키우거나 조
개껍데기를 꽃밭 주위에 둘러서 정원을
정성껏 꾸미지요. 커다란 연못 옆에는
아빠 무민이 나무 사이에 달아맨 해먹이

있어요. 사향뒤쥐는 물놀이를 하거나 케이크를 정신없이 먹을 때가 아니면 해먹에 누워서 천
천히 몸을 흔들며 깊은 명상에 잠기곤 한답니다.

무민네 집은 폭설에 파묻히기도 하고 거센 태풍
에 부서지기도 했어요. 또 홍수에 잠긴 적도 있
었지요. 그때마다 무민 가족은 피난을 떠나고
갖은 고생을 겪었지만, 그 집은 무민 가족에게
더할 나위 없이 소중한 터전이랍니다.

무민 골짜기가 나타났어요.
골짜기 한가운데에 자두나무와
미루나무에 에워싸인 파란색 무민네 집이
보였어요. 집은 떠날 적 모습 그대로
파랗고 평화롭고 근사했어요.

《무민 골짜기에 나타난 혜성》

무민 가족과
친구들

아빠 무민

아빠 무민은 무민트롤의 아빠이자 엄마 무민의 남편이에요. 가족을 너무나 사랑하고 가족을 지키려는 책임감이 강하지만 가끔은 혼자만의 공간에서 지내기도 해요. 일에 한번 빠지면 끝까지 해내는 편이고, 다른 이들에게 조언을 아끼지 않아요. 스스로를 철학적이라 여겨 삶의 굵직한 문제들에 대해 깊이 고민하지요. 사실, 아빠들이 다 그렇잖아요.

아빠 무민은 앞발을 쓰는 솜씨가 아주 훌륭해요. 무민네 집과 배를 직접 만들었을 뿐만 아니라 수리까지 하거든요. 그리고 아빠 무민은 구식을 좋아해요. 집안 살림은 엄마 무민에게 맡기는 데다, 옛날 중절모를 쓰고 지팡이까지 들고 다니거든요. 그럼 신사가 된 것 같은 느낌이 든대요. 가끔 꼬리를 주머니에 넣으면 멋져 보일 때도 있어요. 하지만 옷을 입을 일이 거의 없답니다.

아빠 무민은 다른 건 몰라도 자신의 모자만큼은 믿었어요. 모자는 까맣고 튼튼했지요. '엄마 무민이 아빠 무민에게'라는 글씨가 씌어 있어 다른 모자들 틈에서도 쉽게 찾을 수 있었어요.

《무민 골짜기의 친구들》

아빠 무민은 시간이 날 때마다 자신의 회고록을 쓰곤 해요. 어렸을 때 고아원을 떠나 모험을 펼치고, 엄마 무민을 만나 가정을 꾸리기까지의 파란만장한 삶에 관한 이야기예요. 한 꼭지를 다 쓰고 나면 늘 가족 앞에서 큰 소리로 읽어 주지요. 아빠 무민은 회고록을 책으로 내면 잘 팔릴 것이라고 굳게 믿고 있어요. 그 자신감은 대체 어디서 나오는 건지 알 길이 없지만요.

"앞으로 더욱 위대하고 훨씬 놀랍고도 새로운 모험들이 나를 기다릴 것이라는 믿음을 마음속에 품고서, 이제 회고록의 펜을 내려놓을까 한다."

《아빠 무민의 모험》

아빠 무민의 어린 시절

"헤물렌 아주머니, 앞으로 아주 멋진 일들이
나를 기다리고 있을 것 같습니다.
삶은 짧지만 세상은 넓으니까요."
《아빠 무민의 모험》

아빠 무민은 갓난아기 때 신문 꾸러미에 싸인 채 무민 고아원의 현관 계단에서 발견되었어요. 어린 시절을 고아원에서 보낸 아빠 무민은 청년이 되자 고아원 원장인 헤물렌 아주머니에게 편지 한 장을 남기고 고아원을 떠났어요. 이제부터 진짜 자신의 삶을 살아가기로 한 거예요. 아빠 무민은 드넓은 세상으로 나아가 새로운 곳을 발견하고 좋은 친구들도 만났어요. 처음 사귄 친구 호지킨스와 엉뚱한 일을 벌이거나 간이 오싹오싹해지는 모험도 했지요. 어찌 보면 아빠 무민이 스스로를 특별하게 생각하는 것도 무리는 아니에요. 실제로 아주 별나고 남다르게 살아왔거든요.

"처음으로 친구를 사귀고, 그때부터
진정한 내 삶이 새롭게 시작된 거야."
《아빠 무민의 모험》

"나는 그때 무엇 때문에 살 떨리는 추위와
칠흑 같은 어둠을 무릅쓰고 기어코 바닷가로 달려갔을까?
그것도 엄마 무민이 파도에 휩쓸려 우리 섬으로 밀려온 순간에!
무민들은 추위와 어둠을 싫어하는데 말이지."

《아빠 무민의 모험》

아빠 무민의 삶에서 가장 찬란했던 순간은 청년 시절, 폭풍이 몰아치는 바닷가에서 아름다운
여성 무민과 마주쳤을 때예요. 아빠 무민은 거친 파도 속에서 허우적대는 여성 무민을 향해 용
감하게 뛰어들어 구해 주었지요. 그 뒤로 아빠 무민의 삶은 송두리째 바뀌었어요. 둘은 곧 사
랑에 빠졌거든요. 그 여성 무민이 바로 엄마 무민이에요. 아빠 무민은 그 당시의 일을 극적이
면서도 화려한 필체로 회고록에 담았답니다.

"엄청난 재능과 설레는 마음이 하나로 모일 때가 있어.
나는 언제나 새로운 곳과 새로운 친구들을 동경해 왔거든."
《아빠 무민의 모험》

아빠 무민은 중년이 된 지금도 혈기가 넘쳤던 젊은 시절을 그리워하며 가족과 함께 훌쩍 모험
을 떠나기도 해요. 해티패트너의 섬이든 아무도 살지 않는 등대섬이든 배에 간단히 짐을 싣고
출발하면 그만이거든요. 엄마 무민과 무민트롤은 어디로 가는지도 모른 채 그저 아빠 무민을
따라가곤 해요. 사실, 아빠 무민조차 어디로 가는지 모를 때가 많아요. 그래도 괜찮아요. 언젠

가는 분명히 다시 무민 골짜기로 돌아올 테니까요.

아빠 무민은 종종 가족들에게 자신이 누구이고 어떤 삶을 살아왔는지 들려주어요. 수많은 시련을 이겨 낸 자신을 자랑스러워하면서 더 많은 도전에 맞서고 헤쳐 나갈 날을 손꼽아 기다린답니다. 멋진 모자를 쓰고 힘찬 발걸음으로 길을 나서는 아빠 무민을 보고 있으면 머지않아 흥미진진하고 새로운 모험이 펼쳐질 거라는 기대가 들지요.

새로운 꿈과 새날의 희망을 향한
문이 활짝 열렸어요.
누구나 바라는 것이 모두 이루어지는
새로운 문으로 들어설 수 있어요.
자신이 마다하지만 않는다면 말이지요.
《아빠 무민의 모험》

엄마 무민

엄마 무민은 온몸이 동글동글해요.
무릇 엄마란 이렇게 동글동글해야 하나 봐요.
《무민 골짜기의 11월》

엄마 무민은 가족은 물론이고 친구와 이웃까지 사랑으로 보살펴요. 뿐만 아니라 집안일을 돌보고, 정원도 멋지게 가꾸지요. 무민트롤과 친구들은 성격이 차분한 엄마 무민을 친근하게 대해요. 엄마 무민 역시 생쥐든 밈블이든 모두를 따뜻하게 품어 주지요. 또 모두의 생일을 잊지 않고 기억해 두었다가 생일을 맞은 주인공이 먹고 싶어 하는 푸딩을 직접 만들어 준답니다.

엄마 무민은 빨간색과 하얀색 줄무늬가 그려진 앞치마를 두르고 늘 바쁘게 집안일을 해요. 끼니때마다 가족에게 따끈한 음식을 차려 주고 칭찬과 격려도 아끼지 않아요. 또 문제가 생기면 해결 방법을 콕 짚어 줄 만큼 지혜롭지요. 무민트롤은 혜성이 무민 골짜기에 떨어질지 모르는 위험이 닥쳤을 때도 엄마가 모두를 구해 줄 거라고 굳게 믿었답니다.

"엄마는 분명 어떻게 해결하면 좋을지 알 거야."
《무민 골짜기에 나타난 혜성》

엄마 무민은 새로운 것을 만들거나 꾸미는 재주가 무척 뛰어나요. 무민트롤은 엄마 무민이 해마다 나무껍질로 작고 예쁜 장난감 배를 만들어 주면 신이 나서 가지고 놀지요. 또 꽃밭에 예쁜 조개껍데기나 번쩍이는 진짜 황금을 둘러 멋지게 장식하고 가족의 옷을 손수 만들기도 해요. 한 번은 벽 전체에 꽃을 그려 꾸미다가 자신의 그림 실력이 뛰어나다는 사실을 깨닫기도 했어요.

벽에서 꽃이 하나둘 아름답게 피어나요.

장미꽃, 금잔화, 팬지꽃, 함박꽃…. 엄마 무민은 깜짝 놀랐어요.

자신이 그림을 이렇게 잘 그리는 줄 몰랐거든요.

《아빠 무민 바다에 가다》

엄마 무민은 벽 속에 숨는 재주도 있어요. 숨으면 절대 찾을 수 없어서 꼭 마법을 부리는 것 같다니까요. 솔직히 말하면 누가 불러도 못 들은 척하는 거예요.

엄마 무민은 마음이 넓고 유쾌하며 발랄해요. 하지만 어떨 때는 뜻밖의 모습을 보이기도 하지요. 한번은 가족과 잠시 떨어져 있다가 돌아와서는 아빠 무민에게 "누구나 가끔은 변화가 필요해요. 우린 모든 걸 너무 당연하게 받아들이는 버릇이 있어요. 서로에 대해서도 마찬가지고요. 그렇지요, 여보?"라고 속마음을 털어놓은 적이 있어요.

엄마 무민은 혼자 있고 싶을 때면 조개껍데기를 주우러 바닷가로 가요. 때때로 여러 가지 일을 벌이고 다니는 아빠 무민과 툭하면 밖에서 여기저기 다치는 무민트롤 때문에 엄마 무민은 늘 걱정이 많아요. 그래도 어려운 일을 겪고 실수하면서 세상을 조금씩 배워 가는 거라고 생각한답니다.

엄마 무민은 스스로 다짐하곤 해요.

"세상에는 이해할 수 없는 게 많아.

하지만 모든 게 내 생각과 같아야

하는 건 아니잖아?"

《무민 골짜기의 여름》

엄마 무민의 손가방

엄마 무민은 어디를 가든지 까만 손가방을 들고 다녀요. 젊은 시절, 아빠 무민과 처음 만났을 때 아빠 무민이 찾아 준 가방이라 엄마 무민에게 더욱 소중하답니다.

"손가방, 내 손가방 좀 찾아 주세요!"
"지금 들고 있잖아요."
내 말에 엄마 무민이 활짝 웃더군.
"어머, 다행이에요!"

《아빠 무민의 모험》

주머니가 네 개 달린 이 손가방 안에는
꼭 필요한 물건들이 가득 담겨 있어요.

✳ **마른 양말** : 하지만 무민은 양말을 안 신는답니다.

✳ **사탕과 초콜릿** : 언제나 인기가 많을 수밖에요.

✳ **밧줄** : 어느 때고 쓸데가 있어요.

✳ **배탈 가루약** : 무민트롤은 툭하면 배가 아프거든요.

✳ **나무껍질** : 장난감 배를 만들거나 불을 피울 때 좋아요.

한번은 팅거미와 밥이 엄마 무민의 손가방을 가져가서 자기네 편안한 잠자리로 썼어요. 둘은 마음에 드는 물건을 보면 빌려도 되는지 물어보지도 않고 가져가 버리지요. 물어봐야 한다는 생각을 아예 못하는 거예요. 팅거미와 밥은 어린애 같은 구석이 있거든요. 물론 훔칠 생각은 전혀 없었지요. 엄마 무민은 손가방이 없어졌다는 걸 깨달은 순간, 엄청 당황했어요. 자신에게 아주 귀한 물건이었으니까요. 무민 골짜기의 지역 신문에 머리기사로 날 정도였답니다.

**엄마 무민의
손가방을 찾습니다!**

흔적도 없이 사라짐.
지금 샅샅이 조사 중.
찾아 주는 이에게 성대한 8월 잔치를 열어 줄 것임.

팅거미와 밥은 손가방이 엄마 무민에게 얼마나 소중한 물건인지 깨닫고, '돈가방을 솔려주기*'로 했어요. 물론 무척 아쉬웠지만요. '소그만 존가방*'에서 자는 게 정말 좋았거든요. 엄마 무민은 손가방을 찾게 되자 아주 기뻐하며 팅거미와 밥에게 잔칫상을 차려 주었답니다!

"손가방이 없어졌어.
그게 없으면 아무것도 못 하는데."

《마법사의 모자와 무민》

* 팅거미와 밥이 쓰는 언어는 조금 색달라요.
107쪽을 살펴보세요.

무민트롤

"무민트롤은
세상에서 제일 멋진 무민이야.
우리 모두 그 애를 얼마나 좋아하는데."
《마법사의 모자와 무민》

무민트롤은 엄마 무민과 아빠 무민의 외아들로, 부모님의 극진한 사랑을 받으며 자랐어요. 상냥하고 성실하고 용감하지요. 한번은 양털 바지 하나만 달랑 입은 채 악어한테서 친구 스니프와 스너프킨을 구해 주었어요. 또 독성이 강한 앙고스투라 나무를 향해 용감하게 주머니칼을 휘둘러 스노크메이든을 지켜 주었지요. 앙고스투라 나무의 초록빛이 감도는 노란 꽃눈은 정말 무시무시하답니다.

무민트롤의 여자 친구인 스노크메이든은 무민트롤을 무척 좋아해요. 하지만 무민트롤이 가장 좋아하는 친구는 스너프킨이에요. 무민트롤은 가족들과 모험을 떠날 때만 빼고는 골짜기에서 친구들과 어울려 지내요. 그런데 스너프킨이 해마다 겨울이 오기 전에 따뜻한 남쪽 나라로 여행을 떠나면 무민트롤은 우울해하면서, 얼른 봄이 되어 스너프킨이 집으로 돌아오길 애타게 기다린답니다.

스너프킨은 무민트롤의 가장 친한 친구예요.
물론 무민트롤은 스노크메이든도
많이 좋아하지만, 남자 친구는
여자 친구랑 좀 다르잖아요.
《무민 골짜기의 여름》

무민이라는 동물이 으레 그렇듯, 무민트롤 역시 수영과 잠수 실력이 아주 뛰어나요. 무민은 몸에 지방이 많아서 그런지 얼음장같이 차디찬 물에서도 잘 견뎌요. 무민트롤은 칼바람이 몰아치는 바다에서 얼음덩이에 실려 떠내려가는 꼬마 미이를 구하고, 아득한 바닷속 바닥까지 헤엄쳐 내려가 캐낸 진주를 엄마 무민과 스노크메이든에게 선물했어요. 홍수가 났을 때는 물속에 잠긴 부엌으로 잠수해서 아침으로 먹을 음식을 꺼내 오기도 했지요.

무민트롤은 바다만 보이면 기뻐서 큰 소리를 내지르며 하얀 거품이 이는 파도 속으로 풍덩 뛰어든답니다.

"그게 지금 무슨 상관이야? 난 헤엄이나 치겠어."

그러더니 무민트롤은 하얗게 부서지는 파도 속으로 곧장 뛰어들었어요.

옷도 벗지 않고서요. 사실 무민트롤은 잠잘 때 빼고는 옷을 안 입지만요.

《무민 골짜기에 나타난 혜성》

무민트롤은 어떤 일이든 야무지게 해내요. 빈틈없이 계획을 세우고, 꾹 참고 견디는 인내심도 강하지요. 비단원숭이가 짓궂게 놀려도 차분하게 자기 할 일만 한답니다.

"외딴 산에 있는 천문대를 찾아가,

세상에서 가장 큰 망원경으로 별을 살피는 거야."

《무민 골짜기에 나타난 혜성》

무민트롤은 가족 혹은 친구와 함께 흥미진진한 놀이를 즐기고 낯선 곳으로 모험도 떠나면서 하루하루를 알차고 보람되게 보내요.

"에잇, 밉살스런 덤불!" 무민트롤이 소리치며 주머니칼을 휘둘렀어요.

말발굽에 박힌 돌을 빼내는 도구와 타래송곳이 달린 주머니칼이었지요.

무민트롤은 "비열한 벌레.", "수세미.", "생쥐 꼬리에 달린 해충."이라고 계속 소리쳤어요.

《무민 골짜기에 나타난 혜성》

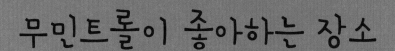

무민트롤이 좋아하는 장소

무민트롤은 홀로 생각에 잠길 때면 아빠 무민이 해먹을
묶어 놓은 나무 옆 연못으로 가요. 초록빛과 노란빛이 어우러진 이끼 바닥에
웅크린 채 누워 있으면 평화롭거든요. 무민트롤은 재스민 덤불도 좋아해요.
재스민 잎사귀가 커튼처럼 내려와 자신의 큰 덩치를 가려 주면
스노크메이든과 단둘이 소곤소곤 속삭이기에 아주 그만이지요.
그리고 나뭇간도 마음 편히 쉴 수 있는 장소예요.

스너프킨

가을이 되면 멀리 떠나는 이와 집에 남는 이들로 나뉘어요.

해마다 늘 그랬고, 저마다 마음 내키는 대로 하면 되지요.

《무민 골짜기의 11월》

스너프킨은 족스터와 밈블 아주머니 사이에서 태어난 아들로, 조용하고 태평한 성격이에요. 뾰족한 녹색 모자에 조금 낡은 편한 옷을 걸치고, 하모니카를 불면서 유유히 다니지요. 가진 물건이 별로 없어서 작은 배낭 하나에 전부 들어가요. 그렇게 가벼운 몸으로 어디든 마음 내키는 대로 느긋하게 떠돌아다닌답니다.

스너프킨은 해마다 10월에서 11월이면 무민 골짜기를 떠나 남쪽에서 겨울을 보내다 따뜻한 봄이 되면 다시 돌아와요. 무민트롤이 겨울잠에 들면 곧 돌아오겠다는 짤막한 편지를 남기고 간답니다. 무민트롤이 많이 그리워할 것을 알면서도 떠날 만큼 스너프킨에게는 자유가 정말 중요해요. 자유가 없는 삶은 상상할 수도 없지요.

"나는 방랑자, 전 세계 어디든 가서 산다네."

《무민 골짜기에 나타난 혜성》

무민트롤은 한동안 두 귀를 쫑긋 세웠다가 등불을 밝히고

서랍장으로 터벅터벅 걸어갔어요. 스너프킨이 쓴 봄 편지를 읽으려고요.

편지는 늘 그렇듯 자그마한 해포석으로 만든 장난감 전차 밑에 놓여 있었는데,

스너프킨이 해마다 남쪽으로 떠나기 전에 남긴 다른 편지들과 내용이 비슷했어요.

《무민 골짜기의 겨울》

스너프킨의 봄 편지

잘 있어.
푹 자고 기운 내. 따뜻한 봄날이 오면
여기서 다시 만나자.
나 없는 동안 둑은 쌓지 말고 있어.

스너프킨

스너프킨은 독립심이 강하고, 여러 가지 일에 대해 깊게 생각하며, 고독을 즐기는 편이에요. 그리고 삶을 있는 그대로 받아들이지요. 스너프킨이 가장 좋아하는 건 낚시와 밤에 혼자 산책하는 거예요. 밤눈이 밝아서 어둠 속에서도 잘 걷는답니다. 또 별이 총총한 밤하늘을 올려다보거나 야영하는 것도 좋아해요.

"여기서 지내는 동안, 나는 내 눈에 보이는 모든
것들의 주인이야. 온 세상이 모두 내 것이지."

《무민 골짜기에 나타난 혜성》

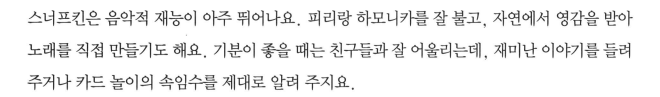

스너프킨은 음악적 재능이 아주 뛰어나요. 피리랑 하모니카를 잘 불고, 자연에서 영감을 받아 노래를 직접 만들기도 해요. 기분이 좋을 때는 친구들과 잘 어울리는데, 재미난 이야기를 들려주거나 카드 놀이의 속임수를 제대로 알려 주지요.

"노래 만들기 딱 좋은 밤이야. 새로운 가락을 하나 지어 보자. 첫 소절에는 희망,
가운데 소절에는 봄날의 슬픔, 마지막 소절에는 혼자 걷는 크나큰 기쁨을 담아야지."

《무민 골짜기의 친구들》

스너프킨이 제일 싫어하는 것은 규칙과 규제예요. 이건 이렇게 해야
하고, 저건 저렇게 하면 안 된다는 명령을 못 견뎌하지요. 그래서
공원 경비원 헤물렌과 앙숙이에요. 공원 경비원 헤물렌은 공원에
'~하지 말 것!'이라는 푯말을 잔뜩 세워 놓고, 떠들썩한 수다는
물론 깡충깡충 뜀박질, 폴짝폴짝 추는 춤, 나무 오르기 놀이
까지 죄다 못 하게 하거든요.

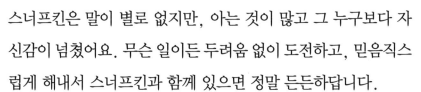

스너프킨은 하고 싶은 걸 못 하게 하는
푯말을 모조리 뽑고 싶은 마음이
가득했어요. 그래서 푯말을 몽땅
떼 버릴 생각을 하니 기분이 좋다 못해
온몸이 부르르 떨렸지요.

《무민 골짜기의 여름》

스너프킨은 말이 별로 없지만, 아는 것이 많고 그 누구보다 자
신감이 넘쳤어요. 무슨 일이든 두려움 없이 도전하고, 믿음직스
럽게 해내서 스너프킨과 함께 있으면 정말 든든하답니다.

스너프킨은 차분한 친구예요. 아는 게 많아도 쓸데없이 떠벌리는
일이 없지요. 그저 이따금씩 자신의 여행 이야기를 들려주곤 하는데,
그 이야기를 듣고 있으면 스너프킨이 나를 가까운 친구로
여기는 것 같아 마음이 한껏 든든해진답니다.

《무민 골짜기의 여름》

스너프킨의 바지

스너프킨은 스니프와 스노크 남매, 무민트롤과 함께 필요한 물건을 사러 마을 가게에 갔어요. 스너프킨은 새것이 아니어도 몸에 잘 맞는 바지를 살 생각이었지요. 가게 주인 할머니가 건넨 바지는 완전히 새 옷인 데다 깨끗해서 별로였지만, 스너프킨은 한번 입어 보기로 했어요. 조금 뒤 스너프킨은 역시 새 바지보다는 낡은 바지를 다시 입는 게 낫겠다고 생각하고 돌려줬지요. 이번엔 할머니가 새 모자를 보여 주었지만 그것도 딱히 마음에 들지 않았어요. 이윽고 친구들이 각자 물건을 골랐어요. 가격은 총 8마르크였지요. 하지만 값을 치르려고 하니 친구들한테 주머니가 없어서 돈도 없었어요. 주머니가 있는 스너프킨도 돈이 없기는 마찬가지였지요. 그러자 할머니는 스너프킨이 입지 않고 돌려준 새 바지 가격이 친구들의 물건 값과 똑같은 8마르크라고 했어요. 그 말은 친구들이 돈을 따로 내지 않고도 물건을 가져갈 수 있다는 뜻이었어요. 정말 마음씨 따뜻하고 인정 넘치는 할머니지요? 물론 스너프킨은 구겨진 모자랑 낡은 바지 차림으로 그냥 나와야 했답니다.

스너프킨이 말했어요. "바지를 새로 사야 해. 하지만 너무 새것일 필요는 없어. 난 몸에 맞게 적당히 닳은 바지가 좋거든."

《무민 골짜기에 나타난 혜성》

꼬마 미이

"나는 즐겁지 않으면 짜증 나."

《무민 골짜기의 겨울》

'미이'는 '아주 작은 아이'라는 뜻이에요. 이름에서 알 수 있듯이, 꼬마 미이는 몸집이 아주 작아요. 스너프킨 주머니에 숨거나 엄마 무민의 반짇고리 안에서 낮잠을 잘 수 있을 정도지요. 꼬마 미이는 조그맣지만 당당하고 대범해요. 무시무시한 상황과 맞닥뜨려도 결코 두려워하지 않는답니다. 심지어 험상궂은 개미귀신을 봐도 콧방귀를 뀌지요. 꼬마 미이는 상대가 누구든 상관하지 않고 생각나는 대로 거침없이 말을 내뱉어요. 고집이 세고 사나우며, 소리를 고래고래 지르거나 허벅지를 깨물기도 해서 친구들이 당황할 때가 많지요. 두 눈을 부릅뜬 표정만 봐도 심술과 장난기가 느껴지지 않나요?

꼬마 미이는 한여름에 태어났어요. 꼬마 미이는 엄마인 밈블 아주머니와 아주 어릴 적에 헤어졌지요. 그 뒤로 언니인 밈블 딸과 함께 무민네 집에서 살고 있어요. 두 자매는 함께 많은 시간을 보내지만 툭하면 옥신각신 다툰답니다.

밈블 딸이 집 앞에서 동생을 찾으며 바락바락 악을 썼어요.
"미이, 미이! 지긋지긋한 골칫덩이야! 지금 당장 이리 와,
머리끄덩이를 잡아당기기 전에!"

《무민 골짜기의 여름》

밈블 딸이 태평스레 말했어요.
"꼬마 미이는 제 앞가림을
충분히 하고도 남을 애예요.
난 오히려 우리 미이랑
어울릴 친구들이
걱정되는걸요."
《무민 골짜기의 여름》

꼬마 미이는 빨간 머리를 머리 위쪽으로 양파처럼 동그랗게 묶고 불꽃처럼 빨간 옷을 입고 다녀요. 불같은 성격이 외모에 그대로 드러나지요. 싸움이 났을 때 꼬마 미이가 편들어 주면 다행이지만, 그러지 않으면 끔찍한 일이 생길지도 몰라요.

또 혼자 짓궂은 일을 벌이고 다녀서 미이 자신은 물론 친구들까지 곤경에 빠질 때가 있어요. 터무니없는 거짓말을 늘어놓을 때도 잦고요. 한번은 스너프킨에게 자기 엄마가 괴물한테 잡아먹혔다고 막말을 했지 뭐예요. 스너프킨이 자신의 오빠라는 사실을 모르는 채 말이에요.

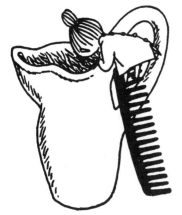

꼬마 미이가 제일 좋아하는 장난은 가족과 친구들, 특히 밈블 딸이 찾지 못하게 꼭꼭 숨는 거예요. 평소에는 마구 떠들다가도 장난을 칠 때면 어쩜 그렇게 조용해지는지 몰라요.

꼬마 미이는 거센 물살에 휩쓸려 코르크 마개처럼 동동 떠내려갔어요.
이따금 물 위로 고개를 내밀고 헉헉거리면서 혼자 중얼거렸지요.
"정말 재미있는걸. 지금쯤 언니는 날 걱정하느라 안절부절못하고 있겠지."
《무민 골짜기의 여름》

꼬마 미이는 조금도 망설이지 않고, 언덕을 쏜살같이 내려왔어요.

속도가 너무나도 빠른 나머지 소나무 근처에서 약간 비틀거렸지요.

하지만 곧 균형을 잡고 폭소를 터뜨리더니 무민트롤 옆 눈밭으로 몸을 던졌어요.

《무민 골짜기의 겨울》

눈이 펑펑 내린 겨울날, 호기심 많은 꼬마 미이는 부엌칼 두 개로 스케이트 날을 만들고, 은쟁반을 썰매 삼아 눈밭을 신나게 달렸어요. 작고 사나워 보이는 얼굴에 자신감이 흘러넘쳤지요. 역시 미이는 무엇이든 겁내지 않고 배짱 두둑하게 해낸다니까요.

고집불통 말썽쟁이지만 이따금 성실하고 용감할 때도 있어요. 언니를 놀리다가도 위급한 상황에 닥치면 앞뒤 재지 않고 언니를 구하러 나서지요. 한번은 밈블 딸이 극장에서 사자한테 공격당하는 장면을 연기한 적이 있는데, 꼬마 미이는 언니가 진짜 위험에 빠진 줄 알고 무대 위로 뛰어올라 사자 다리를 콱 물어 버렸답니다.

꼬마 미이가 목청껏 외쳤어요.
"우리 언니를 구해야 해!
사자 머리통을
부숴 버릴 거야!"
《무민 골짜기의 여름》

스니프

"스니프, 너는 솔직히 모험을 떠나고 싶어
하면서도, 막상 모험이 눈앞에 펼쳐지면
겁먹고 어쩔 줄 모르더라."

《무민 골짜기에 나타난 혜성》

스니프는 큰 귀에 뾰족한 주둥이 그리고 기다란 꼬리 때문에 캥거루로 오해를 받아요. 귀가 커서 그런지 어떤 소리든 죄다 들을 수 있지요. 무민네 집에 살면서 겨울잠도 함께 자는데, 무민 가족보다 일주일 정도 더 자는 편이에요. 뭐든지 남보다 많이 하고 잘하고 싶어 하니, 잠을 오래 자는 것도 스니프에게는 자랑스러운 일일지 몰라요. 그런데 잠에 곯아떨어지면 코를 심하게 골아서 방을 혼자 쓴답니다.

무민 가족은 바다와 육지를 오가며 한창 모험을 펼치던 무렵에 스니프를 처음 만났어요. 스니프는 늘 재주껏 도움을 주려고 애쓰지만, 워낙 손이 서툴러서 오히려 일을 벌일 때가 많아요. 스노크의 낚싯줄을 마구 엉클어 놓거나 툭하면 물건을 쏟고 엎지르지요.

무민트롤과 스니프는 조금이라도 더 크게
말하려고 서로 목청을 높여 떠들어 댔어요.
그러다 그만 스니프가 식탁보에 커피를 엎질렀지요.

《무민 골짜기에 나타난 혜성》

스니프가 속삭였어요.

"하, 하지만 개미귀신이 어떤 모습으로 변할지 몰라! 지금보다 훨씬

무서운 괴물로 변해서 우리를 아작아작 먹어 치울 수도 있단 말야."

《마법사의 모자와 무민》

스니프는 말과 행동이 꼭 어린애 같아요. 행동이 서툰 데다 겁도 많으면서, 흰소리하는 건 정말 우주 최고지요. 게다가 물건 욕심도 아주 많아요. 다른 친구에게 책임을 떠넘기거나 탓하기 일쑤이고, 칭찬받는 걸 무척 좋아하지요. 그리고 무민트롤의 동생이라 해도 믿을 만큼 정말 사이가 좋아요. 엄마 무민은 스니프가 자신의 앞치마 속에 숨어도, 냄비에 묻은 잼을 싹싹 핥아먹어도 나무라지 않지요. 그렇다고 스니프가 마냥 철부지는 아니에요. 무민 골짜기로 혜성이 떨어지기 직전에 동굴을 발견해 무민 가족이 피신하도록 도와주기도 했거든요. 산꼭대기에서 홉고블린의 마법 모자를 찾아 주기도 했고요. 스니프는 특히 바다를 너무너무 무서워하지만, 위급할 때는 높은 파도에 용감히 맞서며 무민트롤을 도와준답니다. 그러니 해티패트너가 나타나거나 천둥이 몰아칠 때 좀 찡얼대도 이해해 줘야 해요.

사실 스니프는 모험에 나서고 싶은 마음이 굴뚝같아요. 하지만 생각과 현실은 완전히 다른 법이지요! 지긋지긋한 뱃멀미에 시달리는 건 기본이고, 온몸에 물집이 잡히는 데다 얄궂은 비단원숭이와 맞닥뜨리는 일까지, 스니프에게 모험은 모든 게 하나같이 불만이었어요. 스니프도 이것밖에 안 되는 자신이 속으로는 안타깝고 원망스러울 거예요.

"이 정도면 충분히 탐험한 것 같아."

스니프가 애처롭게 말했어요.

《무민 골짜기에 나타난 혜성》

스니프는 담요 밑에 숨어서
꺅, 비명을 질러 댔어요.
《마법사의 모자와 무민》

"아!" 스니프가 크게 한숨을 쉬었어요. 마음속으로 내내 갈등하고 있었지요.

물건을 서로 바꾸면 바꿨지, 절대 자기 것을 그냥 줘 본 적이 없거든요.

《무민 골짜기의 친구들》

스니프는 보석을 너무너무 좋아해요. 값진 물건뿐만 아니라 자기 품에 넣을 수 있는 건 무엇이든 갖고 싶어 하지요. 흔들면 수정 구슬 안에서 눈보라가 치는 것 같은 스노글로브부터 낡은 구명 뗏목까지! 강아지 헝겊 인형인 세드릭도 무척 아끼는 물건이랍니다.

스니프의 아빠는 아빠 무민의 오랜 친구인 머들러이고, 스니프의 엄마는 스니프랑 똑같이 생긴 퍼지예요. 스니프는 아빠 무민이 이 사실을 알려 주기 전까진 엄마에 대한 기억이 하나도 없었어요. 스니프는 자기 엄마처럼 착하고 정이 많아요. 고쳐야 할 점이 있긴 해도 무민 가족에게는 정말 소중한 친구랍니다.

스니프가 폴짝폴짝 뛰었어요. "지금까지 아빠 이야기는 수없이 들었어요.

그런데 내게도 엄마가 있다는 사실은 처음 알았네요!"

《아빠 무민의 모험》

스노크메이든

아름다움은 보는 눈에 따라 그 기준이 다르지만, 무민트롤은 스노크메이든을 처음 본 순간 정말 아름답다고 생각했어요. 스노크메이든 스스로도 그 말에 고개를 끄덕일 거예요. 온몸을 감싸고 있는 부드러운 연녹색 솜털, 반짝이는 두 눈, 기다란 속눈썹이 아주 매력적이니까요. 특히 머리꼭지에서 두 귀 사이로 찰랑이는 머리칼은 마치 우아한 왕관 같아요. 그러니 해티패트너들의 바지직거리는 전기에 머리칼이 싹 타 버린 순간, 스노크메이든이 얼마나 소스라쳤겠어요! 금세 다시 자라서 다행이었지요.

스노크메이든은 늘 단장하고 꾸미는 데 열을 올려요. 하지만 그런 스노크메이든에게도 의외의 모습이 있답니다. 무민트롤이 앙고스투라 나무와 기세등등하게 싸우고 있을 때, 스노크메이든이 무섭게 덤벼드는 앙고수트라 나무를 향해 커다란 돌을 던진 적이 있거든요. 엉뚱하게도 무민트롤의 배를 맞히긴 했지만, 중요한 건 스노크메이든이 친구를 위해서라면 뭐라도 한다는 거예요. 그저 멋 부리기에만 관심 있는 게 아니라는 사실, 이제 알겠지요?

스노크메이든이 나지막이 감탄했어요. "우아, 예쁜 옷이다!"
그러고는 손잡이를 돌려 문을 열고 방 안으로 들어가며 소리쳤지요.
"이 많은 옷들 좀 봐. 정말이지 너무 아름다워!"

《무민 골짜기의 여름》

"무민트롤, 나 어떡해. 진짜 어쩜 좋아!"
스노크메이든이 무민트롤을 살살 흔들며 울먹였어요.
《무민 골짜기의 여름》

스노크메이든은 까탈스럽고 허영심도 있지만 꽤 낭만적이에요. 대개 남자 친구 무민트롤 옆에 딱 붙어 앉아서 위로받고 안도감을 얻으려 하지요. 자신의 탐스러운 곱슬머리를 무민트롤의 무릎에 얹고 깜박깜박 졸기도 한답니다. 무민트롤과 스노크메이든은 서로를 세상에서 가장 멋지다고 생각해요. 둘이서 그렇게 노닥거릴 때면 스니프가 참 어이없어하지요.

스노크메이든은 상상력이 아주 풍부해서 재미있는 놀이를 잘 만들어 내요. 보통 무민트롤이 천하무적 영웅으로 변신해서 아름다운 공주인 자신을 구하는 놀이지요.

스노크메이든이 말했어요. "무민트롤, 우리 재밌는 연극을 하자. 나는 무지무지 아름다운 공주인데, 너한테 납치되는 거야."
《무민 골짜기의 여름》

"나 혼자 굉장한 일을 해내서
무민트롤을 깜짝 놀래 주고 싶어."

《마법사의 모자와 무민》

스노크메이든은 간혹 뜻밖의 능력을 발휘할 때가 있어요. 위기가 닥치면 생각을 팍팍 굴려서 기발한 아이디어를 내곤 하거든요. 한번은 어마어마하게 큰 문어의 공격을 받았을 때 문어에 게 자신의 손거울을 비췄어요. 거울에 반사된 빛으로 문어 눈을 부시게 해서 무민트롤을 구했 던 거예요! 또 친구들이 탄 배가 집채만 한 파도에 휩쓸려 낚싯줄이 끊어졌을 때도 큰 역할을 했어요. 밧줄을 낚싯줄로, 오빠 스노크의 주머니칼을 낚싯바늘로, 팬케이크를 미끼로 써서 거 대한 물고기 마멜루크를 잡았답니다.

스노크메이든이 속삭였어요.
"내가 해내서 정말 기뻐.
할 수만 있다면 하루에 여덟 번이라도
너를 구해 주고 싶어."
《무민 골짜기에 나타난 혜성》

스노크

"좋은 생각이 떠올랐어. 모두 날 따라와."

《무민 골짜기에 나타난 혜성》

스노크는 스노크메이든의 오빠예요. 오누이 모두 스노크라는 동물인데, 스노크는 온몸이 연보랏빛이지요. 딱 부러지고 똘똘하며 공책에 기록하고 정리하는 습관이 있어요. 공책에는 혜성이 떨어질 때 탈출하는 방법도 적혀 있답니다. 스노크는 머리가 아주 영리해서 어떤 문제든 잘 풀어요. 토네이도가 무민 일행을 덮쳤을 때는 우표 수집가 헤물렌의 긴 치마를 풍선처럼 사용해 모두를 안전하게 대피시키기도 했지요.

스노크는 어떤 일이든 진지하게 받아들이기 때문에 가장 좋아하는 낚시를 할 때조차 심각하고 엄격해요. 종종 남을 무시하고 으스대며 뽐내지만, 그럴 때마다 여동생 스노크메이든이 비꼬고 꾸짖어 주어서 그나마 다행이지요. 또 대장 역할을 좋아해서 친구들과 배를 타면 모두에게 곧잘 명령을 내리는데, 친구들은 대장처럼 구는 스노크에게 엄청 투덜댄답니다.

스노크가 소리쳤어요. "조용, 다들 조용히 해! 자기 자리를 지켜!"

《마법사의 모자와 무민》

스노크는 아주 사소한 문제라도 정식으로 회의를 거쳐서 해결하고 싶어 해요. 특히 자신이 회의를 진행하는 걸 더할 나위 없이 좋아하지요. 스노크와 스노크메이든은 오누이지만 성격이 너무 달라서 툭하면 다투고 핀잔을 놓아요. 오빠는 여동생이 무슨 말만 하면 잔소리하고, 여동생은 오빠를 무시하지요. 그러면서도 가족에 대한 도리와 의리는 지킨답니다.

스노크가 물었어요.
"내가 물어보기 전까지는
말하면 안 돼.
'네.' 또는 '아니오.'로만
대답해. 팅거미와 밥,
여행 가방은 너희 거니,
아니면 그로크 거니?"
《마법사의 모자와 무민》

"쟤는 늘 저렇게 유난스럽니?" 스너프킨이 묻자,

스노크메이든이 대답했어요. "응, 날 때부터 저랬어."

《무민 골짜기에 나타난 혜성》

'누가, 언제, 어디서, 무엇을, 어떻게, 왜'라는 육하원칙은 스노크에게 아주 중요해요. 문제가 생기면 육하원칙에 따라 논리 정연하게 그릇된 일을 바로잡으려 하지요. 친구들은 스노크가 아주 논리적으로 내린 결론을 받아들일 수밖에 없답니다.

스노크가 말했어요.

"천둥벌거숭이야, 지금 그런 얘기를 할 때가 아니잖아.

정말 중요한 건 따로 있단 말이야."

《무민 골짜기에 나타난 혜성》

스노크와 무민을 구별하는 방법

스노크와 무민은 아주 비슷하게 생겼어요. 스너프킨이 무민트롤과 스노크메이든을 보고, 둘이 가까운 친척일 거라고 생각했을 정도니까요. 스노크와 무민을 각각 흑백 사진으로 찍어서 나란히 놓으면 더더욱 구분하기 힘들어서 가까운 가족이나 친구, 전문가는 되어야 알아챌 정도지요. 하지만 둘은 엄연히 다른 동물이에요. 무엇보다 큰 차이점은 무민의 털은 늘 새하얗지만, 스노크는 기분이나 상황에 따라 몸 색깔이 종종 변한다는 거랍니다.

스노크메이든은 몸 색깔이 연초록빛이고, 스노크는 연보랏빛이에요. 그런데 무민트롤이 앙고스투라 나무의 공격에 맞서 싸우자, 스노크는 공포에 질려 초록빛으로 변해 버렸어요. 그리고 스노크메이든은 잃어버렸던 금발찌를 무민트롤이 다시 찾아 주었을 때, 크게 기뻐하며 온몸이 금세 분홍빛으로 바뀌었지요. 하지만 무민 골짜기에 혜성이 떨어진다는 소식을 듣고는 걱정 가득한 보랏빛으로 변했다가 초록빛으로 바뀌더니 다시 보랏빛으로 바뀌어서 모두를 어리둥절하게 만들었답니다.

"걔네들은 부활절 달걀처럼
몸 색깔이 각양각색이야.
감정에 따라 색깔이 변한다고."
《무민 골짜기에 나타난 혜성》

스노크메이든이 감탄했어요.

"아! 저 조개껍데기 속에서 살면 얼마나 좋을까.

누가 껍데기 안에서 속삭이는지 정말 궁금해."

《무민 골짜기에 나타난 혜성》

헤물렌

헤물렌은 늘 숙모가 물려준 드레스를 입어요.
내가 보기에 헤물렌들은 모두 드레스를
입는 것 같아요. 이상하긴 해도,
그러려니 해야지요.
《무민 골짜기에 나타난 혜성》

무민 골짜기와 그 주변 마
을에는 헤물렌들이 수두룩이 살
고 있어요. 그런데 하나같이 서로
를 헤물렌이라고 불러서 누가 누구인
지 구별하기 힘들지요. 모두 같은 동물이라는 사실만 알 수 있을 뿐이에요. 헤물렌의 생김새는
무민과 사뭇 달라요. 가장 큰 차이는 무민보다 키가 크고 날씬하며 귀가 없다는 거예요. 단지
커다랗게 비쭉 나온 코만 무민과 비슷하답니다. 분홍빛 눈동자에 옆통수를 둘러 자란 머리칼,
큼직하고 편편한 발이 특징이지요. 예부터 헤물렌들은 드레스를 입어 왔어요. 그 이유는 정확
히 알려지지 않았는데, 헤물렌들이 바지를 입어 본 적이 없어서 바지 차림의 모습을 상상조차
하지 못한다는 학설이 있어요.

헤물렌들은 모든 일을 원칙에 따라 구별하고 나누어요. 정해진 질서와 규칙대로 살아가려고 최
선을 다하지만 가끔 도를 넘어설 때가 있어요. 융통성이 없어서 무언가를
깨우치고 받아들이는 데 시간이 좀 걸리는 반면, 좋아하는 일을 할 때는
모든 힘을 쏟기 때문에 특정 분야에서 탁월한 능력을 발휘하지요.

헤물렌은 아침부터 저녁까지 쉴 새 없이 깔끔하게 정리하고
물건의 위치를 바꾸거나 치우면서 시간을 보낸답니다.
《무민 골짜기의 11월》

헤뮬렌 아저씨가 놀이공원에서 하는 업무는 손님이 한 번 사용한
입장권을 다시 쓰지 못하도록 표에 구멍을 내는 일이었어요.
《무민 골짜기의 친구들》

헤뮬렌들은 대부분 수집가예요. 우표나 식물, 곤충 같은 것들을 주로 모으지요. 자신이 수집할 목록을 작성하고 빈칸을 채우는 데 많은 시간을 보낸답니다. 하지만 수집에만 몰두하다 보니 주변에서 무슨 일이 벌어지는지 모를 때가 많아요. 자기만의 세계에 갇혀 있으니, 결국 고집불통에 독불장군이 되는 거지요.

자신이 세운 원칙을 지키고 정해진 틀 안에서만 살아가는 헤뮬렌의 삶은 진지하기 짝이 없어요. 그 말은 즉 유머 감각이 완전히 꽝이니, 헤뮬렌에게 농담을 한들 아무 소용없다는 거지요. 그렇긴 해도 대개 친구를 잘 사귀는 편이고 점잖으며 친절하답니다.

헤뮬렌이 눈치가 없고
이해하는 속도는 느려도,
누가 약 올리지만 않으면
좋은 친구랍니다.
《무민 골짜기에 나타난 혜성》

헤물렌의 세계

헤물렌은 앞서 말했듯이 정해진 원칙을 철저히 지키고 법도에 어긋나지 않게 살아가요. 따라서 책임과 권위가 따르는 분야에서 일하는 게 딱 좋아요. 경찰이나 경비원 아니면 고아원 원장 같은 직업이 바람직하지요. 하지만 무뚝뚝하고 에누리 없는 헤물렌이 고아원 원장이라면 아이들이 좀 싫어할 것 같네요. 잘못을 바로잡고 규칙적인 생활을 하는 점은 어른 무민과 비슷해요. 아빠 무민도 어릴 적에 헤물렌 아주머니가 운영하는 무민 고아원에서 자랐기 때문에 어느 정도 영향을 받았을 거예요. 헤물렌들은 서로를 구분하기 위해 하는 일이나 관심 분야, 외모에 따라 이름을 달리 불러요. 직업이 경찰인 헤물렌을 '경찰 헤물렌'이라고 부르는 것처럼요. 하지만 여러분의 귀에는 헤물렌이라는 단어 하나만 들릴 거예요.

공원 경비원 헤물렌과 공원 관리원 헤물렌

절대 웃지 말 것

잔디밭에는 사방으로 울타리가 빙 둘러져 있었어요. 그리고 울타리마다 까맣고 커다란 글씨로 이렇게 또는 저렇게 하지 말라는 경고가 적힌 푯말이 세워져 있었지요.

《무민 골짜기의 여름》

공원 경비원 헤물렌과 공원 관리원 헤물렌은 산뜻한 제복을 차려입고 공원을 순찰하며 누가 규칙을 어기는지 살피고 다녀요. 곳곳에 세워진 금지 푯말 앞에서는 웃거나 뛰놀면 절대 안 되지요. 공원에 있는 모든 것이 곧고 반듯해야 해요. 풀포기 하나까지!

헤물렌들은 규칙을 조금이라도 어기는 아이들을 쏙쏙 잡아내서 공원 모래밭에서만 놀게 했어요. 당연히 누구든 공원에 가고 싶은 생각이 들지 않았지요. 하지만 공원 경비원 헤물렌과 공원 관리원 헤물렌은 아이들의 마음을 전혀 이해하지 못했어요. 그저 모래밭 양쪽에 앉아 자신들이 애써 가꾼 잔디밭을 아이들이 엉망으로 만들지 않을까 걱정하면서 아이들을 감시했지요. 그러니 스너프킨이 두 헤물렌들을 싫어할 수밖에요! 스너프킨은 푯말을 전부 뽑아낸 뒤 공원 곳

곳에 해티패트너 씨앗을 뿌렸어요. 그러자 해티패트너들이 강한 전기를 품고 빠른 속도로 자라나, 공원 경비원 헤물렌은 찌릿찌릿 전기 충격에 시달렸답니다.

경찰 헤물렌과 조그만 헤물렌

덩치가 큰 경찰 헤물렌은 자신의 직업을 자랑스러워해요. 스너프킨이 뽑아 버린 공원 푯말을 불태운 무민트롤과 스노크메이든, 조카딸 필리용크를 체포하기도 했어요. 무민트롤과 스노크메이든은 밧줄로 묶고 조카딸 필리용크는 머리채를 잡아끌고 가서 유치장에 가두었지요. 또 푯말을 없앤 진짜 범인인 스너프킨을 계속 뒤쫓았어요. 경찰 헤물렌은 성격이 아주 급하답니다.

조그만 헤물렌은 덩치가 작고 마음이 약해요. 가정부 옷차림에 뜨개질이 유일한 취미지요. 사촌인 경찰 헤물렌 밑에서 일한 적도 있지만 죄수를 지키는 일에 서툴렀답니다. 대개의 헤물렌과는 다르지요?

몸집이 큰 경찰 헤물렌이 소리쳤어요.
"저 죄수들을 잡아라! 녀석들이 공원 푯말을 모조리 태우고, 공원 경비원 헤물렌을 감전시켰어!"
《무민 골짜기의 여름》

"세상에서 내가 가장 싫어하는 자들이 있어. 바로 공원에 있는 헤물렌들이야.

하지 말라는 말만 잔뜩 적힌 푯말들을 내가 모두 뽑아 버리고 말겠어."

《무민 골짜기의 여름》

우표 수집가 헤물렌이자 식물학자 헤물렌

"난 세상의 모든 우표를 단 한 장도 빠뜨리지 않고 다 모았어.

잘못 인쇄된 우표까지 모두! 그럼 이제 난 뭘 해야 하지?"

《마법사의 모자와 무민》

우표 수집가 헤물렌은 우표 모으는 일을 무척 좋아했어요. 하지만 세상의 모든 우표를 다 모으고 나자, 이제 뭘 해야 할지 막막했지요. 더는 우표 수집가가 아니라 우표 주인일 뿐이었거든요. 그러다 오랜 고심 끝에 식물을 채집하고 연구하는 식물학자가 되기로 마음먹었어요. 우표 수집가 헤물렌에서 식물학자 헤물렌으로 탈바꿈한 거예요.

식물학자 헤물렌은 식물 채집용 삽과 채집한 식물을 담는 초록색 깡통, 돋보기를 들고 숲속으로 들어갔어요. 그러고는 다양한 식물을 찾아다니며 고르고 분류하고 이름표를 붙이면서 식물 목록을 만들어 나갔지요.

식물학자 헤물렌이 중얼거렸어요.
"이건 내가 219번째로 수집한 식물 표본이야!"

《마법사의 모자와 무민》

무민 고아원 원장이었던 헤물렌 아주머니

"나는 헤물렌 아주머니야. 내가 아는 친구들은 모두 현명하고 예의 바르지."

《아빠 무민의 모험》

헤물렌 아주머니는 버림받거나 부모를 잃은 어린 무민들을 데려다 밋밋한 사각형 고아원 건물에서 길렀어요. 갓난아기였던 아빠 무민을 비롯해 많은 아이들을 보살피면서 자신이 정한 깐깐한 규칙을 따르게 했지요. 고아원 아이들은 서로 헷갈리지 않게 각자 꼬리에 번호표를 달았는데, 아침마다 헤물렌 아주머니에게 꼬리를 45도로 추켜올리며 공손히 인사해야 했어요. 헤물렌 아주머니의 양육 방식은 깔끔했지만 따뜻함은 좀처럼 찾아볼 수 없었지요. 아이들을 깨끗이 씻겨 주긴 해도 껴안거나 뽀뽀해 주지는 않았거든요. 그래도 헤물렌 아주머니는 아이 돌보는 일에 책임감을 가지고 최선을 다했답니다.

뒷날, 고아원을 떠난 아빠 무민은 바다에서 우연히 헤물렌 아주머니를 구해 주면서 다시 만났어요. 그런데 헤물렌 아주머니가 예전 고아원 시절처럼 아빠 무민과 친구들을 가르치려 들었지요. 그래서일까요? 야금이들이 느닷없이 헤물렌 아주머니를 잡아갔을 때 누구도 나서지 않았답니다.

아빠 무민은 잠깐 죄책감이 들었지만, 사실 조금도 그럴 필요가 없었어요. 헤물렌 아주머니는 야금이들과 근사한 나날을 보내고 있었거든요. 곱셈 경연 대회를 열고 운동도 즐기면서요. 야금이들은 헤물렌 아주머니를 너무 좋아한 나머지 자신들의 여왕으로 삼았답니다.

"너희들, 입 좀 다물고 있어. 쪼그만 녀석들이 담배를 피우다니!
너희 때에는 몸에 좋은 우유를 마셔야 해. 그래야 발이 떨리거나 코가 누레지거나 꼬리털이
빠지지 않지. 담배를 피우면 다들 건강이 나빠지거든. 나를 배에 태운 건 정말이지
너희한테 큰 행운이야, 호호! 지금부터 배 안을 제대로 정리하자꾸나!"

《아빠 무민의 모험》

스키 타는 헤물렌

헤물렌이 스키를 타고 언덕을 쏜살같이 미끄러져 내려왔어요. 비탈을 절반쯤 내려왔을 때 갑자기 몸을 휙 트는 바람에 눈보라가 일어나 사방으로 반짝반짝 흩어졌지요. 헤물렌은 그 광경을 뒤로하고 다시 다른 방향으로 휙휙 내려갔답니다.

《무민 골짜기의 겨울》

겨울에 한 헤물렌이 스키를 타고 눈 덮인 무민 골짜기로 내려왔어요. 그 헤물렌은 드레스를 입지도, 진지하지도 않았지요. 규칙을 따르거나 무언가를 수집하지도 않는, 보기 드문 헤물렌이었어요. 덩치가 크고 쾌활했으며, 노란 바탕에 까만 지그재그 무늬가 있는 스웨터를 입고 배낭과 스키 폴을 자랑했어요.

스키 타는 헤물렌은 활동적인 운동을 잘도 찾아냈어요. 살얼음이 낀 물속으로 거침없이 뛰어 들거나 새하얀 눈밭에서 체조도 했지요. 꼬마 미이는 헤물렌이 스키를 타고 눈 덮인 언덕을 바람처럼 내려오자, 눈을 떼지 못했어요. 그러고는 강한 승부욕을 불태우며 헤물렌에게 스키 타는 법을 가르쳐 달라고 했답니다.

스키 타는 헤물렌은 너무 활달해서, 모두를 귀찮게 하곤 했어요. 오전에 느긋하게 쉬고 있는 친구들더러 밖으로 나가 신선한 공기를 쐬라고 달달 볶았거든요. 헤물렌이 스키 타기에 더없이 좋다는 외딴 산으로 떠나고 나서야 친구들은 안도의 한숨을 쉬었지요.

"난 차가운 곳이 좋아. 쓸데없는 생각을 싹 없애 주거든.
내 말만 믿어. 집 안에 처박혀서 꼼짝도 않는 것보다 위험한 건 세상이 없으니까."

《무민 골짜기의 겨울》

무민트롤 조상

"그건 트롤이야. 무민트롤,

너도 무민이기 이전에 트롤이었어.

천 년 전에는 너도 저렇게 생겼을 거라고."

《무민 골짜기의 겨울》

무민네 집 벽난로에는 조그만 잿빛 동물이 살고 있어요. 싱크대 밑에 사는 눈썹이 짙은 아이와는 달라요. 털이 복슬복슬하고 주둥이가 뭉툭하게 튀어나왔거든요. 까맣고 기다란 꼬리 끝에는 털이 수북했지요. 이 동물은 무민트롤과 한 핏줄인 트롤이에요. 즉, 무민 가족의 조상이지요. 무민트롤 조상과 무민 가족은 뿌리가 같지만 수백 년이 흐르면서 오늘날 모습이 완전히 달라졌어요. 아마 무민트롤도 천 년 전에 태어났다면 무민트롤 조상과 똑같은 모습이었을 거예요. 그런데 무민트롤 조상이 어떻게 지금까지 살아남은 건지는 아무도 몰라요. 무민 골짜기의 수많은 미스터리 가운데 하나랍니다.

무민들은 맨 처음 세상에 나타났을 때, 다른 집 화덕에 터를 잡고 살았어요. 그래서 무민트롤 조상도 거실 벽난로 안에서 지내는 거예요.

무민트롤 조상이 무민과 닮은 데라고는 주둥이밖에 없어요.

하지만 천 년 전이라면 어땠을까요?

《무민 골짜기의 겨울》

그날 밤 무민트롤 조상은 담담하게 그러나
놀라운 힘을 발휘하여 무민네 집을 다시 정리했어요.
《무민 골짜기의 겨울》

무민트롤은 물놀이 오두막의 붙박이장에서 무민트롤 조상을 처
음 발견했어요. 무민트롤 조상은 무민네 집으로 가자마자 가구
를 다시 정리했어요. 소파를 벽난로 쪽으로 돌리고, 그림도 다시 걸었
는데 어떤 건 거꾸로 걸었지요. 그런데 제자리에 놓여 있는 물건이 하나도 없었어요.
자명종 시계는 쓰레기통에, 다락 속 낡은 잡동사니들은 죄다 벽난로 옆에 높이 쌓아 두었
답니다. 무민트롤 조상은 그렇게 해 놓는 게 자기 집처럼 편했던 모양이에요. 결국 벽난로 주
변은 마치 집 옆에다 멋진 덤불숲을 아늑하게 만들어 놓은 것 같은 광경이 되었어요.

무민트롤 조상은 벽을 아주 빠르게 타고 올라가
요. 오늘날의 무민들과는 비교할 수 없을 정도
지요. 몸이 작은 데다 꼬리가 길어서 균형을 잡
고 빠르게 움직이기에 좋거든요. 사실 무민트롤
조상의 생김새는 통통한 무민보다 원숭이에 더
가까워요. 그래서 물건을 잘 집고 또 잘 떨어뜨
리나 봐요. 그런데 무민트롤 조상은 말을 걸어
도 귀만 쫑긋할 뿐 대답을 잘 안 해요. 어두컴
컴한 벽난로 안 포근한 보금자리에 숨은 채 홀
로 많은 시간을 보내지요. 이따금 쨍그랑거리는 소리가 들리면, 아마도 무민트롤 조상일 거예
요. 호기심이 많고 독립심이 강해서 뭘 하든 자기 방식대로 살아간답니다.

무민트롤 조상이 깨어나더니 바람처럼 스쳐 지나 사라졌어요.

《무민 골짜기의 겨울》

무민 가족은 이 털북숭이 친척을 정성껏 보살피고 모셔
요. 무민 가족이 겨울잠에 들 때면 엄마 무민은 쪽지
한 장을 남긴답니다.

그럼블 할아버지는 무민트롤 조상에 대해 전해 듣고,
자기보다 나이 많은 친구에게 호기심이 생겨 곧장 만
나러 갔어요. 하지만 무민트롤 조상과 대화를 나누
진 못했지요. 그럼블 할아버지는 시력이 아주 나빠서 거울에 비친 자신에게
말을 건넸다는 사실을 전혀 몰랐던 거예요.

벽난로에
불을 지피지 마세요.
그 안에 무민트롤 조상님이
살고 계시거든요.

그럼블 할아버지가 목소리를 높였어요.
"이제 나는 조상님과 이야기나 나눠야겠네.
우린 서로를 이해하거든!"
《무민 골짜기의 11월》

무민 가족 그리고 죽마고우

무민 골짜기의 가족과 친구, 이웃들은 대부분 같은 핏줄로 연결돼 있지만, 속속들이 알려져 있지는 않아요. 그럼 스니프는 자신의 부모님이 누군지 어떻게 알았을까요? 자신의 아빠가 아빠 무민의 오랜 친구인 머들러라는 건 이미 알고 있었어요. 그 뒤로 아빠 무민의 모험 이야기를 듣다가 퍼지라는 동물이 자신의 엄마라는 사실을 알게 되었지요. 스니프와 퍼지가 쌍둥이처럼 똑 닮아서 누구라도 한눈에 알아챌 수 있답니다!

스너프킨은 어느 여름날, 극장에서 꼬마 미이가 여동생이라는 사실을 알았어요. 스너프킨의 엄마가 밈블 아주머니인데, 꼬마 미이가 밈블 아주머니의 딸을 보고 언니라고 했거든요. 꼬마 미이가 밈블 딸과 자매니까 자신과는 남매인 셈이지요.

무민 골짜기 인물들의 관계가 조금 복잡하긴 해도 그건 무민 가족에게는 전혀 중요하지 않아요. 가족이 아니어도, 친구나 이웃 또는 지나가던 나그네라도 괜찮아요. 함께 모여 행복하게 지낼 수 있다면 충분하니까요. 다음 장의 그림은 무민 가족과 친구들의 관계를 간단하게 그린 거예요. 그림 속에 빠진 인물이 있다면 여러분이 직접 그려 넣어 보세요.

무민 가족과 친구들의 관계

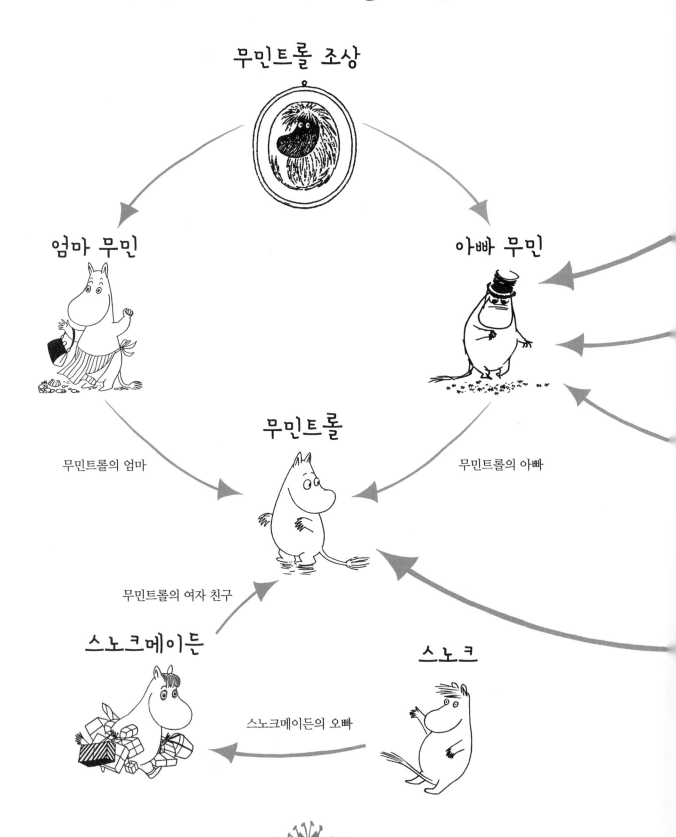

무민트롤 조상

엄마 무민

아빠 무민

무민트롤

무민트롤의 엄마

무민트롤의 아빠

무민트롤의 여자 친구

스노크메이든

스노크

스노크메이든의 오빠

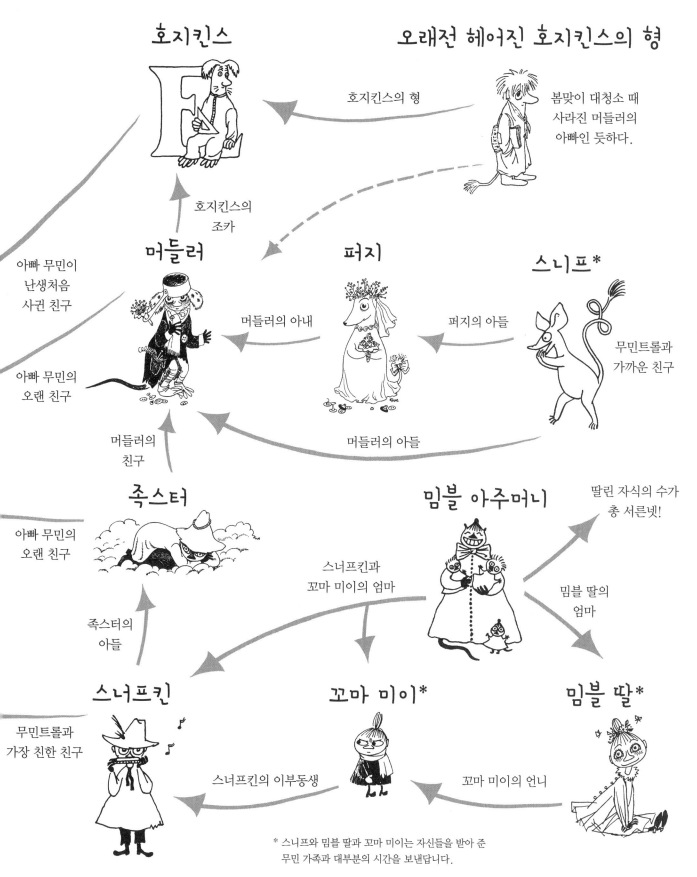

호지킨스

오래전 헤어진 호지킨스의 형

호지킨스의 형

봄맞이 대청소 때
사라진 머들러의
아빠인 듯하다.

호지킨스의
조카

아빠 무민이
난생처음
사귄 친구

머들러

퍼지

스니프*

머들러의 아내

퍼지의 아들

무민트롤과
가까운 친구

아빠 무민의
오랜 친구

머들러의
친구

머들러의 아들

족스터

밈블 아주머니

딸린 자식의 수가
총 서른넷!

아빠 무민의
오랜 친구

스너프킨과
꼬마 미이의 엄마

밈블 딸의
엄마

족스터의
아들

스너프킨

꼬마 미이*

밈블 딸*

무민트롤과
가장 친한 친구

스너프킨의 이부동생

꼬마 미이의 언니

* 스니프와 밈블 딸과 꼬마 미이는 자신들을 받아 준
무민 가족과 대부분의 시간을 보낸답니다.

무민 가족의 역사

Helsingfors 1878 3.10.

트롤은 북유럽 민속학에서 역사적·문화적으로 오랫동안 중요한 역할을 해 왔어요. 《마법사의 모자와 무민》에 실린 엄마 무민의 편지에는 대부분의 트롤이 작은 몸집에 온몸이 북슬북슬한 털로 덮여 있다고 적혀 있어요. 부끄럼을 많이 타서 숲에 숨어 살고, 눈에 띄는 일이 드물지요. 그래서 지금도 깊은 숲에 살지만 만나기는 어렵답니다.

The greatest difference between them and us is that a moomintroll is smooth and likes sunshine. The ~~usual~~ common trolls pop up only when it's dark.

무민의 조상은 조그만 털북숭이 트롤이에요. 하지만 오랜 세월이 흐르면서 현재 무민 골짜기에 살고 있는 무민들처럼 커다란 덩치에 둥글둥글한 생김새 그리고 부드러운 피부로 변해 왔지요. 무민트롤 조상은 예부터 전해 내려오는 트롤의 모습과 놀라울 정도로 비슷하답니다.

토프트는 의자 끄트머리에 엉덩이를 살짝 걸치고 앉아서
장롱 위에 걸려 있는 초상화를 물끄러미 바라보았어요.
덥수룩하고 희끗희끗한 머리칼, 점잖아 보이는 얼굴,
한가운데로 몰린 눈동자, 엄청나게 큰 코 그리고
꼬리가 달려 있는 모습이 눈에 들어왔지요.

《무민 골짜기의 11월》

무민 가족은 털북숭이 조상들이 남긴 유산을 무척 자랑스러워해요. 그렇게 오랜 세월 동안 가족의 역사를 이어 오는 건 쉽지 않거든요. 아마 무민트롤도 그 의미를 깨달았을 거예요. 무민 가족 조상의 초상화는 거실에서 눈에 가장 잘 띄는 벽에 걸려 있어요. 무민 가족의 사진첩은 보통 다락방에 넣어 두고요. 사진첩에는 무민 가족이 매우 존경하는 조상들의 사진이 수두룩한데, 그 가운데 어른 무민 셋과 아이 무민 둘이 찍힌 사진한 장을 볼까요? 사진 아래에는 '1878년, 헬싱키에서'라고 적혀 있고, 조상들은 모두 눈살을 잔뜩 찌푸리거나 무뚝뚝한 표정을 짓고 있어요.
아빠 무민은 신문지에 둘둘 싸인 채 고아원 현관 계단에서 발견되었으니 아빠 무민의 조상은 아닐 거예요. 그러니 사진의 주인공들은 엄마 무민의 조상일 거라고 짐작할 수 있지요.

팅거미와
밥

팅거미는 빨간 모자를 쓰고, 밥은 커다란 여행 가방을 들고 있었어요.

《마법사의 모자와 무민》

하루는 수줍어하는 조그만 친구 둘이서 손을 꼭 잡고 무민 골짜기에 들어섰어요. 하나는 빨간 모자를 썼고 다른 하나는 여행 가방을 들고 있었지요. 바로 팅거미와 밥이에요. 언뜻 보면 둘은 정말 똑같아 보이지만, 쉽게 구분할 수 있어요. 팅거미는 늘 작은 빨간 모자를 쓰고 있거든요. 팅거미와 밥이 어디에서 왔는지는 아무도 몰라요. 머나먼 곳에서 왔다는 이야기만 들었을 뿐이에요. 엄마 무민은 둘이 감자를 넣어 두는 곳간으로 숨는 걸 보고 처음에는 생쥐로 착각했어요. 그러다 스니프와 한 번 티격태격하고 식물학자 헤물렌과 이야기를 나눈 뒤로 무민네 집으로 들어와 살게 되었어요. 둘은 침대보다 서랍에서 자는 게 훨씬 편했답니다.

팅거미와 밥은 말하는 방식이 좀 독특해요. 자기들끼리는 완벽하게 이해하지만, 다른 친구들은 잘 알아듣지 못하지요. 다행히 우표를 모으다가 식물학자가 된 헤물렌이 둘의 언어를 금세 파악하고는 아무 문제없이 이야기를 나눈답니다. 팅거미와 밥의 언어는 맨 앞과 맨 뒤에 나오는 각 단어의 첫 번째 자음을 서로 바꾸면 돼요.

"말 잤어, 주민트롤?"
"징거미와 밥도 잘 탔어?"
무민트롤도 이제 팅거미와 밥의 특이한 말을 제법 익혔어요. 완벽하지는 않지만 서로의 말을 알아들을 수 있게 되었지요.
《마법사의 모자와 무민》

어떤 방법이 공정한지
잘 생각해야 해요.
팅거미와 밥은 옳고 그른 걸
분별하지 못하니까요.
둘은 애초에 그렇게 태어났는데,
더 물어서 뭐하겠어요.
《마법사의 모자와 무민》

팅거미와 밥은 마음에 드는 물건이 있으면 자기 것이 아니어도 슬쩍 가져가요. 둘의 여행 가방 안에는 그 어떤 보석보다 고귀하다는 번쩍이는 왕의 루비가 들어 있었어요! 무시무시한 그로크와 홉고블린 마법사가 왕의 루비를 뺏으려 했지만, 팅거미와 밥은 절대 내주지 않았지요. 정말 소중히 간직해 온 보석이었거든요.

엄마 무민이 소중한 손가방을 잃어버려 신문에 기사까지 났을 때도 바로 팅거미와 밥이 손가방을 슬쩍 가져다가 잠자리로 썼었지요. 손가방에서 자면 아주 아늑하고 편안했거든요. 둘은 엄마 무민이 안쓰러워서 결국 손가방을 제자리에 갖다 놓았어요. 엄마 무민은 팅거미와 밥이 범인이라는 사실을 끝까지 몰랐지요.

밥이 한숨을 내쉬며 말했어요. "구리가 손가방을 돌려줘야 할 것 같아.
엉말 잔타까워! 포그만 주머니에서 자면 정말 편했는데."
《마법사의 모자와 무민》

밥이 말했어요. "꺼다란 게 무섭고 큼찍해! 들어오지 못하게 어서 문을 담가."

《마법사의 모자와 무민》

팅거미와 밥은 조그만 덩치만큼이나 소심하고 겁이 많아요. 무민 골짜기에 온 지 얼마 안 되었을 때 엄마 무민이 조금 큰 소리로 말하자 감자를 넣어 두는 곳간으로 쪼르르 도망쳤을 정도니까요. 엄마 무민이 그런 둘을 보고 생쥐로 착각한 거였지요. 또 그로크가 왕의 루비를 빼앗으려고 하자, 둘은 너무 무서워 몸을 부르르 떨었어요. 무민 골짜기 친구들도 모두 그로크를 두려워하긴 하지만 말이에요. 팅거미와 밥은 툭하면 둘이서 몰래 속닥거려요. 못된 짓을 꾸미거나 물건을 숨기려는 건지도 모르지만 아무튼 둘은 떼려야 뗄 수 없는 사이예요. 팅거미가 없으면 밥도 없고, 밥이 없으면 팅거미도 없다니까요.

팅거미와 밥의 언어 배우기

문장의 맨 앞 단어 첫 번째 자음을 맨 뒤 단어 첫 번째 자음과 바꾸면 돼요.

✳ 정청한 늙은 뮈 = 멍청한 늙은 쥐

✳ 늠식 냄새가 아. = 음식 냄새가 나.

✳ 머도 나찬가지야. = 너도 마찬가지야.

✳ 체자리에, 준비, 줄발! = 제자리에, 준비, 출발!

✳ 설쳐 내서 띠원하네. = 떨쳐 내서 시원하네.

간단하지요? 이제 여러분도 팅거미와 밥의 언어로 말할 수 있어요. 뱅운을 힐어요!

밈블 딸

밈블 딸은 밈블 아주머니가 낳은 딸이에요. 그래서 밈블 딸이란 이름이 붙었어요. 엄마와 딸 사이니까 말은 되지만 가끔 헷갈리기도 해요. 밈블 딸과 밈블 아주머니 모두 밈블이라는 이름으로 불릴 때가 있거든요. 무민 골짜기의 친구들은 대부분 저마다의 종을 이름으로 불러요. 밈블 아주머니와 그녀의 두 딸인 밈블 딸과 꼬마 미이는 모두 밈블이고, 스노크와 스노크메이든은 모두 스노크예요. 아빠 무민과 엄마 무민 그리고 아들인 무민트롤이 모두 무민 혹은 무민트롤인 것처럼요. 무민트롤 가족을 아빠 무민, 엄마 무민 그리고 무민트롤이라고 부르듯이 밈블 가족도 밈블 아주머니와 밈블 딸이라고 부르는 게 가장 좋은 방법인 듯해요. 이제 헷갈리지 않겠지요?

"내가 밈블로 태어나서 정말 다행이야. 머리부터 발끝까지 아주 맘에 쏙 들어."
《무민 골짜기의 11월》

밈블 딸에게는 동생들이 엄청 많아요. 밈블 딸은 수많은 동생들 가운데 여동생 꼬마 미이와 함께 무민 골짜기에 들어와 살게 되었어요. 밈블 딸은 자기만 믿고 따라온 꼬마 미이에게 언니로서 책임감을 많이 느껴요. 그래서 정성껏 보살피려고 최선을 다하지만 꼬마 미이가 워낙 장난꾸러기라 힘에 부칠 때가 많아요. 엄마인 밈블 아주머니와 한집에서 살 때는 엄마를 도와 서른 명이 넘는 동생들을 일일이 목욕시키고 잠도 재우며 돌봤어요. 매일매일 집안일에 치이다 보니 마음 한편으로는 바깥세상을 보고 싶은 마음이 간절했지요. 밈블 딸은 아빠 무민과 친구들을 만나고부터 새로운 세상에 눈을 떴어요. 아빠 무민을 따라가면 자신의 삶이 달라질 수 있을 거라 여겼지요. 그렇게 해서 밈블 딸과 꼬마 미이가 무민 가족과 함께 살게 되었답니다.

밈블 아주머니가 헤어지기 전에 신신당부했어요. "이제부터 네가 여동생을 돌보렴.

너 아니면 누구도 미이를 못 키워. 난 처음부터 포기했거든."

《무민 골짜기의 여름》

밈블 딸은 윤기가 좔좔 흐르는 긴 머리칼을 정성스레 빗질한 뒤, 머리 꼭대기에서 동그랗게 묶어요. 이게 밈블 스타일이지요. 붉은빛 눈동자에 맞춰 **빨간 장화**를 신고 다니고, 특별히 털목도리를 할 때도 있어요. 제일 좋아하는 색은 분홍색이랍니다.

밈블 딸은 미끈하고 길쭉한 자신의 다리가 마음에

쏙 들었고, 빨간 장화도 너무너무 좋았어요.

빛나는 옅은 주황빛 머리칼을 동그란 양파

모양으로 머리 꼭대기에 단단히 묶고 다녔지요.

이게 바로 도도한 밈블 스타일이에요.

《무민 골짜기의 11월》

밈블 딸은 쑥쑥 자라 빨리 어른이 되길 바랐어요. 바깥세상을 구경

하고 흥미진진한 모험을 하고 싶은 마음이 굴뚝같았거든요. 엄마와 한

집에서 사는 동안 무척이나 따분해서 몸은 집에 있지만 마음만은 언제나 바깥

을 돌아다니고 싶어 했지요. 밈블 딸은 잔치를 아주 좋아해요. 한 가지 귀띔하

자면, 밈블 딸은 춤을 정말 잘 춘답니다.

밈블 딸이 아주 당차게 말했어요.

"어른이 될 때까지 여기 있을 테야. 호지킨스,

밈블이 쑥쑥 클 수 있는 걸 발명해 줄래요?"

《아빠 무민의 모험》

"우리 엄마가 그랬어, 난 커다란 조개에서 태어났다고.
엄마가 어항에서 처음 봤을 때 난 물벼룩만 했대."

《아빠 무민의 모험》

밈블 딸은 유머 감각이 뛰어나 익살스런 농담을 잘하고 장난도 잘 쳐요.
직접 겪었다면서 말도 안 되는 이야기를 늘어놓는데, 이야기가 그럴듯하지
요. 정말로 밈블 딸 외삼촌의 기다란 턱수염에서 하얀 생쥐 두 마리가 살고
있을까요? 생각만 해도 턱이 가려워지네요. 그럼 턱수염이 길게 자라면 쥐
가 적어도 여덟 마리는 살 수 있겠어요. 밈블 딸이 둘러대는 거짓말은 동
생 꼬마 미이와 비교할 수 없을 만큼 엉뚱하고 터무니없답니다!

밈블 딸은 문제가 생겨도 머리를 굴려 깔끔하게 해결해요. 하루하루 씩씩하게 살아가는 자신
의 삶을 소중히 여기고 사소한 일도 고맙게 여기지요. 무엇보다 자신이 밈블이라는 사실을 자
랑스러워해요.

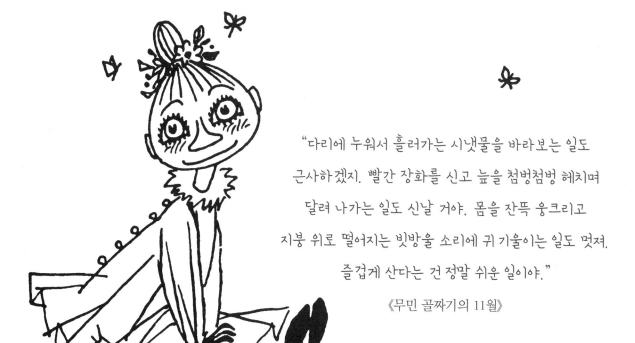

"다리에 누워서 흘러가는 시냇물을 바라보는 일도
근사하겠지. 빨간 장화를 신고 늪을 첨벙첨벙 헤치며
달려 나가는 일도 신날 거야. 몸을 잔뜩 웅크리고
지붕 위로 떨어지는 빗방울 소리에 귀 기울이는 일도 멋져.
즐겁게 산다는 건 정말 쉬운 일이야."

《무민 골짜기의 11월》

밈블 아주머니*

* 밈블 아주머니를 찾을 수 있나요? 그림 속 어딘가에 있답니다!
아빠 무민, 호지킨스, 섬 유령, 족스터, 밈블 딸 그리고 으음, 창밖으로 바다 사냥개도
보이는군요. 두 꼬마 아이들도 있고요. 여러분이라면 충분히 찾을 수 있을 거예요.

대개 밈블 딸도, 밈블 아주머니도 밈블이라고 불러서 혼란스러울 때가 있어요. 사실 밈블 아주 머니는 눈에 잘 띄지 않아요. 낯을 가리거나 숨어 지내는 성격은 아닌데, 늘 자식들 틈에 파묻 혀 살아서 찾으려야 찾을 수 없는 거예요. 아이들은 한시도 엄마를 가만두지 않아서 밈블 아주 머니는 늘 정신없이 바빠요. 밈블 아주머니는 아이 돌보는 일이 너무 고되고 힘들어서 자기 자 식이 몇이나 되는지도 잊어버린 듯해요. 밈블 아주머니는 밈블 딸과 꼬마 미이 그리고 두 딸의 이부형제인 스너프킨을 낳았어요. 그 밖의 다른 자식들까지 모두 합치면 서른넷이나 된답니다.

“사랑하는 딸아! 최근에 낳은 남동생, 여동생들을 좀 보렴!”
《아빠 무민의 모험》

밈블 아주머니는 많은 자식들을 돌보면서 육아에 치일 때가 많지만 엄마로서 늘 최선을 다해 요. 매일 밤 잠들기 전에 아이들에게 재미있는 동화를 읽어 주면 다들 얼마나 좋아하는지 몰라 요. 밈블 아주머니가 육아에 지쳐 녹초가 되면 아이들끼리 둥그렇게 서서 등에 달린 단추를 끌 러 주기도 해요. 밈블 아주머니는 머리부터 발끝까지 동글동글하게 생겼어요. 밝고 유쾌한 성 격이라 언제나 미소를 지으며 즐겁게 지낸답니다.

밈블 아주머니가 눈을 휘둥그레 떴어요.
“화났냐고? 나는 누구한테도 화낸 적이
없어. 화가 나도 금방 풀려. 화내고
있을 틈이 없거든. 열여덟 아홉이나
되는 아이들을 씻기고 재우랴,
옷을 갈아입히고 밥 먹이랴,
콧물 닦아 주랴 하다 보면 하루가
훌쩍 지나간단다. 하지만
무민, 나는 늘 즐겁게 산단다!”
《아빠 무민의 모험》

투티키

"난 북극 오로라에 대해서 생각하는 중이야. 오로라가
진짜 있는지 아니면 있는 것처럼 보이기만 하는지 잘 모르겠어."

《무민 골짜기의 겨울》

투티키는 언제나 커다란 푸른빛 눈망울을 반짝이며 차분한 표정을 짓고 있어요. 대개 하얀색
과 빨간색 줄무늬가 그려진 스웨터를 입고, 방울 달린 털모자를 쓰고 있지요. 빨간색 털모자를
뒤집으면 파란색 털모자가 된답니다. 모자 밖으로 짧은 머리칼이 삐죽삐죽 나온 키 작은 여자
아이가 얼음 구멍 앞에 앉아 낚시를 즐기고 있다면, 틀림없이 투티키예요. 물고기를 잡을 때까
지 끈기 있게 버티면서 세상의 이치와 진리에 대해 곰곰이 생각할 테지요. 투티키는 무슨 일이
든 척척 해내고 생활력이 강하며 혼자 지내는 걸 좋아해요.

투티키는 바닷가 얼음이 꽁꽁 얼어 수심이 얕아지는 때를 좋아했어요.

그러면 얼음 바닥에 난 구멍으로 내려가서 바위에 앉아 쉽사리 낚시를 할 수 있거든요.

머리 위로는 환상적인 초록빛 얼음 천장을 발밑으로는 바다를 두고 말이에요.

《무민 골짜기의 겨울》

무민 골짜기에 사는 많은 동물들과 달리, 투티키는 날이 추워져도 겨울잠을 자지 않아요. 오히려 추워질수록 바깥 활동을 더 자주 하는 편이지요. 투티키는 겨울이 오면 무민 골짜기 근처

"누구나 스스로 깨달아야 해. 혼자 이겨 내야 하고."

《무민 골짜기의 겨울》

"너는 날씨가 춥다고 하겠지만,

눈으로 집을 만들면 아주 따뜻하단다."

《무민 골짜기의 겨울》

바닷가에 있는 무민네 물놀이 오두막에서 보이지 않는 작은 뒤쥐 여덟과 함께 지내요.

무민트롤은 겨울잠을 자다가 문득 깨는 바람에 난생처음 겨울을 겪었을 때 투티키 덕분에 겨울에 대해 제대로 알게 되었어요. 투티키는 무민트롤에게 몸을 따뜻하게 하는 법, 눈을 뭉쳐 집을 짓는 법, 등불을 만드는 법 그리고 가장 혹독한 추위가 몰려오는 시기까지 알려 주었지요.

투티키는 자연과 더불어 살아서 코끝으로 봄을 느끼고 계절이 바뀌는 때도 금방 아는 것 같아요. 겨울이 끝날 무렵, 투티키가 빨간색 털모자를 뒤집어 파란색 털모자로 바꿔 쓰고 있다면 봄이 성큼 다가왔다는 뜻이에요. 무민 가족이 겨울잠에서 깨기 전에 물놀이 오두막을 청소하면 봄맞이 준비가 모두 끝나요. 이윽고 따뜻한 봄이 오면, 배럴오르간을 멋지게 연주해 무민 골짜기 친구들을 겨울잠에서 깨운답니다.

"봄이 다가오고 있는 게 느껴지지 않니?"

《무민 골짜기의 겨울》

무민 골짜기 친구들은 투티키가 화내는 모습을 본 적이 없어요. 침착하고 생각이 깊으니까요.
투티키의 이야기를 듣고 있으면 몸과 마음이 한 뼘 더 성장하는 것 같아요.

"아, 투티키는 물놀이 오두막과 바닷가에 존재하는

모든 것에 너무 깊이 생각하는 것 같아."

《무민 골짜기의 겨울》

사향뒤쥐

사향뒤쥐는 머리를 가로저었어요.

"나는 네 생각을 존중하지만 그건 틀린 생각이야.

완전히, 절대적으로, 확실히 틀렸다고."

《무민 골짜기에 나타난 혜성》

사향뒤쥐는 이름 그대로 사향뒤쥐예요. 털이 북슬북슬하고 반짝이는 까만 눈에 턱수염과 콧수염이 길지요. 철학자라서 그런지 지혜롭고 느긋하며 책을 아주 많이 읽어요. 스스로를 아는 것이 많은 고귀한 존재라고 여기며 무척 자랑스러워하지요. 가장 좋아하는 책은《쓸모없는 모든 것에 대하여》라는 철학책이에요. 그런데 사향뒤쥐가 실제로 책 읽는 모습은 별로 못 본 것 같아요. 무민네 해먹에서 낮잠 자는 걸 더 많이 봤거든요. 알고 보면 편히 누워서 뒹굴뒹굴하는 걸 더 좋아하는 게 아닐까요.

사향뒤쥐의 집은 강둑에 있었는데, 아빠 무민이 강에 다리를 놓는 바람에 망가졌어요. 그 뒤로 무민 가족과 함께 살게 되었지요. 사향뒤쥐의 간절한 소망은 조용하고 평화로운 곳에서 명상을 하는 거예요. 아무도 없는 곳에서 혼자 지내는 게 꿈이라고 해요.

사향뒤쥐는 툭하면 투덜거려요. 무민트롤과 친구들이 시끌벅적하게 떠들거나 짓궂게 장난치면서 사향뒤쥐를 귀찮게 하는 일이 잦거든요. 그래서 사향뒤쥐는 많은 친구들과 이웃들로 복작복작한 무민네에서 살아가는 걸 정말 힘들어하지요. 한번은 실수로 엄마 무민이 정성껏 만든 케이크에 올라앉은 적이 있어요. 그 때문에 사향뒤쥐의 온몸이 끈적끈적해져서 따뜻한 목욕물을 받느라 엄마 무민의 일만 더 늘었지요. 그런데도 사랑스러운 불만투성이 사향뒤쥐는 오히려 자신을 좀 신경 써 주고 진지하게 대해 달라고 목소리를 높였어요. 사향뒤쥐를 한마디로 표현한다면, "나를 존중해 줘!"랍니다.

사향뒤쥐가 투덜댔어요.

"나의 평화가 완전히 깨져 버렸어.

철학자는 잡다한 세상일에 휘말리지 않도록

신경 써 줘야 하는데."

《무민 골짜기에 나타난 혜성》

필리용크

필리용크는 키가 크고 늘씬하지만 주둥이가 길쭉해서 쥐와 비슷하게 보이지요. 세상 모든 일을 걱정하며 속을 태우다 보니 늘 불안한 표정으로 아직 일어나지 않은 일까지 염려하면서 대부분의 시간을 보낸답니다. 필리용크는 징그러운 벌레와 더러운 먼지를 끔찍하게 싫어해서 매일매일 방을 청소해요. 옷에 조금만 자국이 생겨도 당장 세탁하고, 모든 물건들이 흐트러지지 않게 각을 맞추며 정리하고 허드렛일을 도맡아 하지요. 필리용크는 뭔가를 즐기는 성격은 아니지만, 집안일만큼은 매우 즐겁게 한답니다.

필리용크로 산다는 건 결코 쉬운 일이 아니에요.

《무민 골짜기의 여름》

언젠가 무민 골짜기에 홍수가 나서 집들이 모두 떠내려간 적이 있어요. 무민 가족도 한동안 극장으로 옮겨 살게 되었지요. 그곳은 무대 감독 필리용크가 일하던 극장이었는데, 그는 이미 세상을 떠난 뒤였고 아내인 무대 쥐 엠마가 지키고 있었어요. 걱정을 한가득 안은 채 살아가는 필리용크가 무대를 책임지고 지휘했다니 상상이 안 되지요? 모르긴 몰라도 연극을 준비하는 동안 그리고 무대의 막이 올랐다 내릴 때까지 내내 안절부절못했을 거예요.

스노크메이든은 한여름에 조카딸 필리용크를 만난 적이 있어요. 조카딸 필리용크는 고모와 고모부를 위해 음식을 준비했는데, 야속하게도 고모와 고모부가 식사 자리에 나타나지 않자 안절부절하며 끔찍하게 걱정했어요! 아마도 그 고모와 고모부는 무대 감독 필리용크와 무대 쥐 엠마일지도 몰라요.

바닷가 옆 멋진 집에서 혼자 사는 필리용크 아주머니도 있어요. 필리용크 아주머니는 우아한 드레스에 방울 털모자를 쓴 차림으로 가지런히 놓인 자질구레한 패물과 수십 가지 장식품을 닦고 또 닦으면서 지내지요. 물건이 떨어지거나 깨지지 않을까 끊임없이 걱정하면서요.

필리용크 아주머니는 걱정과 불안에 시달리느라 한순간도 편히 쉴 수 없었어요. 오히려 회오리바람에 집 안 살림이 몽땅 하늘로 날아가고 나서야 마음이 편해졌지요. 모두 사라져 버렸으니 더는 잃어버릴까 봐 걱정할 필요가 없었거든요.

하지만 모든 필리용크에게 그런 행운이 따른 건 아니에요. 11월에 한 필리용크가 무민 네를 찾아왔는데, 무민 가족은 모험을 떠나고 없었어요. 필리용크는 걱정에 걱정을 거듭했답니다.

필리용크 아주머니는 숨을 깊이 들이마시더니 속으로 중얼거렸어요. "이제 두 번 다시 걱정하며 지내지 않을 거야. 나는 자유야. 무엇이든 할 수 있어!"

《무민 골짜기의 친구들》

필리용크의 열 가지 걱정거리

걱정거리에 순서가 따로 정해져 있는 건 아니에요. 순서가 틀렸으니
다시 정해야 한다고 필리용크가 끝없이 걱정할 것 같아서 미리 말하는 거예요.

✳ **무질서!** 모든 것은 반드시 제자리에 있어야 해요.

✳ **더러움!** 어떤 물건이든 먼지 하나 없이 반짝반짝 깨끗해야 해요.

✳ **벌레!** 징글징글 벌레는 온갖 병균과 오물을 옮기고 다녀요. 진흙 묻은 벌레는 집 안에
발자국을 남길 수도 있고요. 우엑, 벌레가 음식에 떨어질 수도 있다고요!

✳ **까닭 모를 소음!** 방금 무슨 소리가 났는데⋯. 나무가 쓰러지는 소리일까요? 아니면
사나운 짐승이 울부짖는 소리? 지붕이 무너지는 소리? 그것도
아니라면⋯! 소리의 정체를 알 수 없다는 게 가장 무서워요!

✳ **조용함!** 왜 이렇게 조용하죠? 곧 끔찍한 일이 벌어질 것 같아요!

✳ **폭풍!** 비와 바람 때문에 모든 것이 무너지는 혼돈과 파괴를 겪을까 봐 두려워요.

✳ **초대한 손님!** 예의 없이 굴고 주변을 마구 어지럽히는 손님이 오면 어쩌죠? 반대로 내가
손님한테 실수하면⋯? 손님이 찾아오면 어떻게 대접해야 할지 몰라서
걱정이에요. 무엇보다 손님이 아무도 안 오면 어떡해야 하나요?

✳ **초대하지 않은 손님!** 열린 창문으로 새가 들어오면 내 머리칼을 흩뜨리거나 커튼을
　　　　　　　　　　마구 뜯어 놓을 수도 있어서 안 돼요! 혼자 있고 싶은데 누가 불쑥
　　　　　　　　　　찾아오면 어쩌죠?

✳ **사회 규범!** 예절과 전통 같은 사회 규범을 지키는 일은 아주 중요해요. 때와 장소에 맞게
　　　　　　말하고 행동하는 건 기본 아닌가요? 괴짜들이 엉뚱하게 구는 건 정말이지
　　　　　　참을 수 없어요!

✳ **모든 것!** 그냥 몽땅 다 걱정돼요!

열 가지 걱정거리들을 읽기만 해도 지치는군요.
필리용크의 머릿속에 들어갔다 나온 것 같네요.
필리용크처럼 평생 걱정하며 산다면 어떨까요?
한번 상상해 보세요.

토프트

'나는 왜 그렇게 헤뮬렌이 못마땅했을까. 전혀 화낼 일이 아니었고,

그때까지 난 한 번도 화를 낸 적이 없었는데. 갑자기 부아가 끓어올라서

넘쳐 흘렀을 뿐이야. 꼭 폭포수처럼! 사실 나는 아주 얌전한데.'

《무민 골짜기의 11월》

토프트는 덩치가 작고 다리가 짧으며 눈이 커다랗고 금발이 덥수룩한 아이예요. 사실 토프트는 홈퍼이기 때문에 홈퍼 토프트라고도 불러요. 토프트는 방수포가 덮인 헤뮬렌의 나무배 뱃머리에 사는데 아무도 그 사실을 몰랐어요. 헤뮬렌은 일 년에 한 번, 봄이 되면 방수포를 걷고 나무배의 쩍쩍 갈라진 틈 사이로 타르를 발라 물이 새지 않도록 한 다음 다시 방수포를 덮어요. 토프트는 타르 냄새가 가득한 방수포 안에서 아늑함을 느끼며 지낸답니다.

홈퍼들은 보통 좋은 냄새가 나는 곳에서만 살아요. 홈퍼 토프트는 타르 냄새를 아주 좋아해서 헤뮬렌의 배가 특히 마음에 들었어요. 또 둘둘 감아 놓은 밧줄 안에서 웅크리고 있으면 누군가가 꼭 안아 주는 것 같아 마음이 포근해졌지요. 토프트의 낙낙한 외투는 아주 따뜻해서 싸늘한 가을밤을 견디기에 딱 좋아요. 날이 저물고 무민 골짜기가 고요해지면 토프트는 혼자 지어낸 이야기를 자기 자신한테 들려준답니다. 평화롭고 행복한 무민 가족 이야기를요.

어느 날 토프트는 무민 가족이 너무나 보고 싶어서 찾아갔는데 멀리 여행을 떠나고 없었어요. 문득 무민네 정원 산호초 받침대에 놓인 아빠 무민의 수정 구슬에 호기심이 생겼어요. 아무도 없을 때 혼자 조용히 들여다보고 싶었지요.

토프트는 착하고 수줍음이 많으며 조용한 친구예요. 이따금 화를 주체하지 못하는 자신과 마주할 때면 당황해서 어쩔 줄 몰라 해요. 평소와 전혀 다른 모습이 툭 튀어나오니까요. 왜 그렇게 부아가 나는지 스스로도 잘 모르는 것 같아요. 가족이 없어서 이따금 버림받았다는 슬픔과 외로움이 드나 봐요.

"나를 진심으로 아껴 주는 누군가가 있으면 좋겠어. 그래, 난 엄마가 필요해!"

《무민 골짜기의 11월》

미자벨

"나는 뭘 해도 안 돼. 하나부터 열까지 되는 일이 없다고!
그저께는 누가 내 신발 속에 솔방울을 집어넣었어. 내 발이 크다고 놀리려던 게 분명해.
또 어제는 헤물렌이 내 방 창문 앞을 지나면서 대놓고 비웃지 뭐야."

《무민 골짜기의 여름》

미자벨을 보고 있으면 너무 안타까워요. 매사에 자신감이 없고 너무 예민하게 굴거든요. 툭하면 화를 내고 눈물을 쏟으려고 해요. 사소한 일에도 신경을 곤두세우고, 마음의 상처를 두고두고 기억하며 곱씹지요. 미자벨은 자신이 세상에서 가장 불행하다고 느낄 때 가장 행복하대요. 모순되지만 미자벨의 성격을 생각하면 그나마 다행인 것 같아요.

미자벨은 방 안에 홀로 앉아 거울 속의 제 모습을 뚫어지게 들여다보면서 한숨을 푹 쉬곤 해요. 스스로를 못생겼다고 여기는 거예요. 그때마다 입이 댓 발 나와서 자신을 측은하게 생각한답니다. 또 미자벨은 자신이 뚱뚱해서 친구가 없는 거라고 굳게 믿고 있어요. 무민에게는 절대 통하지 않는 말이지만요!

미자벨은 자기 대사를 읽다가 갑자기 대본을 내던지며 짜증을 부렸어요.

"이 역할은 너무 발랄해! 나랑 하나도 안 맞아!"

《무민 골짜기의 여름》

미자벨은 조그만 몸집에 새까맣고 뻣뻣한 머리칼 한가운데에 가르마를 탔어요. 웃기는커녕 매번 울상을 하고 다니지요. 한번은 우연히 극장에서 무민 가족과 친구들을 만나 함께 연극 무대를 꾸미기로 했어요. 미자벨은 무대 위에서 연기할 때 큰 즐거움을 느꼈답니다. 하지만 아빠 무민이 쓴 대본을 보고는 너무 밝고 긍정적이어서 자신의 이미지와 맞지 않는다고 생각했어요. 자신은 마지막에 죽음을 맞이하는 비련의 여주인공이어야 한다고 목소리를 높였지요. 결국 친구들이 자신의 의견을 받아들이자, 미자벨은 더할 나위 없이 기뻐했어요!

미자벨이 불쑥 끼어들었어요.

"나, 여주인공 할래요.

하지만 슬픈 역할이면 좋겠어요.

핏기 없는 얼굴로 울고불고하는 역!"

《무민 골짜기의 여름》

129

소리우

스키 타는 헤뮬렌은 이따금 소리우를 꼬드기곤 했어요.

하지만 소리우는 개 썰매나 스키 점프에 관심이 없었지요.

밤마다 오두막에서 나와 달을 쳐다보며 울부짖었기 때문에

낮에는 잠을 푹 자거나 혼자 있고 싶어 했어요.

《무민 골짜기의 겨울》

한겨울이 계속되던 어느 날, 조그맣고 깡마른 강아지가 무민 골짜기에 들어섰어요. 누더기 털 모자를 양쪽 귀까지 내려 쓴 모습이 정말 슬퍼 보였지요. 먹을 것을 찾아 골짜기로 온 소리우라 는 강아지였어요. 엄청난 추위가 닥치는 바람에 북쪽에 먹을 것이 바닥나 버렸거든요.

소리우는 무민네 물놀이 오두막에서 지냈어요. 달빛이 빛나는 밤이면 눈 덮인 숲으로 들어가, 멀리 외딴 산을 바라보며 야생 늑대들이 울부짖는 소리를 듣곤 했지요. 그리고 자신도 늑대들을 향해 우울한 울음소리로 대답했답니다. 그럴 때면 늑대들을 찾아가서 함께 놀고 싶었지요. 늑대가 자신의 먼 친척이라나요. 그 뒤 소리우는 그토록 그리던 늑대와 만났지만, 자신이 생각하던 늑대와는 전혀 다르다는 사실을 깨달았어요. 무시무시한 늑대가 자신을 잡아먹을 수 있다는 것도 알았지요. 지금쯤 소리우는 외딴 산으로 가서 재미있게 놀고 있을 거예요. 헤물렌과 함께 스키를 즐기기로 했거든요.

야금이

"야금이들은 못된 습관이 하나 있어. 커다란 코만 보면 재미 삼아 물어뜯는 게 취미거든.
그러니 우리가 야금이를 보면 안절부절못하는 게 당연하지."

《아빠 무민의 모험》

야금이들은 혼자 있는 것을 싫어해서 수천 마리씩 떼 지어 다녀요. 그리고 야금이들은 여왕을 섬기는데, 바로 무민 고아원을 운영하던 헤물렌 아주머니였어요. 헤물렌 아주머니가 내는 수학 곱셈 문제가 너무 재미있어서 자신들의 여왕으로 떠받들게 되었지요.

야금이는 조그만 털북숭이 동물로, 무민 골짜기에서부터 강어귀에 이르기까지 이빨로 강바닥에 굴을 파며 살아요. 양쪽 뺨에 수염이 덥수룩하고, 긴 눈썹과 꼬리도 달려 있지요. 가장 큰 특징은 발바닥에 빨판이 있다는 거예요. 멀리서 숨죽인 채 나지막이 울부짖는 소리가 들린다면 야금이들이 다가오고 있다는 뜻이에요. 그럼 조심해야 해요. 야금이들은 구름 떼처럼 잔뜩 몰려다니며 이리저리 바삐 움직이다가 아무나 넘어뜨리거든요.

"갑자기 헤뮬렌 아주머니가 이리저리 비틀거리더니 우산을 마구 휘둘렀어.
털북숭이 야금이들이 헤뮬렌 아주머니를 들어 올려 앞으로 나아가고 있었던 거야."

《아빠 무민의 모험》

야금이들은 무엇이든 갉아 먹고 씹어 대요. 낯설거나 새로운 것을 발견하면 이빨을 드러내며 아주 득달같이 달려들지요. 특히 크고 기다란 코만 보면 아주 야단이랍니다. 한번은 야금이 수천 마리가 아빠 무민이 타고 있는 집배 '바다에 과녀낙딴'을 에워싸고는 헤뮬렌 아주머니를 데려간 적이 있어요. 헤뮬렌 아주머니의 코가 눈에 띄게 커서 그랬던 것 같아요. 헤뮬렌 아주머니와 야금이들은 그렇게 처음 만났답니다.

야금이들은 무리 지어 다니면서 코를 물어뜯거나 벌러덩 자빠뜨리는 것만 빼면, 대부분 마음씨가 착하고 남에게 해를 끼치지 않아요. 여럿보다는 한두 마리씩 차례차례 만나다 보면 야금이들과 금방 친해질 수 있을 거예요. 야금! 야금!

무대 쥐 엠마

"무대 감독인 내 남편 필리용크가 이 꼴을 안 봐서 천만다행이야.

여보, 편히 쉬시길! 어쩜 극장에 대해 이렇게 모를 수가 있지? 제대로 아는 게 하나도 없어!"

《무민 골짜기의 여름》

어느 여름날, 무민 가족은 홍수에 둥둥 떠내려온 극장 건물로 허겁지겁 몸을 피한 적이 있어요. 모두 오갈 곳이 없어서 극장에서 머물기로 했지요. 저녁을 먹고 있는데, 깜깜한 구석에서 갑자기 시커먼 그림자가 불쑥 나타났어요. 이어 조그만 눈동자 두 개가 반짝거리면서 경멸에 가득 찬 눈초리로 이리저리 훑어보다가 때마침 커다란 죽 그릇을 들고 오는 엄마 무민을 쏘아보았지요. 동시에 눈동자가 날카롭게 번뜩이더니 깔보는 듯한 코웃음 소리가 들렸어요. 무민 가족은 그 눈동자의 정체가 생쥐라는 사실을 전혀 몰랐지요. 평범한 쥐가 아니라 바로 무대 쥐 엠마였답니다.

사랑하는 엠마에게

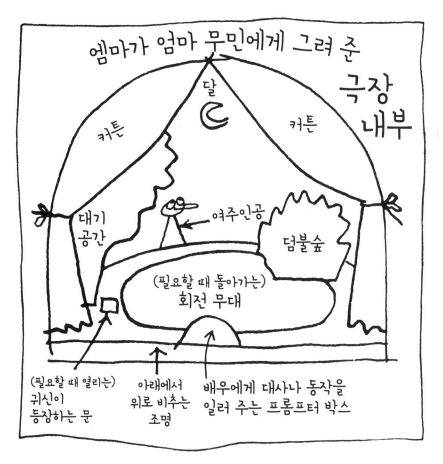

무대 쥐 엠마는 안 그래도 무민 가족이 극장에 불쑥 들어와 못마땅했는데, 극장에 대해 아무것도 모르는 모습에 더욱 기가 찼어요. 무민 가족은 자신들이 머물고 있는 극장 건물이 물에 떠내려온 집인 줄로만 알았지요. 무대 쥐 엠마는 남편 필리용크가 살아 있을 때 둘이 함께 작품을 구상하고 연극 무대를 꾸몄어요. 그래서 예나 지금이나 극장에 큰 자부심을 가지고 있답니다. 극장에 대해 알게 된 무민 가족이 직접 대본을 써서 연극을 무대에 올리려 하자, 무대 쥐엠마는 도와주기로 마음먹었어요. 그리고 자신의 지식을 뽐내면서 무대 감독으로서 뛰어난 실력을 발휘했지요! 그러면서 차갑고 날카로웠던 엠마가 점점 친절하고 너그럽게 바뀌었답니다.

"엉망진창 연극이 되겠군. 야유를 받을 게 뻔하지만 너희가 정 그렇게

무대에 오르고 싶다면, 제대로 연극하는 요령을 좀 가르쳐 줄 수도 있어.

물론 나한테 시간이 나야겠지만."

《무민 골짜기의 여름》

우디

날마다 솜털이 보송보송한 꼬마 우디들은 이 끔찍한 공원에 왔어요.

공원 경비원 헤뮬렌과 공원 관리원 헤뮬렌은 꼬마 우디들에게 모래밭에서만 놀라고 했지요.

하지만 꼬마 우디들은 나무에 오르고, 물구나무서거나 잔디밭을 맘껏 뛰어다니고 싶었어요.

《무민 골짜기의 여름》

어른 우디도 작은데, 꼬마 우디는 몸집이 얼마나 더 작을까요? 여러 까닭으로 버려졌거나 집을 잃은 꼬마 우디 스물넷은 매일같이 공원에 나왔어요. 공원 경비원 헤뮬렌과 공원 관리원 헤뮬렌은 모래밭 양쪽에 자리 잡고 앉아 꼬마 우디들을 감시했지요. 그들은 뛰놀고 싶은 아이들의 마음을 전혀 헤아리지 못했어요. 공원 곳곳에는 '~하지 말 것!'이라는 푯말만 가득했거든요. 그러니 꼬마 우디들은 풀을 밟을 수도 없고, 달리기나 나무 오르기도 할 수 없었어요. 꼬마 우디들은 작고 재미없는 모래밭에서 이러지도 저러지도 못 했지요.

다행히 스너프킨이 나타나 꼬마 우디들을 구해 주었어요! 우디들은 스너프킨 주위로 몰려들어 그 뒤만 졸졸 따라다녔지요. 스너프킨은 꼬마 우디들을 돌보는 일이 무척 힘들다는 사실을 금세 깨달았어요. 아이들은 툭하면 배고프다고 울고 힘들다고 짜증을 냈거든요.

스너프킨과 우디들은 빗속을 걷고 또 걸었어요. 우디들은 재채기를 해 대고,
신발을 잃어버리고, 먹을 것이 없다고 잔뜩 투정을 부렸어요.
그 가운데 서너 명은 옥신각신 싸움까지 벌였지요. 어떤 우디는 가문비나무의
뾰족한 잎에 코를 처박았고, 또 다른 우디는 고슴도치 가시에 찔리기도 했어요.
《무민 골짜기의 여름》

스너프킨은 지금껏 아이를 돌본 적이 한 번도 없었지만, 최선을 다해 달래고 보살폈어요. 우디들은 예쁘게 수놓은 담배쌈지를 스너프킨에게 선물하며 고마운 마음을 전했답니다.

꼬마 우디들은 해일이 덮쳐 떠밀리다가 암초에 걸려 멈춘 가문비나무 숲속의 극장에서 지내기로 했어요. 무대 쥐 엠마, 조카딸 필리용크, 홈퍼 그리고 미자벨과 함께요.

훔퍼

미자벨이 갑자기 밈블처럼 행동하거나,

훔퍼가 헤물렌같이 군다면 세상이 어떻게 되겠어요?

《무민 골짜기의 여름》

훔퍼는 까맣고 커다란 눈에 뾰족뾰족한 머리칼이 특징이에요. 훔퍼의 생김새는 흡사 토프트 같고 토프트 역시 훔퍼처럼 보여요. 사실 토프트도 훔퍼인데 잘 모르는 사람이 많답니다. 훔퍼는 까만 외투 위에 목도리를 두른 뒤 핀을 꽂고 다녀요. 진지하고 진실한 성격이며 철학적인 사색을 즐기지요. 호기심이 강해 무엇이든 알고 싶어 하고 세상의 모든 것을 이해하려고 노력하지만, 아직은 혼란스럽기만 해요. 그래도 끊임없이 세상이 어떻게 돌아가는지, 사건이나 문제가 왜 생기는지, 모든 생명들이 왜 각자 독특한 방식으로 살아가는지 궁금해하지요. 자신이 똑똑해져서 이 모든 것을 깨달을 수 있다면 참 좋겠다고 생각해요.

훔퍼는 정직하고 다정하며 마음씨가 착해요. 미자벨이 무대에서 새로운 삶을 발견하기 전까지 우울해하던 것을 불쌍하게 여길 정도로요. 또 용감무쌍해서 극장에서 쿵쿵대는 이상한 소리가 들리자 소리의 정체와 싸우려고 칼을 들고 달려 나갔지요. 뜻밖에도 침입자는 극장의 원래 주인인 무대 쥐 엠마였답니다.

무민 가족이 극장에서 공연을 준비할 때, 훔퍼는 무대 뒤편에서 기계 장치 작동을 맡았어요. 장식용 달을 무대 위로 밀어 올리거나 바람을 일으켰지요. 훔퍼는 이 공연을 통해 자신의 소질을 깨닫고 뒷날 극장의 무대 감독이 되었어요. 이미 세상을 떠난 극장의 원래 주인이자 무대 쥐 엠마의 남편인 필리용크의 뒤를 이은 거예요.

훔퍼는 세상 모든 것이 어떤 의미를 가지는지 고민해 보았지만 딱히 답이 떠오르지 않았어요.
"내가 좀 더 똑똑했다면 아니면 몇 달이라도 더 살아 봤다면 좋았을걸."
《무민 골짜기의 여름》

아빠 무민의
친구들

족스터

*"족스터가 아니면 누구 짓이겠어! 족스터는 하지 말라는 건 뭐든지 하려고 안달이거든.
그래서 항상 법과 교통 신호를 어겨 경찰들과 싸우잖아."*

《아빠 무민의 모험》

족스터는 괴상하게 생긴 뾰족모자를 쓰고 담뱃대를 입에 물고 있는데 스너프킨과 정말 똑같이 생겼어요. 엄밀히 따지면 스너프킨이 족스터를 닮은 거지요. 족스터가 스너프킨의 아빠거든 요. 족스터와 스너프킨 모두 자유와 평화를 사랑하고, 규칙과 규제를 싫어해요. 그러니 당연 히 둘 다 공원 경비원 헤뮬렌과 경찰 헤뮬렌도 싫어하지요. 족스터는 매사에 진지하지 않고 무 슨 일이든 시큰둥해요. 성격이 느긋하고 여유로워서 담배 연기를 내뿜으며 세상일이 흘러가는 대로 놔둔답니다. 말 그대로 그냥 살아가는 거예요!

그런데 아빠 무민은 족스터가 어떻게 집 안에 들어왔는지 궁금했어요. 분명 대문을 잠가 놓았 는데 말이에요! 좀 괘씸하긴 하지만 그게 바로 족스터지요. 열려 있는 문을 통해 집 안으로 들 어오면 재미가 없으니까요. 족스터는 규칙을 깨뜨리고 질서를 무너뜨리거나 절대 해선 안 되는 일만 골라서 해요. 낯은 또 얼마나 두꺼운지요! 족스터는 아빠 무민, 호지킨스, 머들러와 끈끈 한 우정을 나누면서 크고 작은 모험을 함께 해 나간답니다.

호지킨스

"우리는 늘 가슴속에 아주 중요한 것을 품고 살지. 무민, 넌 어렸을 때 뭐든 알고 싶었다고 했지?
지금은 뭔가 되고 싶고 말이야. 난 무엇이든 만들고 발명하고 싶어."

《아빠 무민의 모험》

호지킨스는 아빠 무민이 세상에 나와 맨 처음 사귄, 아주 오랜 친구예요. 아빠 무민은 난생처음 골짜기에 집을 지었을 때 숲에서 호지킨스를 만났지요. 호지킨스는 아빠 무민에게 물레방아 만드는 법을 가르쳐 주었어요. 강물 속에 나뭇가지 두 개를 박은 뒤, 나뭇잎 네 장을 겹쳐 꽂으면 빙글빙글 돌면서 물을 끌어오는 원리였지요. 둘은 금방 친구가 되었어요.

호지킨스는 생활력이 강하고 뭐든지 자기 손으로 직접 해요. 물건을 만들고 발명하는 실력도 대단하지요. 아빠 무민에게 배 위에 집을 짓자는 멋진 아이디어를 낸 것도 바로 호지킨스예요. 호지킨스는 자신의 배 위에 아빠 무민의 집을 지어 올린 집배에 '바다의 관현악단'이라는 이름을 붙였어요. 시집 《바다의 관현악단》을 낸 뒤 먼저 세상을 떠난 형을 기리기 위해서였지요. 그런데 머들러가 뱃머리에 페인트칠을 하다가 배 이름을 '바다에 과녀낙딴'이라고 잘못 쓰고 말았답니다. 머들러는 호지킨스의 조카예요. 확실하지는 않지만 호지킨스는 머들러가 죽은 형의 자식이라고 생각하지요.

호지킨스는 집배 '바다에 과녀낙딴'을 잠수함으로 싹 바꿔 놓을 정도로 재주가 뛰어나요. 아빠 존스가 개최한 잠수함 제막식에서 '왕실의 깜짝 발명가' 호칭을 받을 만하지요!

호지킨스는 입이 무겁고 말수가 적지만 곁에 있으면 든든하고 믿음직스러운 친구예요.

"호지킨스는 내가 지은 집을 보고 참 좋다고 했지. 그 말은 정말 훌륭하고
멋있다는 뜻이었어. 호지킨스는 원래 호들갑 떠는 성격이 아니거든."

《아빠 무민의 모험》

머들러

머들러는 '뒤죽박죽'이란 뜻이에요. 정말이지 머들러는 이름 그대로 물건을 제대로 정리할 줄 모르고, 툭하면 빠뜨리거나 아예 잊어버려요. 옷차림도 엉망인데 머리에는 손잡이가 달린 냄비를 쓰고, 너덜너덜한 외투에 괴짜 같은 물건들을 달고 다니지요. 머들러가 사는 커피 깡통 안에는 종이 클립, 철사 스프링, 종이 가위, 귀걸이, 바지 단추, 말린 개구리, 치즈 자르는 칼, 담뱃대 세척제 같은 잡동사니로 가득해요. 머들러는 정리를 잘 못하지만, 자기 물건을 무척 소중히 여겨서 행여나 잃어버리지 않을까 늘 전전긍긍한답니다.

머들러가 정신없이 냅다 달려왔단다.

꼬리를 탁탁 치고, 귀를 펄럭이고, 머리칼을 휘날리면서 소리쳤지.

"우아, 멋지다!"

《아빠 무민의 모험》

맞춤법도 틀리기 일쑤예요. 호지킨스와 아빠 무민이 만든 집배의 뱃머리에 '바다의 관현악단'이라고 써야 하는데, '바다에 과녀낙딴'이라고 잘못 썼지요. 요리할 때는 또 어떻고요. 푸딩을 어디다 뒀는지 몰라서 대신 오믈렛을 만들었는데, 글쎄 오믈렛 안에다 톱니바퀴를 빠뜨렸지 뭐예요. 머들러는 이렇게 실수투성이지만 착하고 늘 최선을 다하며, 솔직하답니다.

머들러는 봄맞이 대청소를 하는 사이에 부모님을 잃어버리고 다시는 찾지 못했어요. 그 뒤로
호지킨스가 작은아빠를 자청하여 머들러를 쭉 돌보아 왔지요. 뒷날 머들러는 퍼지와 사랑에 빠
져 결혼했고, 둘 사이에서 아들 스니프가 태어났어요. 그런데 분명히 말하자면, 머들러와 퍼
지는 자식을 잃어버린 게 아니랍니다. 스니프가 부모님에게서 일찍 독립하여 무민네 집에서 무
민 가족이랑 사는 거예요.

무민식 지혜가 담긴 어록

모험 이야기가 다 그렇지, 뭐.
누군가를 구하거나 아니면 누가 구해 주거나.
보이지 않는 곳에서 주인공을 몰래 도와주는 친구들
이야기도 누가 좀 썼으면 좋겠어.

《무민 골짜기의 겨울》

아빠 무민은 해티패트너들처럼 말수가 적고
신비로운 존재가 되기로 결심했어요. 우리는 대개 말이
없는 친구를 좋아하지요. 말이 없으면 왠지 아는 것도
많고 흥미진진한 삶을 사는 것처럼 보이거든요.

《무민 골짜기의 친구들》

오솔길은 정말 신기해요. 이리저리 굽이치다
이쪽저쪽 제 갈 길로 뻗어 나가는 게 엄청 재미있거든요.
이런 길은 아무리 걸어도 전혀 지치지 않아요.
집에 늦게 도착하는 것도 아니고요.

《무민 골짜기에 나타난 혜성》

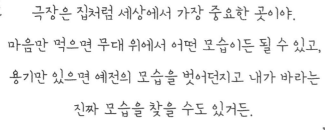

극장은 집처럼 세상에서 가장 중요한 곳이야.
마음만 먹으면 무대 위에서 어떤 모습이든 될 수 있고,
용기만 있으면 예전의 모습을 벗어던지고 내가 바라는
진짜 모습을 찾을 수도 있거든.

《무민 골짜기의 여름》

온 세상이 잠든 캄캄한 밤, 돛대 꼭대기에서
등불이 반짝이고 배는 점점 뭍에서 멀어지는구려.
한밤중에 배를 몰고 멀리 떠나는 것보다 근사한 일은 세상에
없을 거요. 새로운 삶은 이렇게 시작하는 거 아니겠소.

《아빠 무민 바다에 가다》

물건에 자꾸 욕심내니까 그런 일을 겪는 거야.
나는 그냥 바라보다가 마음에 담고 떠나지.
그래서 늘 앞발이 자유로워. 들고 다닐 짐이 없거든.

《무민 골짜기에 나타난 혜성》

무민 골짜기의
으스스한 녀석들

무민 골짜기는 아름다운 풍경을 배경으로 마법 같은 일이 잇따라 벌어지는 평화로운 곳이에요.
하지만 어두운 면도 분명 있지요. 골짜기 곳곳에 무섭고 괴상한 생물들이 살고 있거든요. 바로
부블 에드워드, 해티패트너, 개미귀신, 그로크 등이지요. 무민 가족과 친구들은 때때로 이들
과 맞닥뜨리면서 위험하고 곤란한 상황에 처하곤 해요. 그래서 무시무시한 녀석들을 미리 눈
치채고 재빨리 피하는 법을 배운답니다.

무민트롤은 혼자 강가를 거닐면서 생각에 잠겼어요.
'그로크와 마주치거나 경찰 헤뮬렌에게 잡힐지도 몰라. 얼어 죽거나 거친 바람에
날아갈 수도 있고, 목에 청어 뼈가 걸릴 수도 있지. 세상에는 위험한 일이 너무 많아.'
《무민 골짜기의 여름》

해티패트너

"배마다 회백색의 작은 생물들이 한데 모여 있었는데 하나같이 말이 없었지. 멍하니
수평선만 바라보고 있었어. 바로 해티패트너들이야!" 호지킨스가 소리쳤어요.

《아빠 무민의 모험》

작은 배들이 떼 지어 나타나 바다에 흩뿌린 제 그
림자 위를 나비처럼 사뿐히 미끄러져 나아가요.
배마다 한데 모여 움직이는 수백 수천의 해티패
트너들로 가득하지요. 해티패트너는 듣지도 말
하지도 못하고, 먹지도 자지도 않는 채 잎사귀
같은 발로 다닥다닥 붙어 다녀요. 허연 버섯 줄
기 같은 조그만 몸뚱이에 초점 없는 눈으로 평생
을 끊임없이 돌아다니지요. 가지 못하는 미지의
세계로 가려고 애쓰는 것처럼요.

"조그맣고 하얀 해티패트너들은
아무도 모르는 곳을 찾아 정처 없이 떠돌아다녀요."
《무민 골짜기에 나타난 혜성》

해티패트너들은 슬픔과 기쁨, 분노 같은 감정을
전혀 드러내지 않아서 무슨 생각을 하고 사는지
알 길이 없어요. 그들이 반응을 보이는 건 딱 하나, 마침내 뭍을 찾았을 때예요. 발 디딜 땅이
보이기만 하면 평소와 달리 들뜨고 쌩쌩해져서 배를 몰고 나아간답니다.

"그들은 평화도 휴식도 없이 늘 여행만 해.
한마디 말도 없이, 만날 이리저리 떠돌아다니지."
《아빠 무민의 모험》

해티패트너들은 아무것도 느끼지 못하고 생각하지도 못한 채 그저 찾아다니기만 해요. 전기가 있는 곳에서만 강한 생명력을 얻고 뜨거운 감정들을 느끼며 살아날 수 있는 거예요.

《무민 골짜기의 친구들》

해티패트너들은 허연 구름처럼 몰려다니기 때문에 언뜻 귀신처럼 보이지만, 남에게 해를 끼치지는 않아요. 단, 폭풍이 불고 천둥이 칠 때는 그들의 몸속으로 전기가 통하기 때문에 되도록 피하는 게 좋아요. 그럴 때 해티패트너를 만지면 바늘에 찔리듯 따끔따끔하고 심하면 감전될 수도 있어요. 이들은 하얗고 조그만 씨앗에서 자라는데, 특히 가장 무더운 여름날 씨앗을 뿌리면 바로 쑥쑥 큰답니다. 싹을 틔우다가 서로 엉키면 곤란하니 빽빽하게 뿌리면 안 돼요. 참, 흙 위로 막 머리를 내밀며 태어날 때 전기가 가장 강하니까 조심하세요. 그러지 않으면 공원 경비원 헤물렌처럼 온몸에서 불꽃이 빠직빠직 터질지도 모르니까요.

해티패트너들은 일 년에 한 번 가장 무더운 여름날, 수십만씩 무리 지어 해티패트너의 외딴 섬으로 모여들어요. 먼 바다의 무인도 말이에요. 섬 한가운데에는 기압계*가 달린 파란 기둥이 세워져 있는데, 예의를 갖춘 해티패트너들이 그 주변을 빙 둘러싼답니다. 그 이유는 해티패트너들만 알겠지요.

* 기압계는 공기의 압력을 측정하는 장비예요. 햇빛, 폭풍, 천둥 등 놀라운 자연의 힘으로 움직이지요.

해티패트너에 대해 미처 몰랐던 네 가지 사실*

※ 온몸으로 전기를 받을 때면 유황과 고무 타는 냄새가 나요.

※ 바다를 떠돌다가 섬에 닿으면 가장 높은 봉우리에 하얗고 조그만 두루마리를 놓아두어요.

※ 때때로 눈동자 색깔이 변해요.

※ 투명한 모습으로 바뀌기도 해요. 맞아요, 눈에 보이지 않는다고요!

해가 저물고 있었지만 여전히 무더웠어요.
해티패트너 씨앗들은 금세 싹이 텄지요.
말끔하게 깎인 잔디밭 여기저기서 눈송이처럼
하얗고 동그란 버섯같이 앙증맞은 해티패트너
싹들이 쑥쑥 자라나기 시작했어요.

《무민 골짜기의 여름》

* 해티패트너가 머릿속에 잘 그려지지 않는다면, 이 네 가지를 꼭 알아 두세요!

그로크

그로크가 한 발, 한 발
내디딜 때마다 얼음이 쩍쩍
소리를 내며 더 꽁꽁
얼어붙었어요.
《아빠 무민 바다에 가다》

그로크가 이런 소리를 한 적이 있어요. "이 세상에 그로크는 나 하나뿐이야. 나는 세상에서 가장 차갑지." 그로크라는 동물은 세상에 딱 하나밖에 없고, 무민 골짜기는 그로크네 집에서 멀리 떨어져 있다는 뜻이에요. 하지만 그로크는 하나만으로도 벅차요. 섬뜩한 기운을 내뿜으며 조용히 미끄러지듯 움직이다가 갑자기 땅 위로 쑥 올라올 때면 다들 소스라치게 놀란답니다. 그로크의 커다란 코, 가지런하고 기다란 이빨, 사납게 부라리는 눈알은 즐거운 분위기를 순식간에 착 가라앉히지요. 그로크는 한참을 제자리에 서 있다가 구름처럼 피어오르는 차가운 얼음 안개를 몰고 사라지지요. 그로크가 지나간 자리는 활활 타오르던 불길도 사그라질 정도로 꽁꽁 얼어붙어요. 그래서 모두들 그로크 하면 차디찬 공기와 매서운 추위 그리고 온몸이 굳어버리는 죽음의 공포를 떠올리나 봐요.

모두 그로크만 보면 온몸을 덜덜 떠는데, 특히 팅거미와 밥이 가장 무서워하지요! 하지만 투티키는 고독한 잿빛 생물을 불쌍하게 여겨요. 그런데 그로크가 어디에 숨어 있다가 모습을 드러내는지, 무민 골짜기에는 왜 내려오는지 아무도 모른답니다. 그로크는 늘 홀로 지내거든요. 어쩌다 얼음장처럼 싸늘한 목소리로 무뚝뚝하게 그르렁거리는 게 전부예요.

"그로크는 불을 끄려고 온 게 아니야. 몸을 녹이려는 거지. 가엾은 녀석!"

《무민 골짜기의 겨울》

무민 가족은 그로크를 바라보았어요. 그로크는 덩치가 그렇게 크지 않았고 생각보다

위험해 보이지 않았지요. 그로크를 만나면 막연히 나쁜 일이 생길 거라고

여긴 게 문제였어요. 얼마나 말도 안 되는 생각인가요?

《마법사의 모자와 무민》

그로크는 반짝이는 왕의 루비를 탐냈어요. 스노크가 구슬렸지만 소용없었지요. 다행히 엄마
무민이 지혜를 발휘한 덕분에 그로크는 루비 대신 홉고블린의 마법 모자를 가져갔답니다.

그로크는 냉큼 마법 모자를 낚아채고는 잿빛 얼음 그림자처럼 조용히

미끄러지듯 숲속으로 사라졌어요. 무민 골짜기에서 그로크를 본 건

그때가 마지막이었어요. 홉고블린의 마법 모자도요.

《마법사의 모자와 무민》

그로크에 관한 다섯 가지 사실

✳ **산에서 사냥하고 다녀요!** 뭘 사냥하는지 아무도 몰라요. 누구도 알고 싶어 하지 않고요.

✳ **울음소리가 무시무시해요!** 혼자 외로워서 그러는 것 같아요.

✳ **수영 실력이 꽝이에요!** 그로크가 가는 곳마다 물이 얼어붙거든요.

✳ **몸에 닿는 것마다 하얗게 변해요!** 무엇이든 만지기만 하면 흰빛으로 얼어 버려요.

✳ **아이들을 겁주는 괴물로 이용돼요!**
어른들은 말 안 듣는 아이에게 그로크가
잡아갈 거라고 으름장을 놓아요.
아이들과 그로크, 모두 불쌍해요!

그로크는 한동안 꼼짝하지 않았어요.
다들 떠나고 언덕에는 아무도 없었지요.
그로크는 다시 얼음 바다로 내려와서 어둠 속으로
사라졌어요. 조금 전 왔을 때처럼 여전히 혼자서요.
《무민 골짜기의 겨울》

부블 에드워드

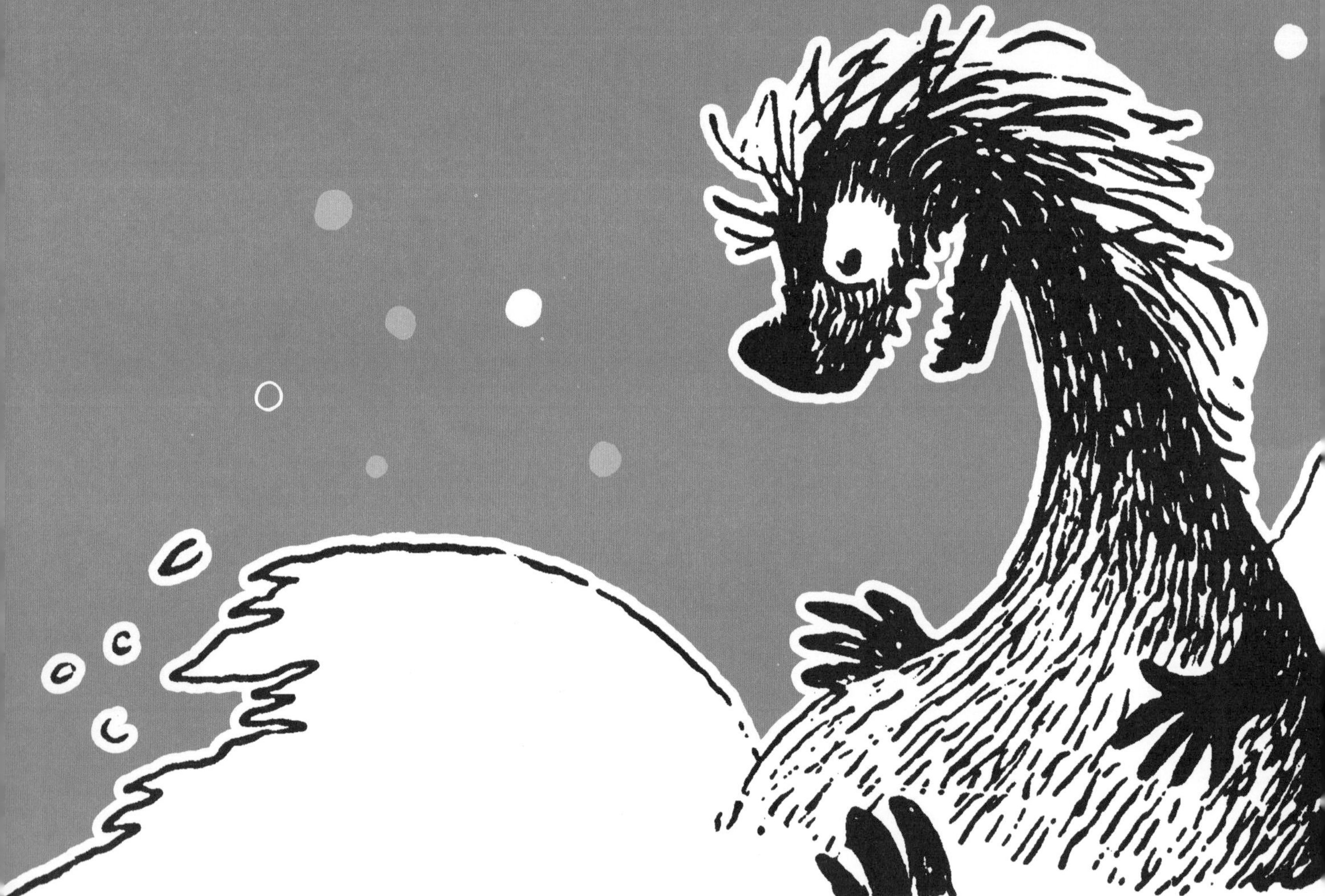

"여기 있었군! 호지킨스와 미꾸라지 같은
선원들이 틀림없어. 내 말이 틀렸다면,
그로크가 나를 잡아가도 좋아!
내가 요놈들을 모조리 잡았어!"
맞아요, 부블 에드워드였어요.

《아빠 무민의 모험》

부블은 원래 덩치가 어마어마하게 커요. 그런데 에드워드는 부블 가운데서도 특히 몸집이 큰 것 같아요. 아빠 무민은 부블 에드워드의 다리를 탑으로 착각한 적도 있답니다. 부블 에드워드는 상냥하진 않지만 누군가를 해치려고 한 적도 없어요. 하지만 덩치가 너무 커서 실수로 친구나 이웃을 밟아 죽인 적은 있어요. 에드워드는 그럴 때마다 몹시 당황하며 일주일 내내 펑펑 울고는 장례비까지 모두 물어 준답니다. 정말 양심적인 친구지요?

호지킨스는 부블들이 토요일마다 목욕하는 사실을 떠올리고는 부블 에드워드를 이용해 꼼짝도 안 하는 '바다에 과녀낙딴' 배를 움직여 보기로 했어요. 먼저 강물로 목욕하는 게 어떠냐고 에드워드를 꼬드겼어요. 원래 에드워드는 발바닥이 예민해서 고운 모래가 깔린 바다에서만 씻거든요. 꼬임에 넘어간 부블 에드워드가 강으로 들어서자 거대한 몸이 흐르는 강물을 둑처럼 막았어요. 그 덕분에 물길의 방향이 바뀌면서 배를 밀어내기 시작했고 마침내 배가 움직이게 되었지요. 호지킨스의 계획이 성공한 거예요! 하지만 부블 에드워드는 화가 잔뜩 나 있었어요. 강바닥의 울퉁불퉁한 돌멩이 때문에 발바닥이 엄청 아팠거든요.

부블 에드워드에 관한 세 가지 사실

✸ 부블이라면 목요일마다 완두콩 수프를 먹어요.

✸ 부블이라면 토요일마다 목욕을 해요.

✸ 부블이라면 발바닥이 정말 약해요.

섬 유령

유령이 으스스한 목소리로 을러댔어요.

"이 저주받은 섬에 내가 왔다! 잊힌 뼈들의 복수를 하러 왔으니 곧 죽을 녀석들아, 덜덜 떨어라!"

《아빠 무민의 모험》

아빠 무민이 머들러, 족스터와 함께 한 섬에 잠시 머문 적이 있었는데, 그곳에서 정말 오싹한 일을 겪었어요. 집 안으로 잿빛 안개 같은 회색 연기가 스르르 새어 들어오더니 한 줄기 싸늘한 바람이 휙 불어왔어요. 머리끝이 쭈뼛쭈뼛 솟는 것 같았지요. 가까이서 삐거덕 쿵쿵대는 괴상한 소리도 들렸고요. 맞아요, 유령이 나타난 거예요!

섬 유령은 정말 피곤한 존재예요. 일주일 내내 끔찍하게 울부짖고, 탁자를 빙빙 돌리다가 와지끈 부서뜨리고, 쇠사슬을 덜컥거리면서 살벌한 눈초리로 째려보거든요. 심지어 '너희의 운명은 공포의 방에 빨간 피로 적어 놓았다.'는 편지를 써서 괴롭히기도 해요. 하지만 '운명'이나 '사라진 뼈' 같은 어설프고 철없는 소리를 하면서 겁주는 게 전부랍니다.

아빠 무민과 친구들은 섬 유령에게 전혀 겁먹지 않았어요. 처음엔 섬 유령의 어이없는 행동을 깔보며 놀리기도 했지만, 곧 섬 유령을 살아 있는 친구처럼 대했지요. 아빠 무민은 섬 유령에게 선물 상자로 잠자리를 만들어 주었어요. 상자 겉에 해골과 뼈다귀도 그려 넣었지요. 호지킨스는 송진을 먹인 굵은 실을 창틀에 쓱쓱 문대면 오싹한 소리가 나서 상대를 겁줄 수 있다고 알려 주었어요. 그날 새벽, 셋은 섬 유령을 왕실 식민지 의원으로 임명하고, '공포의 섬에서 가장 무서운 공포'라는 이름을 지어 주었어요. 섬 유령은 지금도 그 섬에서 행복하게 지내고 있을 거예요.

유령이 무척 흐뭇해했어요.

"여기 정말 아늑하다. 한밤중에 내가 덜커덕대더라도 신경 쓰지 마. 버릇이거든."

《아빠 무민의 모험》

개미귀신

개미귀신이 심술궂게 으르렁댔어요.

"모래를 왕창 뿌려 네놈을 모래 구멍으로 빨아들인 뒤 잡아먹을 테다!"

《마법사의 모자와 무민》

개미귀신은 성질이 고약하고 교활한 벌레예요. 사자 머리에 달린 심술궂은 커다란 눈으로 험상 궂게 노려보지요. 개미귀신은 바닷가 모래 속에 파묻혀 사는데, 모래 구멍 속에 숨은 채 먹잇감을 낚아채는 실력이 대단해요. 무민 골짜기 친구들은 모두 그를 두려워하지요. 작고 순진한 동물이 걸어가다 그 구멍에 빠지기라도 하면 바로 잡아먹히는 거예요!

개미귀신은 아주 날쌔요. 3초면 모래 구멍을 다 파니까요. 한번은 엄마 무민이 눈에 모래를 맞아 하마터면 개미귀신의 구멍에 빠질 뻔했어요. 그러니 무조건 피하는 게 상책이에요.

"하나, 둘, 셋!" 개미귀신이 박자를 맞추면서 비행기 프로펠러처럼 모래 속으로 빙글빙글 돌아 내려가더니, 바로 밑에 묻힌 단지 안으로 쏙 들어갔어요. 모래를 파는 데 3초도 채 걸리지 않았지요. 개미귀신은 부아가 끓어올라서 견딜 수 없었거든요.

《마법사의 모자와 무민》

"얼음 여인이 얼마나 예쁜지 몰라. 하지만 얼굴을 쳐다보는 순간 몸이 꽁꽁 얼어 버려.
과자처럼 딱딱해지는데 부서지지는 않지. 그러니 오늘 밤은 집에 있는 게 좋아."
《무민 골짜기의 겨울》

얼음 여인은 가장 지독한 추위가 몰려드는 겨울날에 불쑥 나타나요. 그날 밤 투티키는 친구들에게 얼음 여인이 얼마나 위험한지 알려 주고는 집에 꼼짝 말고 있으라며 주의를 주었어요.

이윽고 투티키와 무민트롤, 꼬마 미이가 숨어 있는 물놀이 오두막으로 얼음 여인이 다가왔어요. 그러자 칼바람이 몰아치면서 벽난로 불이 꺼졌지요. 얼음 여인은 눈부시게 하얗고 아름다웠지만, 푸른빛 얼음 눈동자는 절대 바라보면 안 돼요. 여인과 눈이 마주치면 차가운 마법에 걸리거든요. 하지만 불행히도 꼬리가 멋진 다람쥐는 결국 마법에 걸리고 말았어요.

꼬리가 멋진 다람쥐는 마법에 걸린 듯이 얼음 여인의 새파란 눈을 물끄러미 쳐다보았어요.
얼음 여인은 빙그레 웃으며 가던 길을 계속 갔지요. 어리석은 다람쥐는 꽁꽁 얼어서
네 발을 하늘로 뻗은 채 꼴까닥 쓰러져 버렸어요.
《무민 골짜기의 겨울》

꼬리가 멋진 다람쥐

투티키는 곧 엄청난 추위가 닥칠 것이니 따뜻한 집 안에 있어야 안전하다고 했어요. 하지만 꼬리가 멋진 다람쥐는 말을 듣지 않았어요. 눈이 가득 쌓인 바깥을 돌아다니다가 그만 얼음 여인과 마주치고 말았지요. 아름다운 얼음 여인이 다람쥐의 등을 살짝 스치고 지나가자 다람쥐는 널빤지처럼 뻣뻣하게 굳어 네 발을 하늘로 치켜든 채 벌러덩 쓰러졌어요. 보이지 않는 작은 뒤쥐가 따뜻한 수건으로 다람쥐의 몸을 감싸 주었지만, 안타깝게도 다람쥐는 코털 하나 꿈틀거리지 않았지요.* 얼음 여인은 미소를 띠며 가던 길을 계속 갔답니다.

* 눈물이 날 것 같으면, 이 책의 맨 마지막 장 그림을 살짝 보세요.

뭔가 엄청나게 크고 무시무시하고 허연 것이 신비로운 초록빛 바닷속에서 쑤욱 올라왔어요.
이어 정글의 아주 커다란 식물 줄기처럼 흐물흐물한 풀빛이 배 밑을 미끄러지듯 지나갔지요.

《마법사의 모자와 무민》

마멜루크는 어마어마하게 큰 물고기예요. 몸무게는 수백 킬로그램에 달하고, 입과 꼬리도 아주 큼직했어요. 스노크는 마멜루크를 잡으려고 무민트롤, 스노크메이든, 스너프킨과 함께 배를 몰고 바다로 나갔어요. 드디어 악명 높은 마멜루크를 발견하자 모두들 잔뜩 흥분했지요. 곧이어 스노크가 던진 낚싯바늘에 마멜루크가 걸려들었지만 낚싯줄이 마멜루크 무게를 이기지 못하고 뚝 끊어지고 말았어요. 하지만 스노크메이든의 지혜로 낚싯줄 대신 밧줄을 써서 거대한 마멜루크를 마침내 잡았답니다. 마멜루크가 밧줄을 잡아당기자 마치 커다란 썰매 개가 주인을 태운 썰매를 끌고 달리는 것 같았지요. 친구들은 다시 오랜 싸움 끝에 마멜루크를 배에 달아매고는 의기양양하게 거친 파도를 헤치며 뭍으로 향했어요.

친구들은 마멜루크를 끌고 겨우겨우 무민 골짜기에 다다랐어요. 스노크는 마멜루크의 무게를 재고 싶었지만 아쉽게도 그러지 못했어요. 식물학자 헤물렌이 불에 구워서 7분의 1 정도를 벌써 먹어 치웠거든요.

비가 쏟아지는 바람에 친구들은 잠시 식물학자 헤물렌에게 먹음직스러운 물고기를 맡겼는데, 그만 깜빡 잊고 찾으러 가지 않은 게 잘못이었지요. 하지만 이 상황에서 가장 불쌍한 것은 마멜루크 아닐까요?

다들 모닥불 주위에 둘러앉아 마멜루크를 불에 구워서 머리부터 꼬리까지 다 먹어 치웠어요.

하지만 그 뒤로 마멜루크의 몸길이에 대한 입씨름이 끝이지 않았지요.

"마멜루크는 베란다 계단 밑에서부터 나뭇간까지 닿을 만큼 컸어."

"아니, 기껏해야 라일락 덤불까지였을걸."

《마법사의 모자와 무민》

무민 골짜기에 울리는 음악

오늘 밤,
무도회로 오세요!!!
- 마을 가게

✳ 조그만 동물이라면 누구나 ✳
꼬리에 멋을 부려야 하네

조그만 동물이라면 누구나 꼬리에 멋을 부려야 하네.

헤물렌들이 감옥 문을 닫고

훔퍼는 달빛 아래서 즐겁게 춤출 테니.

귀여운 미자벨, 눈물을 닦고 음악을 들으며 웃으렴.

튤립을 보라, 눈부신 아침 햇살을 받아 반짝이는 튤립!

이 얼마나 행복하고 화사한가.

밤하늘 천국의 어둠이 천천히, 아, 천천히

메아리 소리처럼 스러져 가네.

작사 · 작곡 · 연주 · 노래 : 스너프킨

무민 골짜기의 친구들은 기분이 좋을 때면 소리 높여 노래를 불러요. 그래서 골짜기에는 언제 어디서나 음악 소리가 끊이지 않지요. 겨울이 끝날 무렵엔 악기를 띵까띵까 연주하면서 봄이 온 것을 알려 주어요. 투티키는 배럴오르간을 연주해 겨울잠에 들었던 무민 가족과 이웃들을 죄다 깨운답니다.

투티키는 배럴오르간을 계속 연주했고
골짜기 밑으로는 따뜻한 햇살이 쏟아지고 있었어요.
자연이 지난겨울 많은 이들에게 그토록
쌀쌀맞게 군 것을 미안해하는 것 같았어요.

《무민 골짜기의 겨울》

노래를 부르다 보면 스트레스가 풀리고 답답했던 마음이 한결 누그러지지요? 겨울잠에서 너무 일찍 깬 무민트롤은 춥고 외로운 겨울을 홀로 보내야 하는 심정을 〈무민트롤이 화내는 노래〉로 표현했어요. 투티키는 얼음 여인 때문에 얼어 죽은 불쌍한 다람쥐를 기리며 〈꼬리가 멋진 다람쥐〉라는 노래를 지었지요. 그리고 〈스너프킨의 아침 노래〉는 아주 유쾌해요. 매일 아침 하루를 시작할 때 큰 힘을 북돋아 준답니다.

걱정도 두려움도 애태울 필요도 없어.
앞으로 살아갈 날이 많을 테니.
해티패트너들은 하나도 빠짐없이
떠오르는 해에게로 멀찌감치 떠나 버렸네.
스노크메이든이 곱슬머리를 기르면
더할 나위 없이 아름다우리.

스너프킨은 용기가 안 나서 새 노래를 머릿속에만 담아 두고 아직 크게 불러 보지 못했어요.
이만하면 되겠다는 확신이 먼저 생겨야 하거든요. 머릿속의 노래를 꺼낼 준비가 되면,
하모니카를 입술에 갖다 대기만 해도 온갖 선율들이 절로 흘러나올 거예요.

《무민 골짜기의 친구들》

스너프킨은 무민 골짜기의 최고 음악가예요. 하모니카랑 피리를 잘 불고, 상황에 딱 들어맞는
노래도 즉흥적으로 작곡할 수 있답니다.

스너프킨이 만든 가장 유명한 노래는 〈조그만 동물이라면 누구나 꼬리에 멋을 부려야 하네〉예
요. 이 노래가 봄바람을 타고 골짜기로 흘러들면 무민트롤이 가장 기뻐해요. 소중한 단짝 친구
스너프킨이 무민 골짜기로 돌아왔다는 신호거든요.

사실 무민트롤은 악기를 다룰 줄 모르고 노래 실력도 엉망이에요. 그래도 음악 소리가 들리면
신나서 쿵쿵거리고 종종 휘파람도 분답니다. 무민 골짜기에 사는 친구들은 모두 음악을 좋아
해요. 헤물렌 악단의 장엄한 교향곡이든, 밈블 딸이 흥을 돋우는 스너프킨의 춤곡이든, 엄마
무민이 밤마다 무민트롤에게 들려주는 자장가든, 음악은 무민 골짜기 곳곳을 끊임없이 맴돌며
울려 퍼진답니다.

✱ 휘파람 신호 ✱

무민 가족은 급하게 신호를 주고받거나 비밀 메시지를 전할 때 휘파람을 불어요. 휘파람은 상대에게 어떤 상황이나 내 생각을 쉽고 빠르게 전달하는 좋은 방법이거든요. 무민트롤과 스너프킨은 서로를 부를 때 종종 휘파람을 불어요. 각각의 소리는 저마다 특별한 의미를 지니고 있지요. 휘파람 부는 법을 배워 두면 위급한 상황에서 요긴하게 쓸 수 있답니다.

스너프킨이 입을 동그랗게 말고
휘파람을 불었어요.
《마법사의 모자와 무민》

✳ 무민 골짜기의 ✳ 휘파람 신호

짧게 세 번
아주 길~게 한 번

무슨 일이 생겼어!

아주 길~게 세 번

정말 정말
대단한 일이 생겼어! *

짧게 세 번, 아주 길~게 세 번
짧게 세 번

SOS! 살려 줘,
도와줘!**

아주 길~게 한 번, 짧게 두 번

오늘은 무얼 할 거니?***

피~휴우!

나야, 나! 여기에 있어!****

* 무민트롤이 개미귀신을 단지에 가두고 나서 친구들에게 보낸 신호예요.
** 식물학자 헤물렌이 해티패트너 무리에게 잡힐 뻔했을 때 아주 쓸모 있었어요.
*** 무민트롤과 스너프킨 둘이서만 사용하는 비밀 신호예요.
**** 휘파람이라기보다 날카로운 비명 소리에 가까워요.
무민트롤과 스너프킨만 쓰는 비밀 신호예요.

무민 골짜기의 이웃들

그럼블 할아버지

그럼블 할아버지는 나이가 아주 많은 노인이에요.
기억력이 나빠서 무엇이든 금방 잊어버리지요. 어느 가을날에는 어둑한 새벽에
잠에서 깼는데 자기 이름이 생각나지 않았던 적도 있어요.

《무민 골짜기의 11월》

그럼블 할아버지는 나이가 아주 많고 괴팍하기 그지없어요. 기억력도 형편없고요. 하지만 정작 할아버지는 전혀 신경 쓰지 않아요. 자신이 무언가를 기억하고 있다는 사실만 기억해도 된다고 여기지요. 지금까지 살아오면서 싹 잊어버리고 싶은 일들이 정말 많았거든요. 사실 할아버지 이름은 그럼블이 아니에요. 진짜 이름이 따로 있는데 크럼비 멈블인지 그린들 펌블인지 그램블 핌블인지 헷갈려서 그냥 그럼블 할아버지로 정해 버렸지요. 어디를 가든 이름은 꼭 필요하다는 걸 깨달았거든요.

그럼블 할아버지는 늘 투덜대지만, 속으로는 마음을 나눌 친구를 사귀어 사이좋게 지내고 싶어 해요. 할아버지가 가장 좋아하는 건 잔치예요. 그래서 자신만 쏙 빼놓고

잔치를 열면 버럭 화를 낸답니다. 자기만 빼고
끼리끼리 모여 잔치를 여는 거 아니냐며 의심
할 때도 많지요. 할아버지는 눈도 잘 안 보여
요. 그래서 옷장 거울에 비친 자신을 무민트
롤 조상으로 착각한 적도 한두 번이 아니에요.

어느 날 그럼블 할아버지는 자신이 뭘 하고 싶
은지 곰곰 생각해 보았어요. 골짜기를 따라 졸
졸 흐르는 맑은 시냇물에서 첨벙거리다가 물속
에서 헤엄치는 작은 물고기들을 물끄러미 내려
다보던 추억이 어렴풋이 떠올랐어요. 행복했던 어린 시
절이 머릿속에 생생하게 되살아나자 그곳이 더욱 그리워졌지요. 할아버지는 모자를
쓰고 가벼운 옷차림으로 집을 나섰어요. 할아버지의 발길이 향한 곳은 다름 아닌 무민 골짜기
였어요. 그럼블 할아버지는 꿈에 그리던 무민 골짜기 개울에서 오랜만에 물고기도 잡고, 친구
들과 잔치도 열었답니다.

"물고기다, 물고기!
내가 물고기를 잡았어!"
그럼블 할아버지가 소리쳤어요.
앞발로 곤들매기를 움켜쥔 채
좋아서 펄쩍펄쩍 뛰었어요.
《무민 골짜기의 11월》

크리프 티티우와 살로메

크리프가 거울을 보고 겁에 질려서 속삭였어요. "내 이름은 살로메야."

《무민 골짜기의 겨울》

무민 골짜기에는 크리프라는 꼬마들이 살고 있어요. 수줍음이 많아 자기들끼리 지내면서 남의 눈을 피해 몰래몰래 다녀요. 조용하고 조심성이 많아서 시끄러운 소리가 들리거나 낯선 동물을 발견하면 겁부터 집어먹지요. 슬픈 일이 생기면 바로 눈물을 쏟아 내고요. 예전에 스너프킨이 숲속 나무뿌리 아래서 한 크리프를 만난 적이 있어요. 스너프킨은 비죽비죽 뻗은 머리털 밑으로 호기심 어린 두 눈을 깜빡이던 그 꼬마에게 티티우라는 이름을 지어 주었지요. 가벼우면서도 어딘가 쓸쓸한 느낌이 든다나요. 크리프들은 무민 골짜기 곳곳에서 만날 수 있어요. 이처럼 무민 골짜기에는 몸집과 생김새가 각기 다른 생명체들이 함께 어우러져 살고 있답니다.

어느 겨울날, 크리프 살로메가 무민 집에 찾아와 한동안 머물렀어요. 그러다 스키 타는 헤물렌을 좋아하게 되어 어디든 졸졸 따라다녔지요. 하지만 헤물렌은 조그만 살로메가 눈에 잘 띄지 않아 그런 아이가 있는 줄도 몰랐어요. 살로메는 헤물렌을 찾아 눈보라 속을 헤매다가 눈밭에 파묻히고 말았는데, 글쎄 헤물렌이 구하러 왔지 뭐예요! 살로메는 정말 행복했답니다.

스키 타는 헤물렌을 진짜 좋아한 친구는, 놀랍게도

크리프들 가운데 유난히 낯을 가리는 살로메였어요.

특히 살로메는 헤물렌이 뿔피리 부는 소리를 좋아했어요. 하지만

헤물렌은 늘 바빠서 몸집이 작은 살로메를 미처 돌아볼 틈이 없었지요.

《무민 골짜기의 겨울》

아빠 존스

"나는 왕좌를 올려다보았어. 난생처음 진짜 왕을 본 거야.
왕은 너무 늙어서 쭈글쭈글했지만 무척 생기발랄해 보였어.
왕이 음악 소리에 박자를 맞추며 발을 굴리자 왕좌가 털거덕거렸지."

《아빠 무민의 모험》

아빠 존스는 주름살이 자글자글한 노인으로, 유쾌하고 장난기가 가득해요. 싱글벙글 잘 웃다가도 갑자기 제멋대로 굴지요. 누가 봐도 왕이에요. 그런데 이유는 정확히 모르겠지만 폐하라고 부르면 "짐을 존스라고 부르라!"고 엄숙하게 명령해요. 아마도 왕은 '나' 대신 스스로를 일컫는 '짐'이라는 단어를 쓰나 봐요. 아빠 무민과 호지킨스, 족스터, 머들러 그리고 밈블 딸은 근사한 잔치가 열린 정원에서 아빠 존스를 처음 만났어요. 온 백성들이 아빠 존스의 백 번째 생일을 축하하기 위해 다 모여 있었지요. 백성들이 아빠 존스가 앉은 왕좌를 향해 축배를 올릴 때마다 아빠 존스는 뿔피리를 짧게 불며 화답했어요.

아빠 존스는 환영 행사로 짓궂은 장난을 계획했어요. 잔칫집으로 가는 길목마다 가짜 털투성이 거미를 놓아 깜짝 놀래 주고, 느닷없이 솟구치는 물줄기로 홀딱 젖게 만들고, 잔뜩 화난 황소로 겁을 주었지요. 아빠 무민과 친구들은 아빠 존스의 섬뜩한 장난에 속절없이 당했답니다. 그리고 장난이 하나씩 끝날 때마다 커다란 현수막이 일행을 기다리고 있었어요. 거기엔 '진짜 놀랐지?'라고 적혀 있었지요. 아빠 존스는 아무도 못 말린다니까요!

아빠 존스의 백 번째 생일 잔치는 정말 풍성하고 호화로웠어요. 하얀 말들이 빙글빙글 돌아가는 회전목마, 다채롭게 반짝이는 등불과 그네까지 잘 갖춰져 있었지요. 하지만 뭐니 뭐니 해도 아빠 존스가 준비한 보물찾기가 가장 신났어요. 번호가 적힌 알을 주변 풀밭이나 나무, 바위 사이에 꼭꼭 숨겨 놓고, 알을 찾은 손님에게 번호에 해당하는 상품을 주는 놀이지요. 상품의 종류는 꽤 다양했어요. 별생각 없이 찾은 알은 먹을 것을, 추리와 논리로 찾은 알은 생활필수품을, 엉뚱한 상상력을 발휘해 찾은 알은 공상가에게 어울리는 쓸모없는 물건을 상품으로 주었지요. 모든 상품은 그것을 가장 잘 사용할 친구들에게 돌아갔답니다.

아빠 존스의 '보물찾기 상품'

✳ 다양한 맛의 초콜릿 볼

✳ 석류석이 박힌 샴페인 따개

✳ 상어 이빨

✳ 고리 모양의 담배 연기

✳ 진주가 박힌 배럴오르간의 손잡이

✳ 솜사탕 장미

✳ 실톱

✳ 해포석 전차 파이프(거실 장식품이자 아빠 무민의 담뱃대)

사랑하는 백성들이여,
멍청하고 어리석고
생각 없는 백성들이여!
그대들은 각자 노력한 만큼
딱 알맞은 상을 받았다.

《아빠 무민의 모험》

싱크대 밑의 아이

"짙은 눈썹이 아주 멋있는데요?"
무민트롤이 정중하게 말했어요.
《무민 골짜기의 겨울》

무민네 집 부엌 싱크대 밑에는 신비로운 아이가 살고 있어요. 투티키가 그 친구 이름이 싱크대 밑의 아이라고 일러 주었지요. 그 아이는 조그만 몸집에 두 눈이 약간 모여 있고 눈썹이 아주 짙었어요. 정확히 말하면, 눈썹 숱이 아주 많았지요! 무민트롤은 싱크대 밑의 아이가 혼자 가만히 앉아서 화톳불을 빤히 바라보고 있을 때 과자 조각을 들고 옆에 다가가 말을 걸었어요. 하지만 싱크대 밑의 아이는 무민트롤을 멀뚱멀뚱 쳐다보기만 할 뿐 아무 대꾸도 하지 않았지요. 그러다 "샤다프 옴므."라고 하더니 다시 "라담샤."라고 말하며 버럭 화를 내는 거예요. 남들과 다른 말을 쓰는 그 아이는 싱크대 밑으로 다시 사라졌답니다.

"걔들은 자기네만 아는 말을 쓰는데,
네가 욕했다고 생각했는지 기분이 상한 것 같아."
《무민 골짜기의 겨울》

개프시

개프시 아주머니는 케이크든 설탕통이든 눈에 보이는

모든 물건을 칭찬해 주었어요. 하지만 꽃병에 대해서는 한마디도 안 했지요.

볼썽사나운 들꽃 무더기는 누가 봐도 찻상에 어울리지 않았거든요.

개프시 아주머니는 나름 감각이 있으니까요.

《무민 골짜기의 친구들》

품위 있고 고상한 개프시 아주머니는 자기 취향이 확실해요. 특히 예절을 중요하게 여겨서 잘 지키려고 애쓰지요. 두 봉우리 사이의 땅에 집을 짓고 살며, 볼일이 있을 땐 무민 골짜기 이곳 저곳을 바삐 다니기도 해요. 한번은 필리용크 아주머니의 초대를 받아 함께 차를 마신 적이 있 어요. 필리용크 아주머니는 개프시 아주머니가 자기 말에 공감해 주길 바라면서 이런저런 걱 정을 늘어놓으며 불안해했어요. 하지만 개프시 아주머니는 전혀 이해하지 못했지요. 별것도 아닌 일에 왜 이렇게 수선을 떠는지 알 수 없어서 뭐라고 말해야 할지 몰랐거든요. 그래서 그 저 어서 대화가 끝나기만을 기다렸지요. 개프시 아주머니가 중간중간 필리용크 아주머니에게 조언을 하긴 했는데, 요령이 부족해서 대화가 계속 엇나가기만 했어요. 결국 개프시 아주머니 는 집으로 돌아가 버렸답니다.

세드릭

세드릭은 털이 숭숭 빠진 데다 손때도 꼬질꼬질 묻은 강아지 인형이에요. 하지만 보석 목걸이를 차고 있고 누구도 흉내 낼 수 없는 독특한 표정을 짓고 있어서 스니프가 무척이나 아끼지요. 스니프는 표정보다는 보석을 더 소중히 여기는 눈치였지만요. 그런데 무민트롤이 스니프에게 세드릭을 개프시의 딸에게 선물하라고 했어요. 그럼 기분이 좋을 거라면서요.

"이게 다 무민트롤 때문이에요. 남한테 가장 좋아하는 걸 주면 자신에게
열 배로 되돌아오고 기분도 아주 좋아진다고 했단 말이에요."

《무민 골짜기의 친구들》

하지만 스니프는 그 뒤로 잠도 안 오고, 입맛도 떨어지고, 수다 떠는 것도 싫어졌어요. 세드릭을 준 것을 뼈저리게 후회하면서 무척이나 그리워했지요. 그러던 어느 날, 버림받은 채 빗속에서 나뒹구는 세드릭을 발견하고는 집으로 데려왔어요. 눈과 목걸이에 달린 보석은 사라졌지만 스니프는 여전히 세드릭이 사랑스러웠답니다. 이제 진심으로 세드릭을 아끼게 된 거예요. 스니프, 정말 기특하지요?

무민 골짜기의
마법

"누구나 조금씩은 마법을 부릴 수 있잖아요. 안 그래요?"

《마법사의 모자와 무민》

이 세상에서 무민 골짜기만큼 멋진 곳은 없어요. 진짜 마법 같은 일이 종종 벌어지거든요. 언제 어디서든 이상하고 놀라운 일들이 눈앞에 펼쳐진답니다. 친구들이 괴상하게 변하거나 투명해져서 눈에 안 보이기도 하지요. 심지어 하늘을 날아다닌 적도 있답니다.

하지만 엄마 무민은 전혀 몰랐어요. 아무튼 안전한 게 좋으니까 감기약을 놓아두고
짧은 주문을 읊조렸어요. 할머니에게 직접 배운 주문 말이에요.

《무민 골짜기의 겨울》

마법의 힘은 무민 골짜기 곳곳에 있어요. 엄마 무민이 매일 읊조리는 주문부터 무민 가족과 친구들의 다양한 꿈을 이루어 주는 기도에 이르기까지요. 홉고블린의 마법 모자 속에서 일어나는 마법이나 온갖 재난 혹은 기적을 일으키는 마법도 있지요.

홉고블린의 마법 모자

이렇게 해서 셋은 홉고블린의 마법 모자를 집으로 가져왔어요.
그 모자가 무민 골짜기에 마법을 걸어 이상한 일이
연거푸 일어날 거라고는 조금도 예상하지 못했지요.

《마법사의 모자와 무민》

스니프가 산꼭대기에서 홉고블린 모자를 가져온 뒤로, 무민 골짜기에 이상한 일이 자꾸 일어났어요. 그건 평범한 모자가 아니라 어마어마한 힘을 가진 홉고블린 마법사의 모자였거든요. 무엇이든 모자 속에 들어갔다가 나오면 완전히 다른 모습으로 변해 버렸어요. 무민트롤이 모자 속에 숨어 있다 나왔을 때도 모두가 깜짝 놀랄 정도로 괴상하게 바뀌었지요. 귀는 냄비 손잡이 같고 눈은 수프 접시 같았어요. 엉덩이에는 굴뚝 청소용 빗자루처럼 생긴 꼬리가 달려 있었고요. 누구도 무민트롤을 알아보지 못했지만 엄마 무민은 무민트롤과 눈이 마주치자마자 아들을 바로 알아보았답니다. 골칫덩이 마법 모자는 사향뒤쥐의 틀니에도 무시무시한 마법을 걸었어요. 하지만 사향뒤쥐는 틀니에 아주 끔찍한 일이 일어났다고만 했을 뿐, 지금까지도 입을 꾹 다물고 있답니다.

홉고블린 모자는 근사한 힘도 지니고 있었어요. 모자 속에 달걀 껍질을 넣어 뒀더니 부드러운 솜털 구름으로 변했지 뭐예요. 구름이 무민네 베란다 밖으로 둥둥 떠오르자 무민트롤과 친구들은 푹신푹신한 구름을 타고 신나게 놀았답니다. 그리고 사나운 개미귀신은 모자에 들어갔다 나온 뒤로 세상에서 가장 귀엽고 상냥한 고슴도치가 되었어요. 또 모자에 무민 골짜기 강물을 담아 두었더니 달콤한 나무딸기 주스가 되었지요. 모두들 그 맛을 무척 그리워한답니다.

"우리, 구름을 타고 좀 더 멀리 날아가 볼래?"

무민트롤의 말에 스노크메이든이 고개를 끄덕이고는 무민트롤 옆으로

솜털 구름을 몰고 오며 물었어요. "좋아, 어디로 갈까?"

《마법사의 모자와 무민》

홉고블린 마법사

세상 맨 끝에 새까만 산 하나가 있었어요. 높고 가파른 봉우리 꼭대기에 창문도 대문도 지붕도 없는 새까만 집이 있었는데, 바로 그곳에 마법사 홉고블린이 살고 있었지요.

> 스너프킨이 대답했어요. "홉고블린 마법사는 자기 모습을 마음대로 바꿀 수 있어.
> 땅 밑을 기어가거나 보물이 묻혀 있는 바닷속을 헤엄치는 건 식은 죽 먹기지."
> 《마법사의 모자와 무민》

홉고블린 마법사는 반질반질 윤기가 흐르는 검은 표범을 타고 빛보다 빠른 속도로 하늘을 날아다녀요. 밤마다 모은 눈부시게 빨간 루비를 새까만 마법 모자에 담아 집으로 돌아오지요. 루비는 홉고블린 마법사가 가장 좋아하는 물건이에요. 홉고블린의 집에 가면 사방 벽면에 값진 보석들이 빼곡하게 박혀 있어서 마치 수많은 맹수 눈동자가 사납게 쳐다보는 것 같답니다.

> "홉고블린의 집은 지붕이 없기 때문에 그 위를 떠다니는 구름은 루비의 붉은빛이 반사되어
> 핏빛으로 물들지. 마법사의 빨간 눈은 깜깜한 밤에도 새빨갛게 빛난다고 해."
> 《마법사의 모자와 무민》

홉고블린 마법사는 원하는 대로 모습을 바꿀 수 있는 진짜 마법사예요. 보통은 번뜩이는 새빨간 두 눈에 기다란 턱수염을 휘날리며, 하얀 장갑을 끼고 모자를 쓴 까만 망토 차림으로 나타날 때가 많지만요.

> 홉고블린 마법사가 팬케이크를 먹는 동안, 다들 마법사 곁으로
> 살금살금 다가갔어요. 팬케이크에 잼을 발라 먹는 마법사라니!
> 그래서 그리 무서워 보이지 않았어요.
> 《마법사의 모자와 무민》

홉고블린 마법사는 집에 온갖 보석이 가득했지만 어떤 보석보다 고귀하고 표범 머리만큼 큰 왕의 루비를 찾을 때까지 다른 건 거들떠보지도 않았어요. 그래서 세상에서 제일 커다란 왕의 루비를 찾으려고 수백 년을 돌아다녔지요. 급기야 지구에서 가장 멀리 떨어진 떠돌이별까지 가서 뒤졌답니다. 그러다가 멀리 지구에서 반짝이는 빨간 점 하나를 발견했지요. 바로 무민 골짜기에서 빛나는 왕의 루비였어요.

홉고블린 마법사가 수백 년 동안 떠돌아다니며 찾았던 왕의 루비는

세상에서 가장 커다란 보석이었어요. 마법사는 갑자기 깜짝 놀라 눈빛을 번득이며 벌떡 일어났지요.

이어 하얀 장갑을 끼고 망토를 어깨에 둘러 단단히 묶었어요.

《마법사의 모자와 무민》

무민 가족과 친구들은 처음에 홉고블린 마법사를 보고 속으로 덜덜 떨었어요. 다행히 못된 마법사가 아니라는 사실을 금방 깨달았지요. 홉고블린 마법사는 어마어마한 마법의 힘으로 무민 골짜기 친구들의 소원을 하나씩 모두 들어주었답니다. 정말 멋진 마법사이지요?

"너희를 위해 작은 마술을 부려 볼까. 다들 소원 하나씩

들어줄게. 우선 무민 가족부터 시작하자!"

《마법사의 모자와 무민》

무민 가족과 친구들의 소원

❋ **엄마 무민** : 무민트롤이 골짜기를 막 떠난 스너프킨을 너무 그리워하지 않게 해 달라고 빌었어요.

❋ **무민트롤** : 먹을 것과 마실 것이 가득한 잔칫상을 남쪽 나라에 있는 스너프킨에게 통째로 날려 보내 달라고 빌었어요. 소원은 이루어졌지만, 다른 가족과 친구들은 크게 당황했어요. 이제 막 맛있게 먹으려던 참이었거든요.

❋ **사향뒤쥐** : 무민트롤의 소원 때문에 날아간 자신의 책을 찾아 달라고 부탁했어요. 책이 잔칫상 위에 있었거든요. 다행히 책을 돌려받긴 했는데, 《쓸모없는 모든 것에 대하여》였던 책 제목이 《쓸모 있는 모든 것에 대하여》로 바뀌었답니다.

❋ **아빠 무민** : 자신의 회고록을 책으로 묶을 때 필요한 재료들을 부탁했어요. 사실 엄마 무민도 이 소원을 빌까 생각했다고 하네요.

❋ **스니프** : 배 한 척을 달라고 했어요. 보라색 돛에 에메랄드 노걸이가 있고 조개껍데기처럼 생긴 배 말이에요. 스니프는 에메랄드를 아주 좋아하거든요.

❋ **식물학자 헤물렌** : 식물 채집용 모종삽을 요구했어요. 원래 쓰던 게 망가졌거든요.

❋ **스노크메이든** : 뱃머리 장식인 여왕 나무 조각처럼 커다란 눈을 원했어요. 하지만 무민트롤이 자신의 새 눈을 마음에 들어 하지 않자 엉엉 울었어요!

❋ **스노크** : 마지못해 스노크메이든의 부담스러운 눈을 원래대로 돌려 달라고 빌었어요. 보물을 찾아 주는 장비나 타자기를 받고 싶었는데 결국 자신의 소원은 빌지 못했지요.

❋ **팅거미와 밥** : 왕의 루비만큼 멋진 루비를 달라고 했어요. 그런 다음 그 루비를 홉고블린 마법사에게 건네자, 마법사는 그걸 '왕비의 루비'라고 하며 더할 나위 없이 좋아했지요.

한여름 밤의 마법

왠지 겁이 났지만, 일단 한여름 밤의 마법을 시작하면 끝까지 마무리 지어야 해요.

그러지 않으면 무슨 일이 일어날지 몰라요.

《무민 골짜기의 여름》

무민 골짜기에서 마법이 가장 활발하게 일어나는 때는 바로 한여름 밤이에요. 스노크메이든은
이 특별한 밤에 읊조릴 마법의 주문을 누구보다도 많이 알고 있었지요. 해마다 한여름 축제가

끝나고 커다란 모닥불이 작은 불씨가 되어 스러지면, 스노크메이든은 아홉 가지 꽃송이를 꺾어 베개 밑에 넣고 우물 앞에서 주문을 외우며 꿈을 간절히 빌어요. 마법의 주문을 읊으면 가슴 두근거리는 꿈이 눈앞에서 화려하게 펼쳐진다고 전해지거든요. 그런데 마법이 성공하려면 꽃을 꺾는 순간부터 다음 날 아침까지 주문 이외에는 한마디도 해서는 안 돼요. 스노크메이든은 수다를 엄청 좋아하지만 꾹 참고 이 모든 일을 해냈어요.

하지만 헤물렌들이 지키는 공원에서 꽃을 꺾는다면 어떨까요? 스노크메이든은 조카딸 필리용크와 함께 공원 우물 앞에서 색다른 주문을 외며 꿈을 빌기로 마음먹었어요. 뒷날 결혼하게 될 남편의 얼굴을 우물물에 비추어 보여 달라는 주문이었지요. 둘은 순서대로 정확히 의식을 치렀어요. 공원에서 절대 꺾으면 안 되는 꽃을 신나게 꺾으면서요. 스너프킨이 푯말을 죄다 뽑아 놓았기 때문에 꽃을 꺾으면 안 되는지 전혀 몰랐답니다. 마침내 둘이 주문을 모두 읊고 우물을 내려다보니, 정말 누군가의 커다란 머리통이 우물물에 비쳤어요. 그런데 그건 다름 아닌 헤물렌이었지요! 잔뜩 화난 경찰 헤물렌이 뒤에서 둘을 노려보고 있었던 거예요.

"하나, 둘, 셋! 지금부터 한마디라도 하면 평생 결혼 못 해!"

《무민 골짜기의 여름》

스노크메이든표 '한여름 밤 마법의 주문'

나중에 결혼할 상대의 얼굴이 궁금하다면
스노크메이든표 특별한 마법의 주문을 따라해 보세요.

1. 두 발을 쿵쿵 구르면서 제자리에서 일곱 바퀴를 돌아요.

2. 우물을 향해 뒷걸음질 쳐요.

3. 뒤돌아서 우물을 내려다보아요.

4. 결혼할 남편이나 부인의 얼굴이
   우물물에 비칠 거예요.

명심! 이 주문은 한여름 밤에만 마법의 힘을 발휘해요. 만약 우물에 비친 얼굴이
여러분과 비슷하다면, 그건 아마 여러분 얼굴이 맞을 거예요.

주의! 주변에 경찰 헤물렌이 있든 없든, 우물로 뒷걸음질하는 건 위험하니 조심해요.

아빠 무민의
수정 구슬

수정 구슬은 아빠 무민만
사용하는 물건이에요.
반짝이는 푸른빛 마법 구슬은
정원의 중심이자 무민 골짜기의 중심
그리고 온 세상의 중심이었어요.

《아빠 무민 바다에 가다》

아빠 무민은 마법의 수정 구슬을 가지고 있어요. 여름날 저녁이면 정원에 들어가서 푸른빛을 뿜어내는 동그란 유리를 바라보곤 하지요. 소중한 수정 구슬은 산호초 받침대 위에 놓여 있어요. 골짜기에 여러 구슬들이 있지만, 아빠 무민의 수정 구슬이 가장 근사하답니다.

아빠 무민이 수정 구슬을 들여다보면 맨 먼저 구슬 한복판에 자신의 모습이 나타나요. 이어 구슬 깊숙한 곳에서 꿈결 같은 풍경이 펼쳐지고, 각자 자신의 일에 열중하고 있는 가족의 모습이 아른거리지요. 아빠 무민은 수정 구슬을 통해 사랑하는 가족이 어디에서 무엇을 하고 있는지 바로 알 수 있어요. 아빠 무민은 틈틈이 구슬을 보면서 가족의 안전을 확인해요. 그리고 가족을 향한 따뜻한 애정을 다시 한번 마음 가득 느끼며 마음의 안정을 얻는답니다.

토프트는 아빠 무민의 수정 구슬에 마법이 깃들어 있다는 사실을 한눈에 알아보았어요. 무민 골짜기에 사는 생명체의 모습을 비춰 주는 마법 말이에요. 토프트는 남들과 있을 때는 수정 구슬에 관심 없는 척하다가 혼자 있을 때 몰래 들여다보았답니다.

고요한 이른 아침, 토프트는 무민네 집 정원의 받침대 위에 놓인
푸른빛 수정 구슬을 발견했어요. 바로 아빠 무민의 수정 구슬이었지요.
무민 골짜기에서 가장 아름다운 마법의 구슬이에요.

《무민 골짜기의 11월》

보이지 않는 아이

너무 자주 겁을 먹으면 남들 눈에
안 보이게 되잖아요. 투명하게 말이에요.
《무민 골짜기의 친구들》

어느 날, 투티키가 닌니라는 여자아이를 무민네 집으로 데려 왔어요. 닌니는 자신을 돌봐 주는 아주머니에게 괴롭힘을 당하고부터 온몸이 투명해졌어요. 너무 겁에 질린 나머지 모습이 희미하게 변하기 시작하더니 결국 완전히 보이지 않게 되었지요. 인정 많은 투티키가 무민 가족이라면 닌니의 몸을 되찾아 줄 수 있지 않을까 하고 데려온 거예요.

닌니는 눈에 보이지 않는 데다 말수도 적어서 어디에 있는지 도통 알 수 없었어요. 닌니의 목에 걸려 있는 은방울 소리로 겨우 파악할 수 있었지요. 엄마 무민은 닌니에게 드레스를 입혀 주고 머리에 리본도 묶어 주었어요. 식구들이 닌니를 알아볼 수 있도록 말이에요.

엄마 무민은 할머니가 남긴 낡은 공책을 꼼꼼히 읽었어요. 우울증, 눈이 오싹해지는 병, 감기 등에 대한 치료법이 아주 자세히 적혀 있었거든요. 엄마 무민은 공책에 적힌 대로 닌니를 위해 정성껏 약을 만들었고, 그 덕분인지 닌니는 발부터 점점 보이기 시작했어요. 그리고 마침내 엉클어진 빨간 머리칼 사이로 들창코가 오뚝 솟은 닌니의 모습이 온전히 보이게 되었답니다!

닌니는 완전히 달라졌어요. 꼬마 미이보다 훨씬 짓궂지만
중요한 건 이제 닌니를 볼 수 있다는 거예요.
《무민 골짜기의 친구들》

보이지 않는 작은 뒤쥐

보이지 않는 앞발이 빈 접시를 치웠어요.

《무민 골짜기의 겨울》

투티키는 무민네 물놀이 오두막에서 추운 겨울을 나요. 물놀이 오두막은 여름에는 아빠 무민의 집이지만, 겨울에는 투티키의 집이에요. 하지만 투티키 혼자서 지내는 건 아니에요. 모습이 보이지 않는 작은 뒤쥐 여덟과 함께 살지요. 작은 뒤쥐들은 몸집이 아주 작으며, 부끄러움을 너무 많이 타서 보이지 않게 되었어요.

난로 위 냄비에서 수프가 보글보글 끓었어요. 이어 뚜껑이 들리고 숟갈이 수프를 휘저었어요.
또 다른 숟갈이 소금을 조금 넣자 소금통이 창턱으로 쓱 돌아갔지요.

《무민 골짜기의 겨울》

투티키는 작은 뒤쥐들을 기꺼이 물놀이 오두막의 가족으로 맞아들였어요. 이제는 곁에 없으면 허전하고 함께 지내는 것이 훨씬 익숙했지요. 작은 뒤쥐들은 집안일을 이것저것 잘 도와줘요. 그리고 피리를 정말 잘 부는데 수줍음이 많아 식탁 밑에서 피리를 연주하곤 하지요.

무민트롤은 한겨울에 혼자 겨울잠에서 깼을 때 투티키와 뒤쥐들을 처음 만났어요. 눈에 보이진 않았지만, 뒤쥐들이 김이 모락모락 나는 생선 수프를 갖다 주니 기분이 좋았어요.

작은 뒤쥐가 잘하는 일

작은 뒤쥐는 눈에 보이지 않지만 잘하는 게 무척 많답니다.

✳ 불 피우기

✳ 요리하고 상 차리기

✳ 빨래하기 ✳ 피리 연주

✳ 뭐든지 도와주기

(꼬리가 멋진 다람쥐의 장례식까지 치러 줌!)

무민 골짜기의 사계절

무민 골짜기의 사계절

무민트롤이 혼자 중얼거렸어요.

"한 해를 다 가진 것 같아. 나한테도 사계절이 생긴 거야. 겨울까지 몽땅.

사계절을 모두 겪은 무민은 내가 처음일걸."

《무민 골짜기의 겨울》

무민 골짜기에는 사계절이 뚜렷하게 나타나요. 무민 골짜기 이웃들은 새로운 계절이 찾아올 때마다 그 계절에 어울리는 특별한 잔치를 열어요. 뿐만 아니라 새로운 계절을 맞이할 준비도 함께하지요. 예를 들어 무민 가족은 늦가을이 되면 겨울잠을 잘 채비를 하고, 한여름 밤에는 커다란 모닥불을 준비한답니다.

일 년 동안 각각의 계절들은 한 치의 오차도 없이 규칙적으로 찾아와요. 따뜻한 봄에서 햇볕 쨍쨍한 여름으로, 무더운 여름에서 선선한 가을로, 그러다 어느새 찬바람 쌩쌩 부는 겨울이 되면서 한 해를 마무리하지요. 이렇게 무민 골짜기는 계절의 변화에 따라 자연스럽게 모습을 바꾸어 간답니다.

"겨울의 끝은 봄의 시작이지."

《무민 골짜기의 겨울》

봄

"우린 정말 멋진 꿈을 꿀 거야.
그러다 겨울잠에서 깨어나면 봄이잖아."
《마법사의 모자와 무민》

봄이 오면 무민 골짜기에는 생동감이 넘쳐요. 겨우내 쌓여 있던 눈과 얼음이 따뜻한 기운에 사르르 녹으면서 싱그럽고 생생한 기운이 돌기 시작하지요. 긴 겨울잠에서 막 깨어난 무민 골짜기의 생명체들은 얼떨떨한 표정으로 여기저기 어슬렁거리고요. 봄은 무민 가족과 친구들 그리고 모든 생명체가 깊은 잠에서 개운하게 깨어나는 계절이에요.

무민트롤은 굳이 달력을 보지 않아요. 달력이 없어도 계절의 변화로 시간의 흐름을 알 수 있거든요. 그리고 따사로운 봄이 찾아오는 4월이면 스너프킨이 어김없이 돌아온다는 것도요. 그래서 무민트롤은 무민 골짜기에 봄기운이 돌기 시작하면 한껏 기대에 부푼답니다.

"나는 봄이 오면 무민 골짜기로 다시 돌아와
네 창문 밑에서 휘파람을 불 거야.
일 년은 금방이야."
《마법사의 모자와 무민》

새로운 한 달이 시작되었어요. 낮에는 봄바람이 살랑이고 햇살이

세상을 환히 비추면서 고드름을 녹이지만, 밤에는 다시 매섭게 추워져

사방이 얼어붙고 달이 차갑게 빛나는 신비로운 날이 이어지지요.

《무민 골짜기의 겨울》

완연한 봄이 찾아오기 전까지는 골짜기 곳곳에 겨울의 흔적이 남아 있어요. 단단했던 얼음이 조각조각 녹아 강물에 떠내려가고, 주로 겨울철에 활동하는 낯선 동물들은 어디론가 멀리 떠나기 시작하지요. 그렇게 새로운 계절이 무민 골짜기를 향해 성큼성큼 다가온답니다. 특히 투티키와 무민트롤은 봄이 오는 것을 코로 느낄 수 있어요. 무민은 코가 아주 크잖아요.

무민 골짜기에 뻐꾸기 노랫소리가 울려 퍼지고, 겨울 철새들은 북쪽으로 푸드덕 날아가요. 좀처럼 보이지 않던 햇빛이 따뜻한 기운을 몰고 와 머물기 시작하지요. 드디어 봄이 온 거예요.

어느 봄날, 새벽 네 시였어요. 마침내 뻐꾸기가 무민 골짜기로 푸드덕 날아왔어요.

그러고는 무민네 집 뾰족한 지붕에 앉아서 조금 쉰 목소리로 울었지요.

아직 초봄이어서 목이 채 풀리지 않았어요.

《마법사의 모자와 무민》

기나긴 겨울잠에서 막 깨어난 작은 동물들이
어리둥절해하고 있어요. 코를 킁킁대며 익숙한
곳을 찾아다니고, 상쾌한 공기를 쐬느라
눈코 뜰 새 없지요. 다들 콧수염을 다듬고
봄맞이 대청소를 시작하느라 분주해요.

《마법사의 모자와 무민》

무민 골짜기 동물들이 모두 깨어나면 이제 봄맞이 청소를 시작해요. 문이란 문은 죄다 활짝 열어 겨우내 케케묵은 공기를 내보내고, 켜켜이 쌓인 먼지도 털어 내지요. 낡고 오래된 것들을 치워 새로운 물건이 들어올 자리도 마련한답니다. 그중에는 집을 새로 짓느라 바쁜 친구도 있고, 봄을 환영하며 활기찬 인사를 건네는 이웃도 있어요.

겨우내 움츠려 있던 온갖 식물들도 활짝 기지개를 켜
고 쑥쑥 자랄 채비를 해요. 갈색 알뿌리는 굳은 땅 위
로 싹을 틔우려 몸부림치고, 실처럼 가느다란 풀뿌
리는 눈 녹은 물을 머금으며 땅속으로 쭉쭉 뻗어
나가겠지요. 이렇게 새 생명들은 매일매일
새롭게 움트면서 올해도 무럭무럭 행복하
게 자라리라 다짐한답니다.

"봄이 다가오고 있는 게 느껴지지 않니?"

《무민 골짜기의 겨울》

무민 식구들이 잠에서 깨어날 즈음, 봄은 젠체하지 않고
쾌활한 분위기를 내기로 마음먹었어요. 하늘에 구름을 멋들어지게 늘어놓고,
지붕마다 쌓여 있던 마지막 눈덩이들을 깨끗하게 쓸어 내고, 조그만 개울마다
맑은 물을 흘러내리게 하여 세상에서 가장 멋진 4월을 만들었지요.
《무민 골짜기의 겨울》

무민트롤은 겨울잠에서 일찍 깨어나는 바람에, 난생처음 긴 겨울을 뜬눈으로 보냈어요. 이윽고 봄이 오자 무민트롤은 스노크메이든과 함께 크로커스 새싹이 굳은 땅을 비집고 올라오는 모습을 지켜보았어요. 스노크메이든이 새싹에 풀을 덮어 서리를 막아 주자고 했지만 무민트롤은 고개를 저었지요. 그건 사계절이 생명에게 주는 시련 가운데 하나였으니까요. 무민트롤은 새싹이 그 시련을 이겨 내면 훨씬 튼튼하게 자랄 거라는 사실을 투티키를 통해 깨달았거든요.

"자기 힘으로 올라오게 놔둬야 해. 시련을 겪으면서
자라면 앞으로 훨씬 튼튼해질 거야."
《무민 골짜기의 겨울》

여름

무민트롤은 생각했어요. '나한테 주려는 거야.
엄마는 해마다 여름이면 나무껍질로 장난감 배를
만들어서 선물하거든. 다른 가족들이
서운해할까 봐 망설이다가 주곤 하지.'

《무민 골짜기의 여름》

무민 골짜기의 여름은 낮에 후끈한 햇살이 오랫동안 내리쬐어서 밤이 되어도 후더분해요. 어떨 때는 햇빛이 밤새 골짜기를 비추기도 해요. 여름은 바닷가에서 수영과 모래찜질을 즐기거나 상쾌한 공기가 가득한 숲으로 소풍을 가는 계절이에요. 무민 가족은 하얗게 부서지는 파도를 헤치며 수영하는 것을 좋아해요. 발바닥에 부드러운 모래가 알알이 닿는 느낌도 좋아하고요.

해마다 여름이면 엄마 무민은 사랑하는 아들에게
조그만 자작나무 껍질로 만든 장난감 배를 선물
해요. 무민트롤도 여름만 되면 엄마의
선물을 기다리고 또 기다린답니다.
색색의 돛이 나부끼는 작은 조
각배를 연못에 띄우며 노는 것
을 좋아하지요.

6월의 가장 큰 행사는 한여름 축제예요. 일 년 가운데 낮이 가장 길고 밤이 가장 짧은 하지를 맞아 열리는 잔치지요. 무민 골짜기 곳곳에 커다란 모닥불을 피우고 그 주위에 둘러앉아 이야기꽃을 피우거나 생각에 잠기곤 해요. 원래 여름밤이면 바닷가를 따라 수많은 모닥불들이 피어오르는데, 한여름 축제의 모닥불 불꽃이 가장 크답니다.

6월의 여름밤, 잠을 이루지 못하고 가만히 누워서 하늘을 올려다보아요.
모닥불에서 톡톡 튀어 오르는 불똥 소리, 잔잔하게 철썩대는 파도 소리
그리고 사락사락 모래 밟는 소리가 여기저기서 들려요.
《마법사의 모자와 무민》

때로 여름은 인정사정없기도 해요. 이따금 무민 골짜기에 뙤약볕이 사납게 내리쬐면 강바닥이 바짝바짝 마르고 지저귀던 새들도 맥없이 축 늘어지지요. 그럴 때면 동물들은 모두 땡볕을 피해 그늘로 숨어 버린답니다. 타는 듯한 여름은 무민 가족도 감당하기 힘들어요. 금방 지치고 짜증이 나서 마음씨 좋은 무민 가족도 투덜댈 정도지요.

아빠 무민은 8월이 되면 숲에 불이 날까 봐 걱정이 많아요. 아빠 무민 스스로도 불조심하려고 무던히 애쓰지만 가족에게도 불씨가 남아 있지 않은지 잘 살피라고 늘 주의를 주지요. 다행히 지금까지 아빠 무민의 염려처럼 큰불이 난 적은 없어요. 그리고 8월 말은 무민트롤이 가장 좋아하는 때예요. 이유는 알 수 없지만 한껏 곤두섰던 신경이 가라앉으면서 평온해지거든요.

8월의 어느 오후, 아빠 무민은 정원을 어정버정 거닐었어요. 꼬리를 축 늘어뜨린 채

질질 끌고 다니는 모습이 왠지 우울해 보였지요. 무민 골짜기는 쨍쨍 내리쬐는 되악볕에

모든 것이 말라 갔어요. 먼지조차 숨죽인 채 꼼짝 않는 듯했지요.

《아빠 무민 바다에 가다》

무민 가족은 툭하면 잔치를 벌일 핑계를 만들어요. 한번은 엄마 무민이 손가방을 잃어버렸다 찾았을 때, 이렇게 즐거운 날엔 잔치를 열어 축하해야 한다고 했지요. 식물학자 헤뮬렌은 로켓을 쏘아 불꽃놀이를 벌였고, 아빠 무민은 붉은빛 과일 펀치를 만들었어요. 무민 골짜기 친구들도 먹을 것과 마실 것을 잔뜩 들고 왔어요. 몸집이 큰 친구가 먹을 과일과 샌드위치, 몸집이 작은 친구가 먹을 옥수수 알갱이와 나무딸기가 잔칫상에 가득 차려졌지요. 심지어 '모든 것이 쓸모없다.'는 말을 입에 달고 사는 사향뒤쥐까지 들떠서 잔치를 거들었어요. 이윽고 아빠 무민이 라디오를 정원으로 가지고 나와 춤곡을 틀었어요. 무민 골짜기 친구들은 하나같이 펄쩍펄쩍 뛰며 발을 쿵쿵 구르고 몸을 배배 꼬면서 신나게 놀았답니다.

로켓 불꽃이 기세등등하게 솟구치더니 펑펑 터지면서 한여름의 밤하늘에 하얀 별을 흩뿌렸어요.

하얀 별은 꽃비처럼 하늘하늘 골짜기 아래로 내려왔어요. 작은 동물들은

하나같이 꽃비를 보려고 고개를 젖히고 환호했지요. 아, 정말 근사하고 멋졌어요!

《마법사의 모자와 무민》

아빠 무민의 '과일 펀치 레시피'

"늘거운 잘이에요!" 팅거미와 밥이 잔을 들고 서로의 건강을 빌어 주며 말했어요.

《마법사의 모자와 무민》

커다란 나무통 안에다 과일 펀치 재료들을 모두 넣고 섞어요. 그다음 정원 오솔길에서 나무통을 둘둘 굴리며 내려오면 끝이에요. 이제 한 잔씩 가득 따라서 다 함께 축배를 들면 돼요.

재료

* 아몬드
* 건포도
* 연꽃 주스
* 생강
* 설탕
* 육두구 꽃잎
* 레몬 한두 조각
* 산딸기 술

과일 펀치는 재료의 비율이 **아주** 중요해요. 하지만 그 누구도 정확한 비율을 모른답니다. 아빠 무민만의 비법이거든요.

아빠 무민은 과일 펀치를 만들면서 이따금 맛을
보았어요. 정말 기막힌 맛이었지요.

《마법사의 모자와 무민》

가을

무민 골짜기에 가을이 오고 있어요. 가을이 오지 않으면 봄도 다시 올 수 없으니까요.

《마법사의 모자와 무민》

가을이 다가오면 낮이 점점 짧아져요. 그러면 적막한 무민 골짜기 숲에 서늘한 공기가 흠뻑 배지요. 추적추적 가을비라도 내리면 흙이 촉촉해지고 온통 희뿌연 안개에 싸이고요. 뒤늦게 열린 블루베리 열매, 넌출월귤, 붉은 마가목 열매 등 가을 식물들도 하나둘 모습을 드러낸답니다.

이제 곧 낙엽이 우수수 떨어져 무민 골짜기 곳곳에 노란색, 빨간색, 갈색 양탄자가 깔릴 거예요. 벌거숭이 나무들은 잿빛으로 변할 거고요. 수집하기 좋아하는 헤물렌과 깔끔하게 청소하는 필리용크가 갈퀴로 낙엽을 긁어모으겠지요.

늦가을의 새로운 색깔들이 온 숲으로 퍼져 나가고
붉은 마가목 열매가 알알이 익어 가고 있어요.
곳곳에 보이는 진초록빛은 풀고사리지요.
《무민 골짜기의 11월》

자연과 어우러져 살아가는 스너프킨은 쓸쓸한 가을 기운이 찾아들면 다른 곳으로 떠날 채비를
해요. 스너프킨에게 가을은 봄과 여름을 보냈던 무민 골짜기에서 낯설고 새로운 곳으로 떠나
는 계절이에요. 그래서 가을이 되면 넓은 챙이 펄럭거리는 초록빛 모자를 쓰고 야영 장비를 짊
어진 채 어디론가 향하지요. 스너프킨은 작별 인사도 없이 조용히 사라지지만, 무민트롤과 친
구들은 봄이 되면 그리운 친구가 다시 돌아올 거라고 굳게 믿는답니다.

이른 아침, 스너프킨이 무민 골짜기의 천막 안에서
깨어났어요. 고요한 가을 공기가 코끝에 닿자
이제 떠날 때가 되었다고 생각했지요.
《무민 골짜기의 11월》

하지만 가을이 꼭 쓸쓸한 것만은
아니에요. 코앞으로 다가온 겨울을
맞이하기 위해 안전한 보금자리를
마련하느라 바쁘거든요. 그리고
따뜻한 기운과 생각을 한데 모아
마음속 깊은 굴에 넣어 두어야 해요.
그 굴속에 가장 소중한 것과 자기
자신을 고이 간직해 두었다 봄에
다시 꺼내야 하니까요.

《무민 골짜기의 11월》

가을이 되면 따뜻한 곳으로 멀리 떠나는 이도 있지만 대개는 겨울에 쓸 물건을 모으고 겨울잠
에 들 안락한 공간을 찾으러 다녀요. 겨울이 닥쳐도 따뜻하게 지낼 수 있도록 준비하는 거예요.

무민 가족은 겨울잠에 들기 전, 침대 옆에다 온
갖 물건들을 빠짐없이 가져다 둔답니다. 삽,
불을 붙이는 돋보기, 텃밭용 얇은 막, 풍속계
따위 말이에요. 이른 봄에 필요할 물건을 꼼꼼
히 준비하고 나면, 배가 풍선처럼 부풀어 터
질 정도로 솔잎을 잔뜩 먹고 잠에 빠져들지요.

곧 혹독한 추위와 사나운 눈보라, 기나긴 밤이 찾아오겠지요? 하지만 괜찮아요.
겨울 준비를 마친 친구들은 따뜻한 집 안에 둘러앉아 웃음꽃을 활짝 피울 테니까요.

《무민 골짜기의 11월》

겨울

무민트롤은 현관 계단에서
눈이 하얗게 쌓인 골짜기를 바라보았어요.
'오늘 밤, 기나긴 겨울잠에 들 거야.'
《마법사의 모자와 무민》

겨울이 오면 무민네 집은 소슬한 분위기가 물씬 풍겨요. 무민 가족이 모두 겨울잠에 깊이 빠져들거든요. 숨을 깊이 들이마셨다 내쉬는 소리만 가끔씩 들리지요. 아빠 무민이 잠들기 전에 시계태엽을 감았는데도, 어찌나 고요한지 시계마저 멈춰 버린 것 같아요. 바깥세상이 온통 눈으로 뒤덮이고 골짜기도 꽁꽁 얼어붙으면 무민 가족은 흙으로 만든 커다란 벽난로 주변에 모여 곤히 잔답니다. 무민 가족뿐만 아니라 무민 골짜기에 사는 대부분의 동물들도 아늑한 둥지에 틀어박혀 깊이 자요. 투티키와 몇몇만 겨울잠을 자지 않지요.

무민 가족은 겨울잠에 들기 전 집안일을 모두 끝내요. 그러면 엄마 무민이 따뜻한 담요로 잠자리를 만들고 문이란 문을 모조리 꼭꼭 닫지요. 그리고 가족이 한자리에 모여 긴 겨울을 견디기 위해 솔잎을 잔뜩 먹어 배를 채운답니다.

눈이 소리 없이 내려 지붕과 처마에 소복이 쌓이면
무민네 집은 머지않아 동그랗고 커다란 눈 뭉치가 되겠지요.
시계들도 째깍거리는 소리를 멈추었어요. 마침내 겨울이 온 거예요.
《마법사의 모자와 무민》

세상 모든 것이 쓸쓸하고 고요했어요. 무엇 하나 꿈틀대지 않았지요. 하늘에서는 별이

초롱초롱 빛나고 사방의 얼음이 반짝거렸어요. 정말 몹시도 추운 날이었답니다.

《무민 골짜기의 겨울》

겨울이 되면 모진 칼바람과 굵게 훌뿌리는 눈보라에다 혹독한 추위까지 몰려들어요. 특히 한 겨울의 가장 추운 날이면 얼음 여인이 나타나니 조심해야 해요. 괜히 마주쳤다가는 목숨을 잃을지도 몰라요. 너무 순진해서 아무것도 몰랐던, 꼬리가 멋진 다람쥐처럼요.

하지만 한겨울에만 만날 수 있는 멋진 순간도 있어요. 겨울이면 흰빛과 푸른빛에 초록빛마저 살짝 감도는 황홀한 북극 오로라 가 긴 커튼처럼 하늘을 뒤덮는답니다. 또 재미있는 놀 거리도 얼마나 많은지 몰라요. 투티키는 눈을 꾹꾹 뭉쳐 말을 만들고, 꼬마 미이는 은쟁반을 썰매처럼 타고 다니지요. 몸집이

작은 친구들은 찻주전자 덮개에 구멍을 뚫어 겨울 외투로 입으며 즐거워한답니다. 그럼 이제 겨울을 제대로 즐기는 친구들을 살펴볼까요? 스키 타는 헤물렌은 눈 쌓인 겨울 산에서 썰매와 스키를 번갈아 가며 신나게 타요. 꼬마 스케이트 선수들은 스케이트장이 된 꽁꽁 얼어붙은 연못에서 하루 종일 얼음을 지치고요. 그 옆에서 한바탕 눈싸움을 벌이는 친구들도 있지요.

언덕 꼭대기에서 크고 작은 그림자들이 모닥불 주위를 엄숙하게 맴돌았어요.
동물들은 꼬리로 북을 쿵쿵 두드리기 시작했지요.
《무민 골짜기의 겨울》

겨울밤이 찾아오면 투티키는 언덕 꼭대기에 커다란 모닥불을 피워 골짜기를 환히 밝혀요. 컴컴한 하늘 아래 노란 불꽃이 일렁이면 겨울잠을 자지 않는 동물들이 횃불을 앞세우고 모닥불 주위로 하나둘 모여들기 시작하지요. 크고 작은 동물들은 모닥불 주위에서 밤새 춤추고 북을 치면서 투티키가 정해 놓은 이상한 규칙에 따라 움직여요. 이건 투티키에게 매우 중요한 겨울 의식이에요. 여느 때 같으면 가족과 함께 깊은 겨울잠에 빠져 있을 무민트롤은 잠에서 깨 우연히 이 광경을 보고는 두근거리는 가슴을 가라앉힐 수 없었답니다. 활활 타오르던 모닥불이 점차 사그라져 깜부기불이 될 즈음이 되면 그로크가 깔고 앉아 꺼뜨리지요.

동틀 무렵, 골짜기에 푸른빛이 가득했다가 어렴풋해지면서 주변이 온통 새하얘졌어요.
따뜻하고 생생하고 활기찼던 모든 것들이 꼼짝도 하지 않았지요.
《무민 골짜기의 겨울》

무민트롤은 난생처음으로 겨울을 겪었을 때, 무척 황량하고 쓸쓸하다고 생각했어요. 따뜻하게 이야기를 나눌 가족과 친구는 모두 잠들어 있고, 온 세상이 눈 더미 속에 파묻혀 있어서 무민 골짜기가 맞나 싶을 정도였지요. 매서운 날씨도 너무 낯설었어요.

"어휴, 바닥이 지저분하네. 눈이 많이 내리는 건 무민에게 하나도 안 좋아. 엄마가 그랬어."
《마법사의 모자와 무민》

무민트롤은 새하얀 눈을 처음 만졌을 때 깜짝 놀랐어요. 하늘에서 내린 눈송이가 자신의 크고 둥근 코에 사르르 내려앉자 그제야 눈이 솜털 같다는 걸 알았답니다.

무민트롤은 생각했어요. '이게 바로 겨울이라는 거구나. 아, 좋다!'
《무민 골짜기의 겨울》

크리스마스

무민트롤이 걱정스럽게 말했어요.

"엄마, 일어나요. 뭐가 오고 있대요. 크리스마스라던데…."

《무민 골짜기의 친구들》

무민 가족은 겨울부터 이른 봄까지 내내 겨울잠을 자기 때문에 크리스마스를 지낸 적이 없었어요. 그래서 크리스마스가 무슨 날인지도 몰랐지요. 눈이 소복이 내린 12월, 이웃집 헤물렌이 초조한 표정으로 이제 곧 크리스마스라며 야단을 부렸어요. 무민 가족은 큰일이라도 났나 싶어 눈을 비비며 겨울잠에서 깨어났지요.

헤물렌은 전나무를 들고 바삐 움직였고, 개프시 아주머니는 빨갛게 달아오른 얼굴로 반짝이는 물건들과 종이봉투를 한 아름 안은 채 달려가고 있었어요. 무민 가족은 다들 크리스마스 준비를 하느라 황급히 뛰어다니는 모습에 끔찍한 재난이라도 닥치는 줄 알았어요. 그리고 고민 끝에 괴물 손님이 찾아와 이것저것 요구하는 게 분명하다고 생각했지요. 그래서 무민 가족은 만일의 사태를 대비해 크리스마스 괴물을 즐겁게 해 주려고 전나무에 조개껍데기와 조개 목걸이, 오색찬란한 프리즘과 빨간 비단 장미를 달았지요.

무민 가족은 크리스마스 준비를 모두 마친 뒤 얼른 식탁 밑으로 숨었답니다.

"즐거운 크리스마스 보내세요."
우디가 수줍게 속삭이자, 아빠 무민이 깜짝 놀라
말했어요. "그렇게 말한 친구는 네가 처음이야.
넌 크리스마스가 전혀 무섭지 않니?"

《무민 골짜기의 친구들》

하지만 아무 일도 일어나지 않았어요. 이웃들은 전나무 주위에 모여 앉아 먹고, 마시고, 서로
주고받은 선물 꾸러미를 풀어 보고 있었지요. 무민 가족은 그제야 크리스마스에 대해 잘못 알
고 있었다는 사실을 깨달았어요. 무민 가족도 즐겁게 크리스마스트리를 감상했답니다.

엄마 무민이 얼떨떨해했어요. "너무 졸리고 피곤해서 이게 다 무슨 일인지 모르겠네.
그래도 그럭저럭 크리스마스를 잘 보낸 것 같구나."

《무민 골짜기의 친구들》

무민식 지혜가 담긴 어록

"어째서 가진 것 하나 없는 식물학자가
조용하고 평화롭게 살 수 없는 거지?"
식물학자 헤물렌의 한숨에 스너프킨이 느긋하게
대답했어요. "삶은 평화로운 게 아니거든요."

《마법사의 모자와 무민》

"세상은 마음의 준비를 하고 있는 이들에게
늘 놀랍고 신기한 일들을 가져다준단다."

《아빠 무민 바다에 가다》

"너무 행복해서 갑자기
혼자 있고 싶은 기분이 들었어."

《무민 골짜기의 겨울》

"세상에는 누구나 확신할 수 있는 것들이 있어.
예를 들어 해류, 계절 그리고 해돋이 같은 거지."

《아빠 무민 바다에 가다》

재앙

"재앙이 뭐야?" 스니프가 묻자, 무민트롤이 대답했어요.

"상상할 수 없을 정도로 끔찍한 일이 닥치는 거.

지진, 해일, 화산 폭발, 토네이도 같은

천재지변이나 전염병 말이야."

《무민 골짜기에 나타난 혜성》

무민 골짜기 친구들은 해마다 종잡을 수 없는 날씨와 끔찍한 자연재해에 시달렸어요. 갑작스레 닥치는 홍수, 폭발하는 화산 그리고 골짜기로 거침없이 떨어지는 혜성에 이르기까지 온갖 재난을 당했지요. 다행히 무민 가족은 별 탈 없이 잘 이겨 냈고, 불의의 재난을 통해 평생 잊지 못할 모험들을 했답니다.

공포의 토네이도

아득히 하늘까지 닿은 토네이도가
빙글빙글 주변의 모든 것을 휩쓸며 다가왔어요.
《무민 골짜기의 친구들》

높다란 기둥 모양의 토네이도가 무서운 기세로
빙글빙글 돌며 무민 골짜기를 향해 위풍당당하게
다가오고 있었어요. 엄청난 먼지와 모래 알갱이를
싣고요. 머나먼 땅에서 오는 동안 무시무시하게
커지고 기세도 대단해졌지요.

토네이도는 나무를 뿌리째 뽑아 날리고, 지붕
까지 접시 돌리듯 던져 버렸어요. 무민트롤과
친구들도 거센 바람에 휩쓸려 몸을 제대로 가누
지 못했지요. 우표 수집가 헤뮬렌이 소중히
모아 두었던 우표책도 휙휙 날아가 버렸어
요. 헤뮬렌이 우표를 하나라도 건지려고
미친 듯이 소리를 지르며 우표책을 뒤쫓았
지만, 결국 헤뮬렌마저 중심을 잃고 바람에
휩쓸리고 말았답니다.

회오리바람이 벌거벗은 나뭇등걸 사이를 스치며 울부짖었어요.

별 배지가 달린 무민트롤의 목걸이가 벗겨져 전나무 꼭대기로 날아가고

스니프는 네 번이나 나뒹굴었어요. 스너프킨의 모자도 날아갔지요.

《무민 골짜기에 나타난 혜성》

한번은 토네이도가 필리용크 아주머니네 집을 몽땅 날려 버렸어요. 개프시 아주머니를 집에 초대해 온갖 걱정거리를 늘어놓던 그 아주머니, 기억나지요? 필리용크 아주머니는 집과 물건들이 바람에 휩쓸려 날아가는 광경을 너무 놀라 입을 떡 벌린 채 지켜볼 수밖에 없었어요. 그런데 막상 모든 것들이 바람 속으로 사라지자 오히려 이 순간이 근사하고 행복하다고 생각했지요. 더는 쟁반, 사진틀, 찻잔 덮개 등이 제자리에 놓여 있는지 확인할 필요가 없으니까요. 이제 필리용크 아주머니는 자유로워진 거예요!

필리용크 아주머니는 숨을 깊이 들이마셨어요.

"이제 두 번 다시 걱정하며 지내지 않을 거야.

나는 자유야. 무엇이든 할 수 있어!"

《무민 골짜기의 친구들》

혜성 충돌

사향뒤쥐가 말했어요. "그건 혜성이라고 하는 거야.
깜깜한 하늘에서 불타는 꼬리를 달고 환한 빛을 번뜩이며 날아오는 별."

《무민 골짜기에 나타난 혜성》

사향뒤쥐는 무민 골짜기가 뭔가 평소와 다르다고 느꼈어요. 바깥공기가 심상치 않아 불길한 예감이 들었지요. 숲속 동물들이 여기저기 비밀 신호를 남겼고, 특히 갈매기와 개미들이 꼬리 달린 별 모양으로 모여 있었거든요. 그래서 사향뒤쥐는 한가로운 잿빛 하늘에 큰일이 벌어질 거라고 확신했어요. 무민트롤은 스니프, 스너프킨과 함께 외딴 산의 관측소를 찾아갔어요. 천문대에서 별을 관찰하던 교수들은 혜성이 지구를 향해 똑바로 날아오고 있다며, 10월 7일 저녁 8시 42분에 지구와 충돌할 거라고 알려 주었지요.

셋은 혜성이 떨어지기 전에 가족과 친구들을 구하기로 마음먹었어요. 교수들이 예측한 시간이 다가오자 하늘은 점점 뜨겁게 달아올랐고 무민 골짜기는 마치 거대한 불구덩이처럼 변했지요. 무민 가족과 친구들은 모두 겁에 질려 동굴로 몸을 피했어요. 조금 뒤 동굴 밖에서 로켓 수백 대를 발사하듯 우르르 쾅쾅 굉음이 나고, 땅이 마구 흔들렸어요. 무민 가족은 세상이 모두 파괴되었을까 봐 너무나 두려웠답니다.

화산 폭발과 홍수

하루는 까만 검댕이 공중에 마구 날리더니 엄마 무민
의 코에 내려앉았어요. 근처 화산이 갑자기 활동을 시
작하면서 온 골짜기에 불과 연기를 내뿜으려 하고 있
었지요. 화산은 엄마 무민과 아빠 무민이 결혼한 뒤로
죽 잠잠했는데, 갑자기 꿈틀대기 시작한 거예요. 철딱서
니 없는 꼬마 미이는 화산이 터지면 무민 골짜기가 몽땅 불에
활활 탈 거라며 신이 나서 소리를 질렀어요. 엄마 무민은
방금 널어놓은 빨래에 검댕 가루가 묻을까 봐 서둘
러 움직였지요.

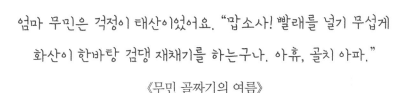

엄마 무민은 걱정이 태산이었어요. "맙소사! 빨래를 널기 무섭게
화산이 한바탕 검댕 재채기를 하는구나. 아휴, 골치 아파."

《무민 골짜기의 여름》

검댕 가루가 하늘에서 하염없이 떨어지고, 바싹 마른 뜨거운 공기가 온 골짜기를 뒤덮어 더위
가 가시지 않았어요. 그날 밤에는 무민네 정원 땅바닥이 입을 크게 벌리듯 쩍쩍 갈라졌지요.
바다 저편에서도 우르릉거리는 소리가 처음에는 나지막이 울리다가 점점 커지기 시작했어요.
그리고 얼마 뒤 어마어마한 파도가 모든 것을 삼켜 버릴 듯이 무민 골짜기로 밀어닥쳤지요. 무
민 가족은 황급히 집 안으로 피했고, 검댕을 흩날리던 화산이 마침내 화염을 내뿜기 시작했어
요. 바깥은 우지끈 부서지고, 우당탕 부딪히는 소리들로 야단법석이었지요.

무민 골짜기의 숲 위로 별안간 거대한 벽 같은 것이 솟구쳤어요. 거센 파도가
물마루에 하얀 거품을 일으키며 맑은 밤하늘을 향해 잇따라 솟아올랐어요.

《무민 골짜기의 여름》

이윽고 무민 골짜기로 해일이 덮쳐들면서 무민네 집이 흔들렸어요.
하지만 워낙 튼튼하게 지어져서 한동안은 물에 떠내려가지 않고
잘 버텼답니다. 하지만 이내 가구들이 둥둥 떠오르더니 집이 물
에 꼴까닥 잠기고 말았어요. 무민 가족은 급히 다른 곳
으로 피신해야 했지요. 때마침 떠내려가는 낯선
집채가 보여서 모두 그리로 옮겨 탔어요. 알
고 보니 그곳은 극장이었지요. 무민 가족과
친구들은 극장에서 즐거운 한때를 보낸 뒤,
다시 집으로 돌아갈 채비를 했어요.

무민 가족은 라일락 덤불을 헤치고 현관 계단까지
곧장 달렸어요. 계단 앞에서 모두 걸음을 멈추었지요.
드디어 집에 왔다는 안도의 한숨이 절로 나왔어요.
《무민 골짜기의 여름》

스너프킨은 폭발하는 화산 근처에서 불꽃 요정을 만났던 때를 떠올렸어요. 푹 팬 커다란 분화
구에서 불을 뿜어 대고, 쩍쩍 갈라진 틈으로 뜨거운 김이 뿌옇게 피어오르는 광경은 마치 지구
한복판까지 뻥 뚫린 것처럼 보였지요. 혜성이 다가올 때도 스너프킨과 친구들은 땅바닥이 뜨
거워서 어쩔 줄 몰라 했어요. 그러다 궁리 끝에 기다란 나무 막대기를 타고 위험한 비탈길을
기우뚱기우뚱 걸어갔답니다.

엄청난 폭풍

무민 골짜기에서는 내리치는 천둥 번개와 거센 비바람을 흔히 볼 수 있어요. 무민 가족이 해티패트너의 외딴 섬으로(무민 골짜기의 외딴 산이랑 헷갈리지 마세요!) 모험을 떠났을 때, 하늘에서 천둥이 난폭한 기관차처럼 우르릉대고 번개가 로켓 불꽃같이 번쩍거렸지요. 바다에서는 매서운 폭풍이 몰아치며 사나운 파도가 외딴 섬을 사정없이 때렸어요. 스니프와 스노크메이든은 공포에 벌벌 떨었지요. 그런 상황에서는 누구나 그럴 수밖에 없을 거예요.

무시무시한 천둥이 머리 바로 위에서
우르릉 쾅쾅 울려 댔고, 후다닥 지은 피난처는
하얀 번갯불에 밝아졌다 깜깜해졌다 했어요.

《마법사의 모자와 무민》

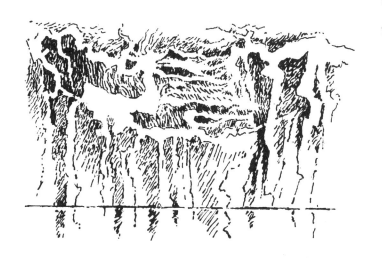

하지만 스너프킨의 눈에는 하얀빛과 보랏빛으로 갈라지는 번개가 무척 근사했지요.

번개가 번쩍, 하늘을 뚫고 나와 삐뚤빼뚤한
불빛 기둥을 쿠쿵, 내리쳤어요. 그러다
느닷없이 눈부신 두 줄기 빛이 온 골짜기를
환하게 밝혔어요. 스너프킨은 너무 감격한
나머지 저도 모르게 펄쩍펄쩍 뛰었지요.

《무민 골짜기의 11월》

해티패트너들은 수백씩 떼를 지어 폭풍우를 찾아 나서요. 천둥 번개가 치면 해티패트너에게 꼭 필요한 전기를 얻을 수 있거든요. 그럼 해티패트너 무리는 전기를 받아 아주 생생해져요. 그래서 폭풍우가 한바탕 몰아친 다음이면 전기를 잔뜩 품은 해티패트너들이 번쩍번쩍 빛을 내며 다른 생명체들에게 어마어마한 전기 충격을 주지요. 이들은 씨앗에서 자라날 때도 전기가 생긴답니다.

해티패트너들은 전기가 있는 곳에서만 강한 생명력을 얻고 뜨거운 감정들을 느끼며 살아날 수 있는 거예요.

《무민 골짜기의 친구들》

아빠 무민은 친구들과 '바다에 과녀낙딴' 집배를 타고 가다 폭풍우를 만났어요. 폭풍우가 몰아치기 직전의 바다는 사방이 쥐 죽은 듯이 고요하고 으스스했어요. 바다는 온통 먹빛으로, 하늘은 우중충한 잿빛으로 변해 갔지요. 바다 유령과 인어들도 어디론가 숨고 없었어요. 이윽고 돌풍이 불어닥치자 배가 파도를 타고 롤러코스터처럼 바닷속으로 처박혔다가 하늘 높이 솟구쳤지요. 다들 넋이 빠진 채 폭풍이 어서 물러가기만을 기다렸어요. 마침내 폭풍이 잔잔해지고 파도가 잦아들었지만, 배는 꼴이 말이 아니었지요. 돛대가 부러지고 노는 전부 사라져 버린 데다 모든 것이 산산조각 나 있었거든요. 특히 머들러는 뱃멀미에 시달려 얼굴이 하얗게 질려 있었답니다.

"이윽고 해가 지고 수평선도 사라졌어.
드높은 파도와 유령처럼 하얀 물거품이
우리 곁을 쌩쌩 스쳐 다녔지."

《아빠 무민의 모험》

신비로운 생물

이 세상에는 봄, 여름, 가을에 모습을 드러내지 않는 애들이 참 많아.

보통 유별나거나 수줍음이 많은 애들이 다 그렇거든. 친구들과 어울리지 못하고

밤에만 활동하는 애들도 그렇고. 그런 애들은 가만히 숨죽이고 있다가

세상이 하얘지고 조용해지면 긴긴밤에 모습을 드러내지.

《무민 골짜기의 겨울》

무민 골짜기에는 낯설고 비밀스러운 생명체들이 살고 있어요. 몇몇은 바깥나들이를 하고 싶은 계절에만 나오고, 다른 몇몇은 좀처럼 모습을 드러내지 않지요. 이들은 마치 마법을 부리는 것처럼 무척 신비롭답니다.

숲속 생물

남들의 눈을 피해 깊은 숲속에서 사는 생물들이에요. 가끔 나뭇가지 사이나 땅굴 근처에서 얼핏 눈에 띄곤 하지요. 숲속 생물은 종류가 무척 많답니다.

까만 그림자가 나무 뒤에서 얼핏얼핏 나타나 번뜩이는
눈빛으로 노려보는 듯해요. 땅속이나 나뭇가지 사이에서
누군가를 부르는 으스스한 소리도 들리는 것 같았지요.

《마법사의 모자와 무민》

✳ 나무 요정 ✳

주로 나뭇등걸 속에서 지내는 작고 귀여운 요정이에요. 밤이면 나무 꼭대기에 올라가 나뭇가지를 흔들곤 해요.

✳ 물도깨비 ✳

무민 골짜기 숲속 연못이나 축축한 늪지에 사는 도깨비예요. 물이 가득한 곳에서만 만날 수 있어요.

✳ 겨울 동물 ✳

겨울잠을 자는 친구들 대부분은 겨울 동물을 볼 수가 없어요. 겨울 동물들은 온 세상이 새하얀 눈으로 덮일 즈음에만 자기들 보금자리에 나와 모닥불 주위로 모여들거든요. 그러다 이른 봄에 무민 가족과 친구들이 겨울잠에서 깨어나면 다시 사라져 버리지요.

동물들은 하나도 보이지 않았어요. 무민트롤은 동물들이
모두 언덕에 모여 있는 느낌이 들었지만 직접 보지는 못했어요.

《무민 골짜기의 겨울》

❋ 불꽃 요정 ❋

불꽃 요정은 불길이 활활 치
솟는 불구덩이 같은 곳에서
불꽃이 일듯 포르르 날아다
니는 요정이에요. 예전에 스너
프킨이 화산 근처에서 시냇물
에 꼬르륵 빠진 한 불꽃 요정
을 살려 준 적이 있었지요. 그
때 요정이 고맙다면서 스너
프킨에게 화상 방지 기름을
선물로 주었어요. 그 기름
을 바르면 불 속을 안전하
게 지나갈 수 있답니다.

바다 생물

✳ 해마 ✳

무민 세상 속 바닷가에 사는 해마는 실제 백과에 실려 있는 바닷물고기 해마와 달라요. 진짜 말처럼 생겼거든요. 빛나는 갈기에다 은빛 발굽, 미끈한 다리도 네 개지요. 무민 가족이 등대 섬으로 가서 지낼 때 무민트롤은 고요한 달밤 바닷가에 나타난 해마에게 마음을 뺏겼답니다.

해마들이 목을 꼿꼿이 세우고 겅중겅중 뛰자

달빛에 반짝이는 바다 물결 위로 갈기와 꼬리가 나풀거렸어요.

정말이지 눈부시게 아름다웠지요. 해마들 스스로도

그걸 잘 알고 있는 것 같았어요.

《아빠 무민 바다에 가다》

✳ 인어 ✳

인어들은 인간과 모습이 비슷하지만 허리 아래가 물고기처럼 생겼어요. 무민 가족이 바다로 모험을 떠날 때면 여자 인어와 남자 인어들이 배 주위를 맴돌며 춤추곤 한답니다.

✳ 끔찍한 바다 생물 ✳

무민 골짜기의 드넓은 바다에는 마멜루크 말고도 무서운 적들이 많아요. 무민 가족은 종종 이들과 맞닥뜨린답니다. 하늘 끝에 닿을 것만 같은 거대한 바다뱀, 무엇이든 덥석덥석 물어뜯는 악어 떼 그리고 무턱대고 달려드는 문어도 있어요!

바다 사냥개는 가장 무서운 바다 생물 가운데 하나예요. 무섭기로 소문난 바다 생물들도 모두 두려워할 정도지요. 잿빛 코에 기다란 수염이 축 늘어져 있고, 흉측한 노란 눈을 번뜩이면서 어두컴컴하고 고요한 바닷속을 헤엄쳐 다녀요. 아빠 무민과 친구들이 '바다에 과녀낙딴' 집배를 잠수함으로 새롭게 고쳐서 타고 바다로 나갔을 때였어요. 바다 사냥개가 잠수함을 발견하고는 거친 숨을 씩씩 몰아쉬며 끝까지 쫓아온 적이 있었어요. 바다 사냥개가 으르렁거리는 소리에 잠수함 안은 순식간에 난장판이 되었지요. 하지만 다행히 부블 에드워드가 구해 주었어요. 사실 구해 준 건 아니고, 실수로 바다 사냥개를 밟아 죽였다는군요. 세상에!

"바다 사냥개가 고요하고
컴컴한 바닷속에서 씨근덕거리며
잠수함을 쫓아오는 소리가 들렸어."

《아빠 무민의 모험》

무민의 삶과 철학

무민
골짜기 세계의
사회·문화적
행동 이론

아이들을 겁주는 말

무민 골짜기에서 어른들이 아이들에게 으름장을 놓을 때
가장 많이 등장하는 이는 바로 신비롭고 무서운 그로크예요.

✳ **어이쿠, 그로크 같은 놈들!** : 스너프킨이 장난꾸러기 우디들을 쫓아가면서 한 말

✳ **얌전히 구는 게 좋아. 안 그러면 그로크가 확 잡아가 버릴걸.** : 밈블 딸이
짓궂은 여동생 꼬마 미이를 윽박지르면서 한 말

✳ **그로크 같은 거적때기들아! 혹은 그로크보다 지긋지긋한 놈!** : 부블
에드워드가 화가 날 때 하는 말

무민 언어의 주요 꾸밈말

✴ **으마으마한** : 매우 놀랍게 엄청나고 굉장한

　　쓰임) 무민트롤이 눈보라 치는 스노글로브를 보고 **으마으마하다**며 감탄했어요.

✴ **초헤뮬렌 같은** : 평범한 헤뮬렌의 능력을 훨씬 넘어서는

　　쓰임) **초헤뮬렌 같은** 힘으로 마멜루크 꼬리를 잡아끌었어요.

✴ **헤뮬렌답지 않은** : 헤뮬렌의 본디 성격이나 특징과 다른

　　쓰임) 스노크가 헤뮬렌에게 "그건 정말 **헤뮬렌답지 않아!**"라고 크게 외쳤어요.

　　　　헤뮬렌이 해티패트너들을 피해 **헤뮬렌답지 않은** 힘을 발휘했어요.

✴ **대무민의** : 위대한 무민의

　　쓰임) 아빠 무민은 젊었을 때 성난 바다에서 **대무민의** 힘으로 훗날 자신의 아내가 될

　　　　엄마 무민을 구했어요.

무민 골짜기에 울리는 기도

무민 골짜기 친구들은 수호신에게 마을과 자신들을 지켜 달라고 빌곤 해요.

✳ 겁에 질린 스니프가 **"작고 힘없는 동물들을 보살펴 주세요."**라고 기도했어요.

✳ 혜성이 무민 골짜기에 떨어지려고 하자, 이웃에 사는 집 무민이 무민트롤을
안심시키며 작별 인사를 했어요. **"집 무민 수호신이 우리를 지켜 주실 거다!"**

무민 골짜기 친구들이 모두 단 하나의 수호신을 믿는지
아니면 저마다 다른 수호신을 믿는지는 밝혀지지 않았어요.

말도 안 되는 말

무민 골짜기에는 아무도 모르고, 이해도 안 되는 말들이 떠돌아요.

✳ **샤다프 옴므! 라담샤!** : 싱크대 밑의 아이가 무민트롤에게 화내는 소리

✳ **오톨래링잘러지스트** : 족스터가 밈블 딸에게 이야기한 긴 단어

✳ **칼로스핀테로크로메토크렌** : 아빠 무민이 밈블 딸에게 이야기한 더 긴 단어

✳ **스누프시갈로니카** : 헤물렌이 곤충은 스누프시갈로니카 가족에게서 나온 것 같다고
추측할 때 말한 단어로 식물학자 헤물렌이 만들어 낸 듯!

아빠 무민이 깨달은 삶의 진리

《아빠 무민의 모험》에서 내용을 가려 뽑았어요!

아빠 무민은 자신이 살아온 흥미진진한 삶에 대해 이야기하는 걸 좋아해요. 아빠 무민은 젊은 시절에 모험을 떠나 이런저런 일들을 겪으면서 일곱 가지 삶의 진리를 깨달았지요.

1. 아기 무민은 적당한 별자리 때에 맞춰 낳는 게 좋다. 그래서 세상을 향해 행복한 첫발을 내디딜 수 있도록 해 줘야 한다.

2. 무민 골짜기 친구들은 할 일이 있을 때 헤물렌에 관해 이야기를 하면 듣지 않는다.

3. 어떤 그물에 아네로이드 기압계가 걸릴지 아무도 모른다.

4. 페인트가 조금 남았다고 해서 커피 깡통에 함부로 칠해서는 안 된다.

5. 덩치 큰 동물이라고 다 위험한 것은 아니다.

6. 덩치 작은 동물이라고 다 겁쟁이는 아니다.

7. 웬만하면 어두운 곳에서 남을 구하는 건 피하는 게 좋다.

아빠 무민은 이러한 삶의 진리를 어떻게 깨달은 걸까요?

1. 고아원을 운영하던 헤물렌 아주머니는 아빠 무민의 별자리를 보고 아빠 무민이 재주가 지나치게 많다고 했어요! 아빠 무민이 여러 분야에서 다재다능하다는 게 증명된 거지요.

2. 아빠 무민은 고아원을 운영하는 헤물렌 아주머니, 공원 경비원 헤물렌, 경찰 헤물렌 그리고 그 밖의 여러 헤물렌들까지, 고약한 헤물렌들을 많이 만나 수많은 일을 겪었어요.

3. 기압계가 어떻게 그물에 걸렸을까요? 어느 저녁, 호지킨스가 개울에 그물을 던져 나침반 상자를 건졌어요. 그 안에 아네로이드 기압계가 들어 있었지요. 나침반 상자는 나침반이 흔들리지 않게 고정시키는 받침대인데, 기압계 받침대로도 쓰인답니다.

4. 머들러가 남은 빨간색 페인트로 커다란 커피 깡통을 칠했는데 페인트가 도무지 마르지 않았어요. 축축하고 끈적한 페인트를 지워야 했지만 머들러는 그냥 내버려 뒀답니다.

5. 아빠 무민의 말뜻은 '덩치 큰 동물 가운데 위험한 동물도 있지만 위험하지 않은 동물도 있다.'는 거예요. 아빠 무민은 덩치가 크든 작든 상관없이 개성 넘치는 여러 동물들과 친하게 지낸답니다.

6. 아빠 무민의 말뜻은 '덩치 작은 동물 가운데 겁쟁이도 있지만 용기 있는 친구도 있다.'는 거예요. '덩치 작은 동물은 모두 용감하다.'는 게 아니고요. 사실 덩치 작은 동물 가운데에는 겁 많은 동물들이 꽤 있거든요. 아마도 아빠 무민이 말하는 덩치 작은 동물은 고아원 원장이었던 헤뮬렌 아주머니를 털북숭이 등에 싣고 쓱 사라져 버린 야금이들 같아요.

7. 아빠 무민은 배를 타고 모험을 떠났다가 어느 저녁, 시커먼 바닷속으로 첨벙 뛰어들어 그로크의 먹이가 될 뻔한 누군가를 구했어요. 바로 고아원 원장이었던 헤뮬렌 아주머니였지요. 세상에, 하필이면 헤뮬렌 아주머니일 게 뭐람! 아빠 무민은 지금도 그때가 젊은 시절 가운데 가장 최악의 순간이었다고 생각한답니다.

무민식 지혜가 담긴 어록

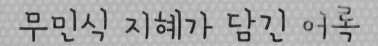

엄마 무민이 감탄했어요.

"별일이 다 있구나. 정말 재미있는 세상이야!"

《무민 골짜기의 여름》

누구나 가끔은 변화가 필요해요.

우린 모든 걸 너무 당연하게 받아들이는 버릇이 있어요.

서로에 대해서도 마찬가지고요.

《아빠 무민 바다에 가다》

오랫동안 여행하다 보면

집이 얼마나 포근하고 좋은지 깨닫게 되지요.

《무민 골짜기에 나타난 혜성》

"왜 우는 거야?"

옆에서 훔퍼가 묻자, 미자벨이 대답했어요.

"나도 몰라, 하지만 우니까 기분이 좋아."

《무민 골짜기의 여름》

257

토베 얀손의 세계

우리 삶에 예술이 왜 필요할까요?

글 프랭크 코트렐 보이스

여러분은 지금 무민 골짜기 세상에 들어와 있어요. 이곳은 보기와 달리 위험하니 조심해야 해요! 모든 것을 휩쓸어 버리는 자연재해와 전쟁을 떠올리게 하는 혜성 출몰 등 재앙이 곳곳에 도사리고 있거든요. 그래도 무민 가족은 골짜기의 무더운 여름을 알차고 재미있게 보내는 방법을 터득하고, 오랫동안 햇볕이 들지 않아 어두컴컴하고 음습한 겨울에도 잘 적응하며 살아간답니다.

토베는 '무민트롤'이라는 이름을 에이나르 외삼촌에게 처음 들었어요. 외삼촌은 툭하면 부엌 벽난로 뒤에 작은 트롤이 살고 있다며 어린 토베를 겁주곤 했지요. 특히 으슥한 밤에 트롤 이야기를 듣고 있으면 소름이 돋았어요. 트롤이 자신의 목덜미에 거친 숨을 몰아쉬며 긴 주둥이를 문지를 것 같은 섬뜩한 기분이 들었거든요. 얼마나 무서웠으면 일기에다 침대 밑에서 트롤이 부스럭거리는 소리가 나는 것 같다고 썼겠어요. 《무민 골짜기의 겨울》을 보면 털북숭이 무민트롤 조상이 벽난로 뒤에서 발톱으로 긁는다는 내용이 나와요. 그 이야기는 이 일기에서 비롯된 게 분명해요. 이것이 바로 우리 삶에 예술이 필요한 첫 번째 이유예요. 예술은 아이들이 상상의 나래를 펼 수 있게 해 줘요!

무민트롤도 어린 토베가 들었던 이야기처럼 벽난로 뒤 깜깜한 곳에서 무민트롤 조상을 처음 보았어요. 그제야 아주 오래전 어둡고 무서운 곳에서 살았을 선조들의 본모습을 알게 되었지요.

무민은 1943년 10월 〈가름 Garm〉이라는 정치 풍자 잡지에 처음 등장했어요. 히틀러의 핀란드 약탈을 풍자한 삽화에서 맨 아래쪽에 토베의 서명과 함께 그려져 있었지요. 1940년대만 해도 핀란드에서 사회 비판적인 목소리를 높이는 건 아주 위험한 일이었어요. 소련과 제3제국(히틀러가 권력을 장악한 1934~1945년의 독일)이라는 두 침략국이 이제 막 독립한 핀란드를 양옆에서 위협하고 있었거든요. 하지만 토베는 이에 굴하지 않고 무민을 내세워 정정당당하게 비판하고 저항했으며, 자유와 평화를 지키려는 염원을 담았어요. 이것이 우리 삶에 예술이 필요한 두 번째 이유예요. **예술은 부당한 현실에 맞서 자신의 목소리를 당당하게 내는 수단이에요!**

토베는 전쟁 하나가 끝나면 또 다른 전쟁이 시작되는 참혹한 현실 속에서 어린 시절을 보냈어요. 게다가 아버지 빅토르가 핀란드 내전에 참여한 이후로 전쟁의 끔찍한 기억에 시달렸기 때문에 토베 역시 그런 아버지 밑에서 영향을 많이 받았지요. 빅토르는 평소에도 전쟁 이야기를 자주 했고, 친구들을 만나면 예전에 쓰던 총검을 꺼내서 의자를 찌르곤 했어요. 누구보다 밝고 쾌활하던 빅토르가 우울한 외골수가 된 건 다 전쟁 때문이었지요. 당시 아동 문학은 명랑하고 활기찬 분위기였는데, 토베는 〈무민 가족〉 시리즈에서 무민 골짜기를 침묵이 가득한 공간으로 그렸어요. 동굴에서 깊은 생각에 잠기는 사향뒤쥐, 수많은 모험을 홀로 헤쳐 나가면서 말없이 새로운 모험을 기다리는 스너프킨, 가장 행복한 순간에 혼자 있고 싶어 하는 무민트롤만 봐도 무민 골짜기의 분위기를 알 수 있지요. 수다를 좋아하는 친구들도 때로는 조용히 공포스러운 세상을 살아 내려고 노력하고요. 수집가이자 원칙주의자인 헤뮬렌과 신경이 예민한 필리용크도 나름의 질서를 지키면서 불안을 극복하려 애쓰지요. 특히 《무민 가족과 대홍수》와 〈무민 가족〉 시리즈 가운데 가장 먼저 출간된 《무민 골짜기에 나타난 혜성》에는 재앙으로 삶의 터전이 망가지고 가족이 헤어지는 장면이 생생하게 나와요.

그다음에 출간된 《마법사의 모자와 무민》은 전쟁 이후의 미래 지향적인 분위기를 오밀조밀하게 담아내어 폭넓은 호응을 받았어요. 새로운 세상에 대한 강렬한 희망을 전하는 동시에 평화로운 삶이 다가오고 있음을 보여 주었거든요. 토베 자신도 이 책의 내용과 삽화가 전작보다 낫다며 만족해했고, 예상대로 출간되자마자 엄청난 인기를 얻었답니다.

《마법사의 모자와 무민》에서는 전쟁의 어두운 면을 이야기하지 않아요. 대신 즐거운 삶에 관한 메시지를 담고 있지요. 이 책이 무민 열풍을 일으킨 이유는, 희망으로 가득한 책의 분위기가 핀란드를 비롯해 세계 각지에서 일기 시작한 새로운 변화와 잘 맞아떨어졌기 때문이에요. 황금빛 나비가 날아다니는 풀숲 옆으로 맑은 시냇물이 흐르고, 무민 가족과 친구들이 오순도순 이야기를 나누는 평화로운 풍경이 책 속에 가득하거든요. 이런 분위기는 토베 얀손이 1947년 헬싱키 시청 건물에 그린 거대한 프레스코 벽화 〈도시의 축하연 Party in the City〉에도 잘 드러나 있어요.

토베는 대중문화 예술가로서 벽화를 많이 그렸을 뿐만 아니라 어린이에게 상상력을 심어 줄 수 있는 사회 예술 운동에도 참여했어요. 당시에는 더 나은 세상을 위해 예술이 특별한 역할을 해야 한다는 인식이 팽배했어요. 그래서 예술가들이 유럽 곳곳에서 공공의 이익을 우선하는 작품 활동을 많이 벌였지요. 유대인 출신 기자인 옐라 레프만은 1930년대에 독일을 탈출했다가, 전쟁이 끝나자 다시 돌아가 국제 청소년 도서관을 설립했어요. 세계의 어린이와 청소년들이 문학을 통해 더 좋은 사회를 이끌어 낼 수 있다고 확신한 거지요. 이때 토베가 도서관 설립 운동에 중요한 역할을 담당했어요. 뒷날 옐라 레프만은 아동 문학을 위해 한스 크리스티안 안데르센 상 제정에 앞장섰고, 1966년에 토베가 그 상을 받게 되었지요. 이것이 우리 삶에 예술이 필요한 세 번째 이유예요. **예술은 새롭고 더**

나은 세상을 만들 수 있답니다!

토베 얀손은 풍자 작가이자 핀란드를 대표하는 대중문화 예술가로서 자신의 역할에 충실했어요. 또한 작품 속에 자신의 삶을 고스란히 녹여 낸 화가이기도 했지요. 유화 〈자화상 Self-portrait〉과 프레스코 벽화 〈도시의 축하연〉의 등장인물 대부분이 자기 자신과 가족, 친구들 그리고 무민이랍니다. 엄마 무민과 아빠 무민은 토베의 부모님을 바탕으로 탄생된 캐릭터이고, 투티키는 토베가 가장 좋아했던 툴리키 피에틸레예요. 겁 많은 필리용크와 잘난 척하는 헤물렌, 엉뚱하면서도 낭만적인 스노크 메이든에도 토베 자신의 여러 모습들이 각각 담겨 있지요. 〈무민 가족〉 시리즈에 나오는 갓 구운 팬케이크와 시끌벅적한 친구들, 무더운 여름날, 마법 그리고 따뜻한 엄마의 품 등은 토베가 일상에서 가장 찬양하는 이야깃거리들이랍니다.

한편 토베의 어두운 성격도 동화에 반영되어 있어요. 어두운 골짜기에서 홀로 지내는 그로크는 모두가 무서워하는 괴물이지만, 토베는 그로크를 적으로 여기지 않아요. 그로크 역시 세상의 일부이므로 있는 그대로 받아들이고 그로크가 어떤 심정일지 이해하려고 하지요. 그래서 그로크를 반기진 않지만 내치지도 않아요. 그저 제자리에 가만히 내버려 두는 거지요. 《마법사의 모자와 무민》은 무민 가족과 친구들이 정원에 모여 신나게 파티를 벌이면서 끝나요. 누구나 함께 파티를 즐길 수 있지요. 무시무시한 홉고블린 마법사까지도요. 무민 가족은 좋은 손님과 나쁜 손님을 가리지 않아요. 단점이 있더라도 무민 골짜기에서 따사로운 햇살을 즐길 권리가 있기 때문이에요. 그래서 너도나도 초대해 서로를 위한 공간을 마련해 준답니다. 이것이 우리 삶에 예술이 필요한 마지막 이유예요. **예술은 더불어 살아가면서 저마다의 진짜 모습을 찾을 수 있도록 도와준답니다!**

토베 얀손의 탄생

토베 얀손은 제1차 세계 대전 초반 무렵인 1914년 8월 9일, 핀란드 수도 헬싱키에서 태어났어요. 핀란드 출신 빅토르 얀손과 스웨덴 출신 시그네 함마르스텐 얀손 부부는 자신들의 첫아이에게 토베 마리카 얀손이라는 이름을 지어 주었지요. 토베 얀손은 뒷날 뛰어난 예술가이자 세계적인 동화 작가가 되었어요. 세계 아동 문학에서 가장 사랑스럽고 개성 넘치는 캐릭터로 손꼽히는 〈무민 가족〉 시리즈의 작가로서 널리 이름을 떨쳤지요.

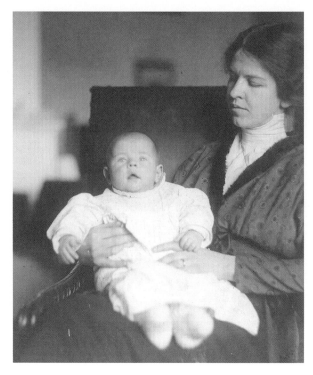

▲ 엄마 품에 안긴 토베

▲ 토베가 어릴 때 그린 그림

토베는 부모님이 모두 예술가라, 어려서부터 예술을 사랑하는 집안 분위기 속에서 자랐어요. 부모님은 늘 회화, 일러스트, 디자인, 조각 등 다양한 작품 활동에 열중했고, 어린 토베는 그 옆에서 연필과 물감을 장난감처럼 가지고 놀았지요. 연필을 잡기 시작하고부터는 그림 그리는 일이 조금도 낯설지 않았어요. 자기 주변의 모든 공간이 도화지가 되었지요. 1918년, 아버지 빅토르는 편지에 이런 글을 썼어요.

우리 토베는 아주 위대한 예술가로 성장할 것 같아!

▲ 토베가 네 살 때 그린 그림이에요. 어려서부터 재능이 대단했지요?

얀손 가족

"즐거운 파티를 준비하는 건
정말 기분 좋은 일이야.
친구들이 모두 모일 테니!"

《마법사의 모자와 무민》

토베 얀손 가족은 스웨덴계 핀란드 사람들로, 모두 늘 바쁘게 살았어요. 어머니와 아버지는 열심히 일하며 다양한 사교 파티와 축하연을 즐겼고, 수많은 예술가 친구들을 집으로 자주 초대해서 예술과 정치 현안에 대해 열띤 토론을 벌이기도 했지요. 토베는 어린 시절에 어른들의 대화를 즐겨 들으면서 당대 예술의 세계를 어렴풋이 이해했어요.

▲ 헬싱키 집에서 붉은색 드레스를 입은 토베, 1930년대

얀손 집에서 파티가 벌어지면 무민 가족이 그랬던 것처럼 음악이 절대 빠지지 않았어요. 아버지 빅토르가 아코디언을 연주하면 그 앞에 옹기종기 모여 있던 사람들이 소리 높여 노래하거나 흥겹게 춤을 추기 시작했지요. 파티는 종종 며칠 동안 이어졌고 그만큼 시끌벅적했답니다. 분위기가 한창 무르익으면 아버지는 칼싸움 놀이도 즐겼어요. 핀란드 내전에 참전한 경험이 있어서, 그때의 기억을 자주 떠올렸거든요. 아버지는 전쟁터에서 썼던 총검을 고이 보관하고 있다가 친구들이 오면 자주 꺼냈어요. 토베는 아버지와 그 친구들이 총검으로 적을 공격하듯 버드나무 의자를 차례차례 찌르며 신나게 목청을 높이던 모습을 오랫동안 기억하고 있었지요.

파티와 축하연은 얀손 가족의 일상에서 매우 중요한 부분을 차지했어요. 곳곳에서 전쟁이 벌어지던 시절, 암울하고도 가혹한 현실을 잠시라도 잊고 서로에게 힘을 북돋아 줄 수 있었으니까요.

"아, 맛있는 걸 먹고 마시고 온갖 이야기를 나누며
신나게 춤추다가 아침 해가 뜰 무렵 집으로
돌아가는 건 정말 기분 좋은 일이에요!"

《마법사의 모자와 무민》

토베 얀손의 아버지 '파판'

(1886~1958)

토베의 아버지 빅토르 얀손에게는 특별한 별명이 있었는데, 가족과 가까운 친구들은 오래전부터 그를 파판이라고 불렀어요. 학창 시절, 체육 시간만 되면 우두커니 서서 공상에 잠기는 빅토르를 보고 체육 선생님이 파파 즉, 할아버지 같다고 붙여 준 별명이지요.

파판은 어릴 때부터 체육이 아닌 예술에 깊이 빠져들어, 파리로 가서 미술을 공부하게 되었어요. 그리고 조각에 흥미를 느끼게 되지요. 파판은 뒷날 조각상과 기념물을 제작하는 핀란드의 촉망받는 조각가로 명성을 얻게 됩니다.

▲펠링키섬에서 빅토르, 1940년

파판은 여성 조각상에 관심이 많았지만, 생계 때문에 돈이 되는 일감들을 받기도 했어요. 주로 전쟁 기념비나 영웅 조각상을 제작하는 일이었지요. 파판은 핀란드 전쟁 영웅 조각가로 조금씩 평판을 쌓았어요. 파판의 가장 유명한 여성 조각상은 1931년에 제작되어 지금도 헬싱키 카이사니에미 공원에 남아 있는 〈메꽃Convolvulus〉이에요. 또한 헬싱키 에스플라나데 광장 분수대에 설치된 멋진 인어 조각상도 파판의 작품이지요. 두 조각상 모두 딸 토베를 모델로 삼아 만든 것이랍니다.

▲ 조각상 작업에 매진하는 빅토르, 1950년

파판은 가장으로서 가족의 생계를 책임져야 했지만, 당시 핀란드에서는 조각가로 돈을 벌기가 쉽지 않았어요. 전쟁 기념물이나 영웅 조각상을 제작하는 일은 예술가들끼리 경쟁이 치열해서 많은 시간과 노력을 들여도 헛수고로 끝날 때가 많았지요. 파판은 자신의 뜻대로 일이 풀리지 않아서 좌절감을 느낄 때가 많았어요. 그러다가 그토록 바라던 일감을 따내는 날이면 어김없이 파티를 벌이곤 했답니다!

무민트롤이 말했어요.
"어휴, 가끔은 가족이
정말 힘들 때가 있어."
《무민 골짜기의 친구들》

토베는 파판을 존경했지만, 갈등을 겪을 때도 많았어요. 특히 정치와 전쟁에 관해 이야기를 나눌 때면 날카롭게 대립했지요. 토베는 아버지와 논쟁하는 게 싫었지만 가치관이 전혀 달라서 의견이 엇갈릴 수밖에 없었어요. 토베와 파판은 서로 많이 달랐지만 서로를 마음 깊이 아껴 주었어요.

토베 얀손의 어머니 '함' (1882~1970)

토베의 어머니 시그네 함마르스텐 얀손의 별명은 함이었어요. 스웨덴에서 목사의 딸로 태어나 스톡홀름의 콘스트파크 디자인 예술학교에서 미술을 공부하고, 파리로 유학을 갔다가 파판을 만났어요. 사랑에 빠진 두 사람은 스웨덴에서 결혼식을 올린 뒤 파리에서 신혼 생활을 시작했어요. 얼마 뒤 함은 토베를 가졌지요.

▲평생에 걸쳐 다양한 일을 하며 살아온 함

▲ 집에서 쉬는 토베와 함, 1944년

함은 승마, 등산, 스키, 조정, 사격 등 야외 활동을 즐겼어요. 젊은 시절에는 초창기 걸스카우트 단체(Swedish Girl Guides)를 만들어, 여자아이들이 야외에서 자유로운 활동을 즐기도록 장려했어요. 뒷날 여성 참정권 운동에 참여해 여성 투표권을 주장하기도 했지요.

함은 삽화가이자 디자이너로 이름을 널리 알렸어요. 단행본과 잡지에 그린 삽화만 수백 장이 넘고, 다양한 출판물에 그녀의 작품이 실렸지요. 유명인사 캐리커처를 그리는 실력도 상당했고요. 또한 핀란드 최초의 우표 디자이너로도 활동하면서 핀란드 우표를 200장 넘게 디자인했고, 핀란드 지폐도 도안했답니다.

함은 수많은 작품 활동을 하는 와중에도, 어머니로서 자식들을 돌보았고 가족의 생계까지 도맡았어요. 파판의 수입이 일정하지 않아서 거기에 의존할 수 없었거든요.

토베는 어머니 함을 존경했고 어머니이자 가장 친한 친구로서 늘 가까이 지냈어요. 토베가 어른이 되고 함이 할머니가 될 때까지 둘은 변함없이 서로를 아끼며 많은 시간을 함께 보냈지요. 토베는 세상에서 어머니만큼 자신을 잘 헤아려 주는 사람은 없다고 여겼답니다.

남동생 '페르 올로브'와 '라르스'

토베가 여섯 살 되던 해에 남동생 페르 올로브가, 그로부터 6년 뒤에는 막내 라르스가 태어났어요. 토베의 두 남동생도 부모님의 예술적 재능을 물려받았지요. 뒷날 페르 올로브는 사진작가가, 라르스는 만화가가 되었답니다. 특히 라르스는 나중에 토베가 무민 만화를 연재할 때 곁에서 글을 쓰고 그림을 그리며 여러모로 도와주었어요. 또 두 동생 모두 단편과 장편 소설을 출간하기도 했지요.

토베는 두 동생을 끔찍이 아꼈고 평생을 함께했어요. 자신은 아이를 낳지 않았지만, 조카인 페테르와 잉에(페르 올로브의 아들과 딸) 그리고 소피아(라르스의 딸)를 무척 사랑하여 같이 놀아 주기도 하고 여행도 함께 다니며 즐거운 시간을 보내곤 했지요. 토베는 특히 소피아와 가깝게 지내면서 어릴 적부터 돈독한 관계를 유지했어요.

소피아는 현재 얀손 가족을 대표해 무민에 관한 일을 맡아 하고 있어요. 핀란드의 위대한 작가인 토베 고모에게 물려받은 무민의 저작권을 관리하기 위해 설립한 무민캐릭터스의 대표로, 애니메이션 감독으로도 활약했지요. 지금도 전 세계를 다니며 무민 이야기를 널리 알리고 있답니다.

▲페르 올로브, 1941년

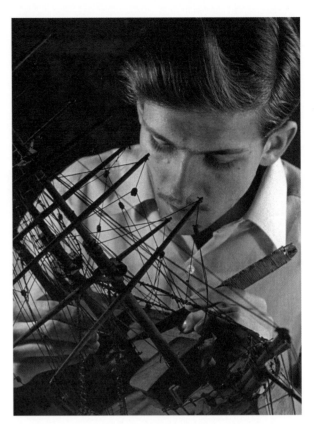

▲작은 배를 만드는 라르스

▲조카 페테르, 잉에와 함께 펠링키섬에서 휴가를 보내는 토베, 1952년 3월

핀란드 내전(1918)

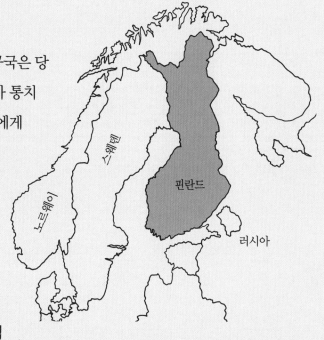

1809년부터 러시아 제국의 일부가 된 핀란드 대공국은 당시 러시아 제국의 모든 권력을 거머쥔 황제 차르가 통치했어요. 러시아 제국의 차르는 제국 통치권을 신에게 위임받았다고 하면서, 핀란드 대공국에 영향력을 점차 강화하기 시작했지요. 핀란드 대공국에 자치 정부가 있었지만, 러시아 제국은 핀란드 자치권을 위협하며 끊임없이 압박했어요.

1917년 11월, 러시아 제국의 민중이 차르 황제에 대항해 러시아 혁명을 일으켰어요. 차르 세력인 백군과 혁명을 일으킨 적군이 치열하게 싸운 끝에, 결국 차르는 쫓겨나고 적군이 권력을 잡았지요. 나라 안팎의 정세가 혼란스러워지자, 핀란드 대공국은 러시아 제국으로부터 독립하기로 했어요.

그런데 핀란드 대공국은 두 가지 사상이 대립하면서 분열되었어요. 사회주의 정부를 추구하는 적군이 혁명을 일으켜 현 정부를 타도하려고 하자, 현 정부를 지지하는 백군이 이에 맞서게 되었던 거지요. 결국 적군과 백군은 1918년 1월부터 5월까지 핀란드 모든 지역에서 전쟁을 벌였어요. 전쟁은 백군의 승리로 끝났고, 핀란드 대공국은 1919년에 민주 공화국으로 독립했지요.

전쟁이 일어난 동안, 토베는 어머니 함과 스웨덴으로 피난을 가 외가에서 지냈어요. 하지만 아버지 빅토르는 현 정부가 발표한 명분을 확고하게 믿고 백군으로 핀란드 내전에 참전했지요. 다행히 아버지는 전쟁터에서 무사히 돌아왔지만, 이 전쟁으로 3만 6천 명 이상이 사망하고 말았어요. 그리고 아버지는 끔찍한 전쟁을 겪은 뒤로, 다른 참전 군인들이 그렇듯 두 번 다시 예전의 밝은 모습으로 돌아오지 못했지요. 우울한 얼굴로 조용히 혼자만의 생각에 빠져들 때가 많았답니다.

토베의 스웨덴 외가와 삼촌들

토베의 어머니 함은 스웨덴의 부유한 집안 출신이에요. 이는 토베의 삶에서 아주 중요한 역할을 했어요. 얀손 가족은 틈날 때마다 스웨덴 스톡홀름의 외가에 가 친척들과 행복한 시간을 보냈어요. 여름이면 스웨덴 군도의 한 섬에 있는 별장에 묵기도 했지요.

토베는 외삼촌 하랄드, 토르스텐, 에이나르를 특히 좋아했어요. 외삼촌들이 소름 돋는 유령 이야기를 들려주면, 토베는 귀를 쫑긋 세우며 잔뜩 겁에 질린 표정을 짓곤 했답니다. 누가 무서운 이야기를 더 많이 알고 있는지 삼촌들과 겨루기도 했지요. 토베는 등골이 서늘한 이야기를 동화로 쓸 정도로 좋아했어요. 그건 어른이 되어서도 마찬가지였지요.

외삼촌들은 실제 겪었던 흥미로운 이야기도 자주 들려주었어요. 토르스텐 외삼촌은 화약 실험을 하다 부엌 화덕을 펑 하고 날려 버렸지요! 또 에이나르 외삼촌은 살얼음판 위를 걸어 보겠다며 위풍당당하게 나섰다가 빙판이 쩍쩍 갈라지고 깨지는 바람에 결국 얼음물 속에 풍덩 빠졌답니다. 다행히 생명에는 지장이 없었어요. 토베는 외삼촌들의 생생한 체험담을 〈사랑하는 외삼촌 My Dear Uncles〉이라는 단편 소설로 썼어요. 하지만 삼촌들의 이야기는 〈무민 가족〉 시리즈에 가장 잘 담겨 있지요. 무민과 친구들의 이야기는 삼촌들의 개성 넘치고 톡톡 튀는 상상에서 시작되었으니까요.

"미이 같은 사람들이 멋지게 성공하는 걸 보면 정말 이상해."
《무민 골짜기의 겨울》

꼬마 작가 토베

토베는 어렸을 때부터 그림 그리기, 글쓰기, 바느질 공예품 만들기에 이르기까지, 취미가 많았지만 그 가운데 잡지와 동화책 만드는 일을 가장 좋아했어요. 놀라운 상상을 펼치고 바쁘게 손을 놀려 이야기를 만들어 내길 좋아했지요. 꼬마 작가 토베가 어떤 작품들을 남겼는지 살펴볼까요?

✸ 토베는 일곱 살부터 열한 살까지, 14권의 어린이책을 만들었어요. 글과 그림을 모두 도맡아 쓰고 그렸지요. 대부분 동화와 시 그리고 유령에 관한 이야기들이었어요. 《기사 블루 경 Sir Blue the Knight》, 《강아지 찌르기 Prick the Dog》, 《반짝이는 공주 Princess Glittergirl》가 유명하며, 특히 《강아지 찌르기》는 강아지가 죽는 과정이 담겨 있어요. 어린 나이에도 어려운 주제를 과감하게 다뤘답니다.

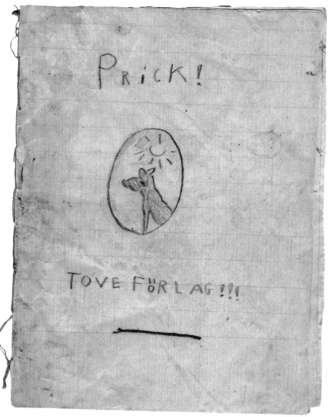

▲《기사 블루 경》　　▲《강아지 찌르기》

▲ 토베가 열두 살에 쓴 일기. 자신이 가장 좋아하는 모피 바지를 그렸어요.

《프리키나와 파비안의 모험》, 1929년 ▶

✸ 토베는 열두 살 때부터 에이나르 외삼촌과 수영했던 일, 모피 바지를 만든 일 등 다양한 추억들을 일기장에 담았어요. 토베는 특히 모피 바지를 가장 아껴서 늘 입고 다녔다고 해요. 생생한 체험담과 쏠쏠한 정보들을 재미나게 적고, 그림으로도 깨알같이 표현했어요.

✸ 토베가 열세 살 때 첫 번째 작품이 잡지에 실렸어요. 핀란드 지도자를 찬양하는 시와 그림으로, 제목이 '만네르헤임 만세'였지요.

✸ 토베는 〈선인장 신문〉이라는 잡지를 손수 쓰고 그리고 편집한 뒤 인쇄까지 해, 학교에서 팔았어요.

PRICKINAS OCH FABIANS ÄVENTYR av Tove.

Metalljättar flögo med dån där förbi.
„Oj, svansen oss tar!" hördes Fabians
skri.
„Prickina, håll fast, håll för all del i!"

Det tycks, som om flygarna tagit till
vana
att söka i Nordpol'n plantera sin fana
— i hopp om en ärofull framtida bana.

Nu voro de framme vid världens gräns,
än var dock ej färden på äventyr läns,
„Hu!" ryste Prickina. „Hur kallt det
känns!"

Men Fabian, rådig som karlar ska vara,
han lyckades genast problemet klara,
de byggde en hydda av flaggor bara.

Då stördes den husliga lycka och frid.
„Synbarligen utkämpar någon en strid
på taket", sa Fabian — alls inte blid.

Fastän han ur Morfei armar blev väckt,
så flydde hans vrede som vindens fläkt.
— Där satt ju en larv av hans egen
släkt!

Frenckellska Tr. A.-B. H:fors, Anneg. 32.

Från skyn har kommit ett bud, en sändning,
Sakerna tycks få en underlig vändning.

✳ 토베는 어릴 적부터 그림책과 동화책을 여러 편 썼어요. 《마틸다와 예술 Matilda and Art》, 《보이지 않는 군대 Invisible Forces》 같은 작품이 있지요. 《보이지 않는 군대》는 주인공이 하늘을 날아다니는 흥미진진한 모험 이야기예요.

✳ 토베는 열네 살 때 출판사와 정식 계약을 맺고 1933년에 첫 책을 출간했어요. 그림책 《사라와 펠레 그리고 물의 요정 문어들 Sara and Pelle and the Octopuses of the Water Sprite》로, 베라 하이라는 필명을 썼지요. 두 여자아이가 깊은 물속 상상의 세계로 들어가 새끼 문어를 돌보는 이야기예요. 이 책이 서점에 진열되기까지 5년이나 걸렸지만, 토베에게는 무척 감격스러운 순간이었어요. 계약금도 500마르카(핀란드의 옛 화폐 단위)나 받았답니다!

✳ 1929년, 토베가 그린 만화 《프리키나와 파비안의 모험 Prickina and Fabian's Adventure》이 어린이 잡지에 실렸어요. 조그만 애벌레 두 마리가 주인공인 7컷으로 구성된 만화지요.

✳ 같은 해, 토베는 정치 풍자 잡지 〈가름 Garm〉에 처음으로 그림을 실었어요. 토베의 어머니 함이 설립 초창기부터 근무한 잡지사였지요. 토베도 1953년까지 여기에 글과 그림을 정기적으로 실었어요.

✳ 토베는 어머니 함이 어린이 잡지에 작품을 실을 때 마무리 작업을 도와준 적도 있어요. 표지 그림과 마지막 장의 글, 그림을 맡은 거예요. 토베는 이번에도 애벌레 프리키나와 파비안에 관한 내용을 쓰고 그렸지요. 토베는 늘 바쁜 어머니를 도와줄 수 있고 가족의 생활비까지 벌 수 있어서 출판 작업이 무척 자랑스러웠답니다.

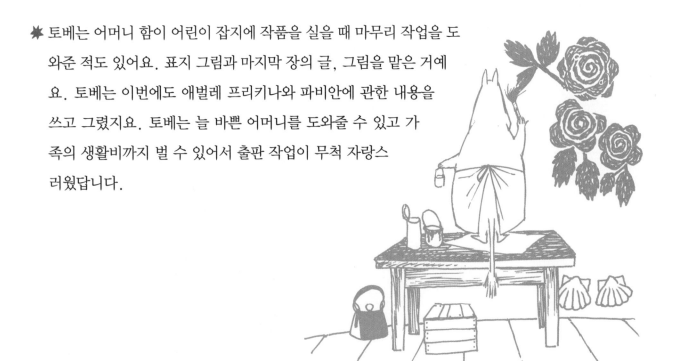

토베의 학창 시절

토베는 헬싱키의 브로베르그 학교에 들어갔지만, 전혀 흥미를 느끼지 못했어요. 수학을 유난히 싫어한 데다 번번이 시험에 낙제해 수업을 다시 들어야 할 때가 많았지요. 심지어 미술 수업조차 따분해서 칠판에 선생님 캐리커처를 그려 놓고 친구들과 킥킥대며 즐거워하는 게 유일한 낙이었어요. 결국 토베는 열여섯 살 때 학교를 떠나 자신이 바라던 꿈을 펼치기로 했어요. 다른 과목은 신경 쓰지 않고 미술만 제대로 공부하기로 한 거예요.

1930년, 토베는 어머니 함이 학창 시절을 보냈던 스웨덴 스톡홀름의 콘스트파크 디자인 예술학교에 입학했어요. 이 학교의 미술 수업은 눈이 번쩍 뜨일 정도로 흥미진진했어요. 실물을 보고 그리는 사생화, 장식 요소가 강조된 채색화 등 새로운 기법들을 배웠고, 모든 과목에서 실력을 키우려고 노력하니 시험 성적도 늘 최고 점수를 받았지요.

▲학창 시절의 토베, 1930년대

▲ 〈자화상 Self-portrait〉, 1937년

특히 토베는 인쇄용 그림 작업에 뛰어난 실력을 보여서 광고지나 책 표지에 다양한 삽화를 그려 각종 상과 장학금도 받았어요. 하지만 이 시기에 공부만 했던 건 아니에요. 어렸을 때부터 사람들과 어울리길 좋아했던 토베는 예술학교에서도 새로운 동기들을 만나고 많은 친구들을 사귀었어요. 이때 평생 우정을 나눌 친구들을 여럿 얻었지요.

이제 나도 열심히 살 거야.

토베 얀손

1933년, 토베는 예술학교를 졸업하고 헬싱키로 돌아와 가족과 더 가까이 지냈어요. 그리고 핀란드 예술협회의 미술대학에 들어가 회화를 좀 더 공부하기 시작했지요. 아테네움이라고 불린 이 학교는 아버지 파판이 다닌 곳이기도 했어요. 토베는 대학을 다니면서 앞으로 공부해야 할 미술 분야가 산더미처럼 많다는 사실을 깨달았지만, 이 학교의 고전적인 교육 방식이 마음에 들지 않았어요. 그래서 동기들과 함께 따분하고 지루하며 독창성 없는 수업 방식을 비판하면서 교수들에게 반기를 들었답니다. 세계적인 변화를 거스르는 교수들의 생각을 조금도 공감할 수 없었거든요. 토베는 자기만의 예술을 찾고 싶어서 1935년에 학교를 그만두고 작업실을 빌려 그림 그리는 일에만 몰두하기로 마음먹었어요. 하지만 하던 공부는 마무리해야 했기에, 그 뒤로 2년 동안 학교를 오가며 다른 강좌도 듣고 시험도 치러서 대학을 졸업했어요.

이후 1938년에 파리로 가 장학금을 받으며 공부했어요. 토베는 4년 전에 파리를 방문했다가 흠뻑 반했었지요. 아름다운 건축물, 미술관과 전시관, 예술가들의 공간, 사람들로 붐비는 카페, 거리에 늘어선 시장 등을 구경하다 보면 새로운 영감이 마구 떠올랐어요. 토베는 파리 곳곳을 돌아다니면서 그릴 수 있는 건 모두 그렸어요. 많은 것을 보고 깊이 사색하면서 자신만의 그림 스타일을 완성해 갔지요. 당시 여성 혼자서 여행하는 건 있을 수 없는 일이었지만, 토베는 독립심이 강하고 대담해서 홀로 자유롭게 다녔어요.

마침 아버지 파판도 장학금을 받아 파리에 머물게 되었어요. 토베는 아버지와 파리 시내를 다니면서 행복한 시간을 보냈어요. 예전에 다퉜던 기억은 온데간데없이 사라지고, 서로를 좀 더 이해하게 되었지요. 이 시기는 두 사람에게 가장 소중한 추억으로 남았어요.

화가 토베

토베 얀손은 무민 이야기를 쓴 유명한 작가로 널리 알려져 있지만, 토베는 자신을 예술가이자 화가라고 자부했어요. 화폭 위에서 붓을 놀려 여러 가지 색상을 입히고 명암을 덧씌울 방법을 고민하는 일이 참 즐거웠지요. 토베가 활동한 당시는 여러 혁명들이 일어났고, 미술계도 세계적인 변화의 흐름에 촉을 곤두세우고 있었어요. 토베도 다양한 문화권을 여행하면서 예술적 경험을 채우는 한편, 동시다발적으로 벌어지는 여러 예술 운동에 영향을 받으면서 자신만의 화풍을 발전시켜 나갔지요.

▲ 헬싱키에서 토베, 1946~1947년

▲ 〈작업실 The Studio〉, 유화, 1941년

많은 화가들이 그랬던 것처럼, 토베도 어릴 때부터 언제 어디서든 그릴 수 있는 자화상을 즐겨 그렸어요. 거울에 비친 자신의 모습을 연구하면서 인간의 생김새를 더 면밀하게 파악하려고 했지요. 토베는 특히 사람의 얼굴에 푹 빠져 있었어요. 1933년, 전시회에 낼 작품 가운데 자화상을 가장 먼저 고를 정도였지요. 토베는 살아생전에 잉크, 목탄, 유화 물감, 수채 물감 등 다양한 재료로 자화상을 그렸어요. 또 자화상뿐만 아니라 친구와 연인, 가족을 모델로 하여 초상화도 즐겨 그렸답니다.

시대의 변화에서 영감을 얻는 예술가

토베가 예술가로 한창 활동할 때, 예술계와 문화계에서는 고정관념을 깨는 파격적인 흐름들이 이어졌어요. 특히 피카소가 입체주의를 창시해 사물을 완전히 새롭게 바라보고 표현하는 기법을 선보였지요. 입체주의는 거대한 반향을 일으키며 크게 유행했어요. 입체파 예술가들은 사물을 낱낱이 나누어 완전히 다른 차원에서 새로운 형상으로 재구성했지요.

이후 1940년대에 추상 표현주의가 등장하면서 눈에 보이는 대상을 그리기보다는 작가의 감정을 드러내 표현한 그림들이 많이 나왔어요. 토베는 대체로 보이는 대로 사물을 그렸으나, 1960년대부터 실험적인 추상화를 시도하면서 주목할 만한 작품들을 쏟아 냈지요.

토베는 상상 속 환상의 세계를 묘사한 작품들도 남겼어요. 글 없이 그림으로만 꾸민 동화로, 꽃과 나무, 여자아이, 동물이 어우러진 풍경을 표현했지요. 이러한 작품들은 초기의 무민 이야기처럼 대체로 우울하고 불안한 분위기를 물씬 풍기고 있어요. 현실에는 존재하지 않는 느낌이었지요. 토베가 예술가로 활동하기 시작한 1920년대부터 미술계에 초현실주의 바람이 불면서 많은 예술가들이 작품 속에 꿈과 환상을 담아 그 의미를 이해하고자 했고, 가장 깊은 무의식의 세계를 표현하려고 했거든요.

토베는 일찌감치 초상화, 풍경화, 정물화 실력을 인정받았어요. 화가로 명성을 얻고부터는 완전히 다른 방식의 작업으로 자신의 실력을 다시 한번 증명해 보였어요. 바로 대형 기념물 작업이었지요. 전쟁이 끝나자, 핀란드에서는 대규모 공공 예술이 유행했어요. 되도록 많은 사람들이 보고 즐기는 미술 작품을 그리자는 취지였어요. 공공장소에 대형 미술 작품을 설치하여 오랫동안 전쟁에 시달린 국민들에게 활기를 불어넣어 주고자 했던 거예요. 토베는 의욕을 가지고 새로운 작품에 임했는데, 토베에게는 설치 규모나 예술 기법 측면에서 대단한 도전이었어요.

1947년, 토베는 헬싱키 시청 건물에 거대한 벽화 두 점을 그렸어요. 벽화 〈도시의 축하연 Party in the City〉에는 사람들이 전쟁이 끝난 것을 기뻐하며 행복한 표정으로 서로 축하하는 장면이 담겨 있어요. 그런데 무민 팬들이라면 이 벽화에서 꼭 확인해야 할 부분이 있어요. 토베가 이 그림 속에 자신과 조그만 무민트롤을 그려 넣었거든요. 둘의 모습을 찾았나요?

▲ 헬싱키 시청 건물의 프레스코 벽화 〈도시의 축하연〉, 1947년

그림 속 토베는 담배를 피우면서 생각에 잠겨 있고, 토베의 팔꿈치 근처에 무민트롤이 있답니다. 2년 뒤에는 탁아소에 동화 주인공들과 무민 가족을 가득 채워 넣은 7미터짜리 벽화를 그리기도 했어요. 토베는 그 뒤로도 대형 기념물 그림을 계속 위탁받았어요. 그래서 현재 핀란드 전역의 은행, 호스텔, 학교, 병원 등에서 토베의 작품을 만날 수 있답니다.

토베는 나라 안팎에서 벌어지는 사건들에 늘 관심이 많았어요. 동료 예술가들과 모여서 예술, 문화, 정치, 철학 등 다양한 주제로 밤새 열띤 논쟁을 벌이곤 했지요. 토베는 항상 마음을 활짝 열고, 새로운 의견에 귀를 기울였어요.

토베는 1943년 헬싱키에서 개인 전시회를 연 뒤부터 정기적으로 작품을 선보였어요. 자신이 추구하는 독특한 그림을 팔기도 하고 공공 미술 작업도 위탁받았지만, 생계를 유지하기에는 턱없이 부족했지요. 작품이 잘 팔리지 않는 경우도 있었고요. 그래서 토베는 책 표지와 광고지 삽화, 캐리커처와 풍자만화를 포함해 이런저런 새로운 작업들을 다양하게 진행했어요. 그 가운데 토베가 디자인한 연하장이 인기가 많았답니다.

▲〈도시의 축하연〉을 그리다가 쉬고 있는 토베, 1947년

▲토베가 디자인한 연하장

토베의 그림은 미술 기법이 뛰어난 데다 상업적으로도 가치가 있어서 점차 다양한 연령층의 마음을 사로잡았어요. 또 눈코 뜰 새 없이 바쁜 와중에도 꾸준한 작품 활동을 통해 예술가로서도 이름을 날리기 시작했지요. 여러 지역에서 전시회가 열렸고, 그 규모도 점점 커졌어요. 다양한 그림 작업 의뢰도 끊이지 않았지요.

토베는 〈무민 가족〉 시리즈를 출간하면서 더욱 바빠졌어요. 무민의 인기가 대단했거든요. 토베는 새 책을 위한 글과 그림을 준비하고, 새로운 무민 프로젝트를 기획하고, 제품까지 고안해야 했어요. 보드게임, 소품, 매일 한 장씩 넘기는 강림절 달력에 이르기까지 캐릭터 제품의 일감이 넘쳐 났지요! 그래서 정작 회화 작업을 할 시간이 거의 없었지만, 시간을 쪼개서라도 그림을 그리려고 애썼어요. 글솜씨가 뛰어났던 토베는 뒷날, 〈무민 가족〉 시리즈 뿐만 아니라 어른들을 위한 단편과 장편 소설까지 썼답니다. 이를 통해 토베는 자신의 다재다능한 실력과 대중문화 예술가로서의 값어치를 제대로 보여 주었어요.

무민 가족의
탄생

무민이라는 생물은 이 세상에 존재
하지 않아요. 분명 동물처럼 생겼는데 말이
에요. 정말 이상하지요? 무민 가족은 동화 주인공
가운데 가장 코가 크고 철학적일 거예요. 토베가 머릿속에 처음 떠올렸던
무민은 어떤 모습이었을까요?

최초의 무민트롤

토베는 1930년대에 펠링키섬 별장의 화장실 바깥벽에다 무
민으로 추정되는 어설픈 그림을 처음 그렸어요. 그 무민은 하마처럼
넓적한 주둥이에 길쭉한 몸통을 가지고 있었어요. 지금처럼 토실토실하고
뽀얀 느낌이 아니라 화난 듯한 생김새였지요. 당시 토베는 가족과 여행하
던 중에 독일 철학자 칸트에 대해 남동생 페르 올로브와 열띤 토론을 벌였
어요. 그 일이 있은 직후, 토베는 영감이 떠올라 무민의 원형을 그렸어요.

그림 아래에 스노크라는 이름을 적고 '자유보다 좋은 건 없다.'고 덧붙였지요. 무민트롤의 친구 스
노크는 이렇게 탄생했답니다. 〈무민 가족〉 시리즈에는 스노크 둘이 등장해요. 남매 사이인 스노크
와 스노크메이든이지요. 스노크는 무민과 아주 비슷하게 생겼지만, 무민과 달리 기분에 따라 몸 색
깔이 여러 가지로 변해요.

무민 가족은 무민트롤 가족이라고 하는 게 정확해요. 무민의 뿌리는 트롤이거든요. 트롤은 북유럽
신화와 전설에 나오는 초자연적인 거인으로, 특히 핀란드 문화를 이야기할 때 빼놓을 수 없지요. 토
베는 트롤의 특징 위에 귀여운 생김새를 더해 '무민트롤'이라는 캐릭터를 완성했어요. 사실 토베는
에이나르 외삼촌 덕분에 무민트롤에 대해 알게 되었어요. 에이나르 외삼촌이 어린 토베에게 부엌 벽
난로 안에 무시무시한 무민트롤 가족이 살고 있다고 이야기해 주었거든요. 그 뒤로 토베는 밤중에
간식을 가지러 부엌에 내려갈 때면 행여나 무민트롤 가족과 마주칠까 봐 겁을 냈어요. 집 안에 몰래
숨어 있는 무민트롤 가족이 갑자기 자기 앞에 나타나 목덜미를 꽉 움켜잡고 커다란 주둥이로 문지르

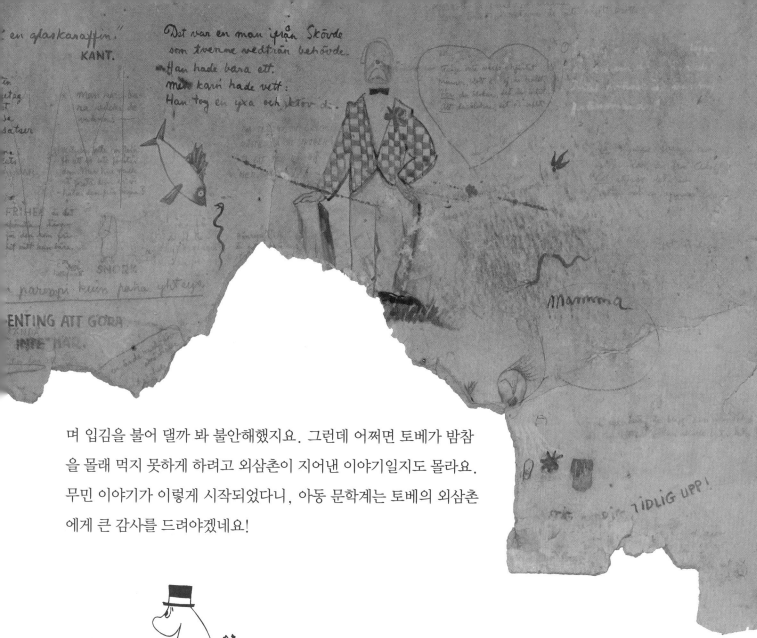

며 입김을 불어 댈까 봐 불안해했지요. 그런데 어쩌면 토베가 밤참을 몰래 먹지 못하게 하려고 외삼촌이 지어낸 이야기일지도 몰라요. 무민 이야기가 이렇게 시작되었다니, 아동 문학계는 토베의 외삼촌에게 큰 감사를 드려야겠네요!

"역시 샌드위치는 한밤중에 먹어야 제맛이라니까!" 《아빠 무민 바다에 가다》

토베는 무민트롤 가족 이야기를 일기장에 쓰기도 했어요. 일기 속 무민 역시 지금의 귀여운 이미지와는 사뭇 달랐지요. 밤이면 무민트롤이 침대 밑에서 부스럭거리거나 실내화를 끌고 다니는 소리가 들리는 것 같아 너무 무섭다고 적었거든요.

▲ 화장실 벽 낙서! 스노크는 어디 있을까요?(290쪽 스노크 그림은 벽 낙서를 확대한 것이랍니다.)

▲ 〈까만 무민트롤과 등대 Lighthouse and Black Moomintroll〉

수채화, 1930년대

무민 가족은 전 세계적으로 많은 팬을 거느리고 있어요. 그들은 무민의 해맑은 표정과 부드러운 미소, 포동포동한 귀여운 외모에 마음을 뺏겼답니다. 하지만 토베가 무민 가족을 처음 스케치했을 때는 현재와 달리 많이 마른 모습이었어요. 두 귀는 뾰족하고 주둥이가 길쭉하며 털빛까지 까매서 좀 무섭기도 했지요. 또 잔뜩 화가 난 경찰이 돌아다니고 감기 같은 질병이 퍼져 있는 등 우울한 분위기가 아주 짙게 깔려 있었답니다.

▲ 〈주둥이가 기다란 무민 A Moomin with a Narrow Snout〉, 1945년

신화 속 트롤과 동화 속 무민트롤

트롤은 핀란드, 덴마크, 노르웨이, 스웨덴, 아이슬란드를 포함하는 북유럽 지역에서 수천 년 동안 신화 속 인물이자 수많은 창작에 영감을 주는 존재로 전해져 왔어요.

트롤은 외딴 산이나 동굴, 바위틈, 다리 밑, 움막 등에 살아요. 어떤 트롤은 몸집이 거인처럼 거대한 반면, 난쟁이처럼 작은 트롤도 있지요. 하지만 대부분은 털북숭이 모습으로 그려진답니다. 트롤의 습성은 지역과 문화에 따라 조금씩 다르지만 대부분 어두컴컴한 곳을 좋아해요. 햇볕을 쬐면 몸이 돌덩이로 변한다고 하거든요. 또 트롤은 동작이 굼뜨고 둔한 편이며, 어리석은 행동을 할 때도 있어요. 주로 혼자 지내고, 누가 건드리면 무척 싫어하지요. 포악한 트롤은 인간에게 해를 끼칠 수도 있지만, 보통은 별로 위험하지 않고 화가 나도 심술부리는 정도로 끝나요. 그래도 트롤과 마주치기 전에 피하는 게 상책이랍니다.

토베가 맨 처음 구상했던 무민은 신화 속 트롤에 뿌리를 둔 옛이야기였어요. 초기 무민의 모습은 새까맣고 험상궂은 외톨이였거든요. 반면 오늘날의 무민트롤은 동글동글한 몸통에 털이 부드러우며, 다정한 말투와 사교적인 성격으로 두루두루 잘 어울리지요. 신화 속 괴물 트롤과는 완전히 다르지만 그래도 비슷한 점이 있다면 둘 다 자연 친화적이라는 거예요. 괴물 트롤과 무민트롤 모두 자연에서 태어나 자연과 더불어 살아가는 생명들이에요. 나무, 꽃, 시냇물처럼 자연의 일부일 뿐이지요.

▲ 〈가름〉의 표지 그림 '전쟁이 끝나면', 1944년

시사 만평가 토베

토베는 〈무민 가족〉 시리즈가 출간되기 아주 오래전부터 무민 그림을 그림 아래에 남겨 일종의 서명처럼 사용했어요. 1943년, 핀란드의 정치 풍자 잡지 〈가름 Garm〉에 실은 삽화 아래에도 무민을 그려 넣었지요. 1944년에는 히틀러를 비판하는 토베의 만평과 무민 서명이 〈가름〉 표지를 장식하기도 했어요. 어린 시절 화장실 바깥벽에다 무민을 처음 그렸을 때처럼, 토베는 이 무민 서명을 스노크라고 불렀어요. 스노크는 꼬리가 길고 주둥이가 삐죽하며 잔뜩 화난 것처럼 보여요. 토베가 잡지 성향을 고려해 그린 것이지요.

토베는 〈가름〉에 정기적으로 삽화를 그렸어요. 어머니 함이 오래전부터 그랬던 것처럼요. 1930~1940년대에 표지 그림만 100여 장을 그렸고, 만평과 삽화도 수없이 실렸어요. 그 가운데에는 소련의 스탈린처럼 세계적인 지도자들의 캐리커처도 있었어요. 토베는 권력을 움켜쥔 멍청이로 스탈린을 풍자했답니다. 히틀러는 아무한테나 케이크를 달라고 떼쓰는 버릇없는 아이로 묘사했지요.

토베는 자신의 뚜렷한 정치 견해를 드러내는 것을 조금도 두려워하지 않았어요. 히틀러의 전쟁 동맹국들이 많은 영토를 점령한 혼돈의 시대여서 큰 위험에 빠질 수도 있었지만 말이에요. 이후 토베는 날 선 생각과 재치를 지닌 겁 없는 시사 만평가라는 평판을 얻었어요. 제2차 세계 대전이 끝난 1946년, 〈가름〉에서는 토베를 핀란드 최고의 만평가라고 소개하기도 했지요. 그 뒤로 토베는 〈가름〉에 전쟁의 참상과 황폐하고 우울한 풍경을 묘사했어요. 또 식량 부족, 물가 상승, 전쟁 범죄를 처벌하기 위한 재판 등의 사회 문제도 담았답니다.

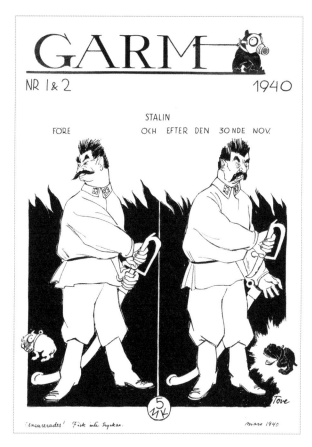

▲토베가 그린 잡지 〈가름〉의 표지 그림, 1940년 스탈린을 그렸다는 이유로 삭제되었어요.

첫 번째 무민 이야기

1939년, 소련이 핀란드를 침공하면서 겨울 전쟁이 발발하여 이듬해까지 이어졌어요. 무민 이야기는 이렇게 한창 암울한 시기에 시작되었지요. 토베는 뒷날, 위험과 공포가 도사리는 끔찍한 현실에서 탈출하고 싶어 상상 속 판타지 세계를 쓰기 시작했다고 말했어요. 첫 번째 무민 이야기의 원래 제목은《이상한 여행 Strange Journey》이었어요. 토베는 왕자와 공주가 등장하지 않는 동화를 쓰고 싶었지요. 고민 끝에 그림의 서명으로 사용하던 동물, 무민트롤을 주인공으로 내세웠어요.

▲《무민 가족과 대홍수》의 삽화

토베는 제2차 세계 대전이 벌어졌을 때, 무민 이야기 집필을 잠시 멈추고 돈을 벌기 위해 그림 작업에 몰두했어요. 그러다 1944년 봄에 전쟁이 끝날 기미가 보이자, 무민 이야기를 마저 끝내기로 마음먹었지요. 당시 남동생 페르 올로브도 군대에서 휴가를 받아 집에 머물고 있었어요. 토베는 다시금 열정을 쏟아 무민 이야기를 마무리 지은 뒤, 몇백 부를 인쇄해 각 도시의 신문 가판대에서 팔기 시작했어요. 이 책이 바로 1945년에 초판으로 출간된《작은 트롤들과 대홍수》랍니다.

이 책은 현재《무민 가족과 대홍수》로 제목이 바뀌었어요. 책 속에서 무민트롤과 엄마 무민은 아빠 무민을 찾아 모험을 시작해요. 아빠 무민이 해티패트너들을 따라 멀리 떠나 버렸거든요. 엄마와 아들은 여러 사건들을 겪고 다양한 친구들을 만나면서 스니프와 우정을 나누기도 하고 가는 곳마다 닥치는 천재지변을 이겨 내기도 해요. 마지막에는 마침내 아빠 무민을 다시 만나 무민 골짜기에 정착하면서 행복하게 끝맺지요. 가족과 헤어지는 불안함, 공포와 위협에서 벗어나 안전한 공간을 찾으려는 절박함, 그리운 가족을 다시 만나는 감격 등은 토베가 온몸으로 겪었던 전쟁의 그림자와 당시의 감정을 그대로 보여 주고 있어요. 남동생 페르 올로브가 전쟁터에 나간 뒤로 불안에 떨며 걱정하다 무사히 돌아오자 기뻐하는 마음이 고스란히 담겨 있지요.

▲《무민 가족과 대홍수》 표지 그림 원본, 1945년

핀란드와 소련의 전쟁(1939~1944)

1939년 제2차 세계 대전이 벌어졌을 당시, 핀란드와 소련 사이에 일촉즉발의 긴장감이 감돌면서 핀란드는 아주 어려운 처지에 놓였어요. 결국 1939년 11월 말, 소련의 지도자 스탈린이 외교 관계까지 끊으면서 핀란드를 침공했지요. 핀란드군과 시민들은 소련군의 공격을 막기 위해 목숨을 바쳐 싸우며 약 4개월 동안 버텼지만, 결국 핀란드는 국토 가운데 10분의 1 정도를 소련에 넘겨주는 협정을 맺고 말았답니다. 이것이 바로 겨울 전쟁이에요.

당시 핀란드는 영국, 미국과 동맹 관계였지만 도움을 받지 못했어요. 두 나라는 소련과도 동맹을 맺고 있었거든요. 그런데 1941년 6월, 나치

▲ 소련군의 폭탄이 떨어진 수도 헬싱키, 1941년

독일이 소련을 침공하는 일이 벌어졌어요. 그러자 핀란드는 독일의 동맹군이 되어 소련을 공격했지요. 이렇게 겨울 전쟁이 끝난 지 약 1년 만에 다시 시작된 핀란드와 소련의 전쟁은 1944년에 비로소 끝났답니다.

토베 얀손의 작업실

새 작업실에서

전쟁이 끝나 갈 즈음, 토베는 작업실을 마련해 그림을 제대로 그리기로 마음먹었어요. 1944년, 토베는 헬싱키 중심가에 임대가 나왔다는 소식을 듣고 곧장 가서 살펴보았지요.

작업실은 헬싱키의 다른 건물들과 마찬가지로 여기저기 폭격을 맞아 성한 곳이 하나도 없었어요. 깨진 창유리 틈으로 바람이 쌩쌩 들어오고, 지붕에서 물이 새는 통에 얼어붙을 듯이 추웠지요. 하지만 토베는 작업실이 마음에 쏙 들었어요. 임대 조건이 괜찮았을 뿐만 아니라, 이곳에서 전쟁으로 인해 빼앗겼던 예술적 영감을 되찾고 새로운 작품을 완성할 수 있겠다는 희망을 발견했거든요. 토베는 그 작업실을 바로 계약했고, 그곳에서 생활하면서 작품 활동을 시작했어요.

헬싱키 울란린낭카투 거리에 있는 이 작업실은 작은 탑처럼 지어진 건물이에요. 천장이 높고 커다란 아치 모양의 널찍한 창문들이 여럿 나 있어서 햇볕이 잘 들어왔어요. 창문 밖으로 시원하게 펼쳐진 도시 풍경도 근사했지요. 작업실 한쪽에 붙어 있는 아담한 침실은 일하다가 잠시 눈을 붙이기에 딱 좋았어요. 토베는 편리하게 작업할 수 있도록 공간을 수리하고 단장한 다음 자신의 작품과 친구들의 그림, 도자기, 아버지 파판의 조각품들로 작업실을 꾸몄어요.

처음에는 작업실에서 지내는 게 무척 불편했어요. 생활비도 빠듯해 자화상을 팔아 건물 수리비를 내고 난방 연료도 사야 했지요. 토베는 처음 몇 년 동안은 가까스로 월세를

▲새 작업실에서 쉬는 토베 얀손

내며 작업실을 사용했지만, 뒷날 〈무민 가족〉 시리즈로 큰 인기와 부를 얻자마자 작업실을 아예 샀어요. 마침내 토베의 꿈이 이루어진 거예요. 한때는 작업실에서 여러 차례 쫓겨날 뻔한 적도 있었는데 이제 그 누구도 토베를 쫓아낼 수 없었지요. 온전히 토베만의 공간이 된 거예요.

토베는 작업실을 무척 아꼈어요. 여름에는 클로브하룬섬에서 지내긴 했지만, 토베는 삶이 끝날 때까지 거의 60년 동안 그곳에서 그림을 그리고 생활했지요. 토베가 〈무민 가족〉 시리즈를 완성했던 곳도 바로 이 작업실이랍니다.

무민 동화의 작업 과정

토베는 동화를 작업할 때 항상 이야기를 먼저 써 두었어요. 종이에 하나하나 적는 걸 좋아해서 타자기는 사용하지 않았지요. 지우개로 쉽게 지울 수 있고 언제든 필요할 때 마음껏 쓰고 고칠 수 있는 연필로 이야기를 완성해 나갔어요.

그다음 삽화를 작업할 땐 먼저 연필로 대강의 스케치를 그렸어요. 가끔 잉크를 사용하여 펜으로 그리기도 했지요. 토베는 만족스러운 그림이 나올 때까지 여러 번 스케치한 다음, 그 가운데 하나를 골라 마무리 작업에 들어갔어요.

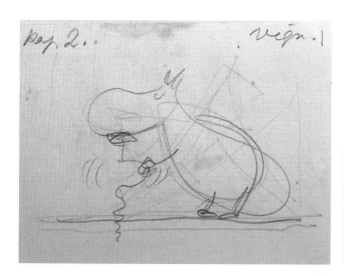 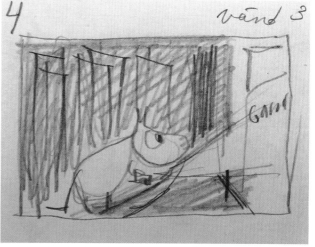

▲토베가 연필로 스케치한 《무민 골짜기의 여름》의 삽화. 뒷장으로 이어져요!

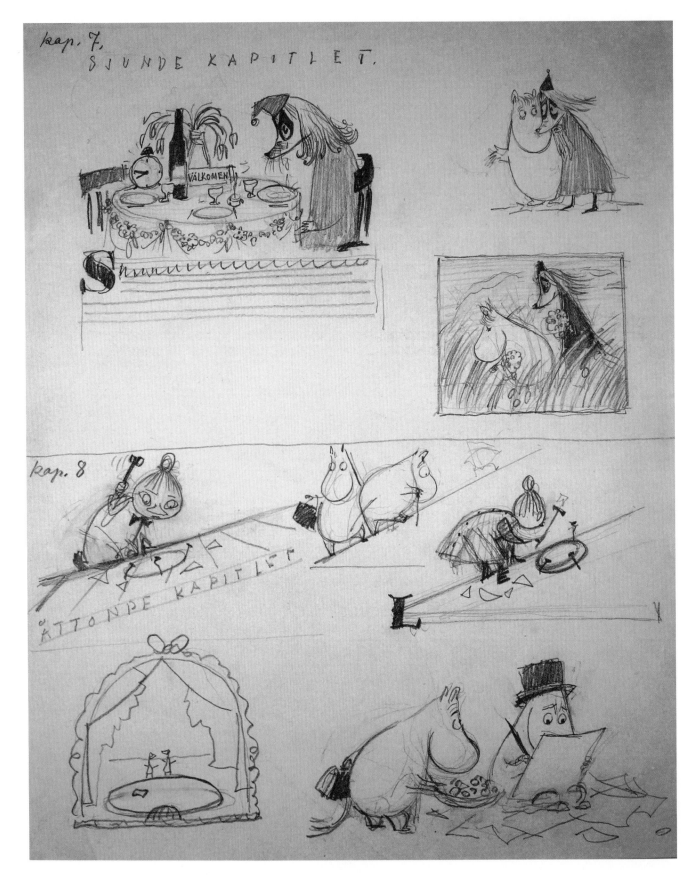

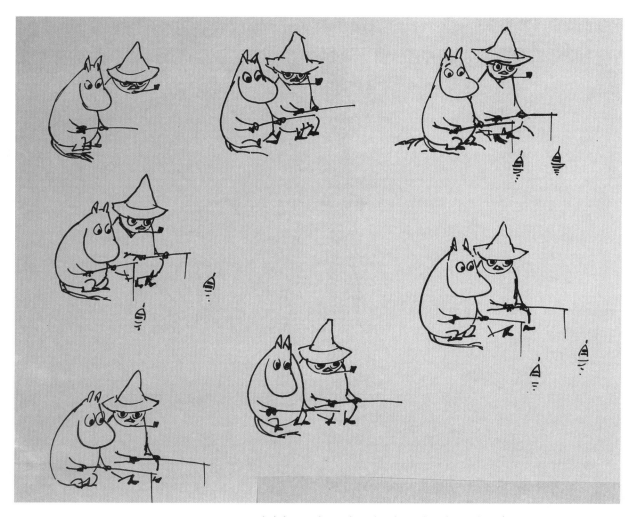

▲ 낚시하는 무민트롤과 스너프킨. 토베는 만족스러울 때까지 계속 스케치했어요.

토베는 〈무민 가족〉 시리즈의 시작을 알린 《무민 가족과 대홍수》의 삽화를 흑백 수채화로 작업했는데, 그다음부터는 잉크로 선을 살려 그렸어요. 몇 년 뒤, 토베는 이 책의 흑백 수채화를 펜화로 다시 그려 출간했어요. 〈무민 가족〉 시리즈의 삽화를 모두 같은 기법으로 맞추고 싶었던 것 같아요.

▲흑백 수채화로 그린 《무민 골짜기에 나타난 혜성》의 삽화 원본

▲토베가 펜화로 다시 그린 삽화 원본
《무민 골짜기의 겨울》의 스케치와 삽화 ▶

이처럼 토베는 회화와 소묘 등 다채로운 표현 기법을 구사했지만, 안타깝게도 당시 인쇄술로는 각 기법의 특징을 제대로 담아내기가 어려웠어요.

토베는 책을 출간할 때 책임감을 가지고 처음부터 끝까지 모든 작업을 진행했어요. 《무민 골짜기에 나타난 혜성》의 경우, 쪽수와 판면을 꼼꼼하게 살핀 뒤 각 페이지마다 글이 들어갈 자리를 풀로 붙이고 그림 자리에 일일이 스케치를 했어요. 그런 다음 책의 전체적인 꼴을 한눈에 보여 주기 위해 손수 가제본도 만들었지요. 토베는 책이 만들어지는 전 과정을 직접 살피고 최종 제본 상태까지 꼼꼼히 확인했어요. 그렇게 해야 토베가 의도한 대로 글과 그림이 완벽하게 맞아떨어졌지요.

놀라운 상상력과 다채로운 영감

토베의 삶이 담긴 무민 이야기

사람들은 예술가들이 어디서 아이디어를 얻는지, 어떻게 영감을 받는지 궁금해해요. 하지만 예술가들은 이 질문에 쉽사리 대답하지 못할 거예요. 우리 삶의 모든 것들이 어떤 식으로든 창작에 영향을 미치기 마련이잖아요. 오히려 아이디어와 영감의 근원을 구체적으로 떠올리는 게 더 어려울 거예요. 그렇다면 무민 동화는 어떻게 탄생했을까요? 한 가지 확실한 것은 토베의 상상을 뛰어넘는 예술 세계가 밑바탕이 되었다는 거예요. 자유분방한 성격과 남다른 감수성, 철학과 소신, 꿈과 소망 그리고 얀손 가족과 친구들도 토베가 무민 이야기를 완성하기까지 조금씩 영향을 주었어요. 무민 동화의 내용과 삽화만 봐도 바로 알 수 있지요.

무민 동화는 등장인물들마다 독특한 철학이 있고, 성격도 가지각색이에요. 늘 불안해하는 필리용크, 융통성 없이 규칙대로 따라야 하는 헤물렌, 괴물 같은 생김새 때문에 외톨이로 지내는 그로크 등 저마다 개성이 뚜렷하지요. 훼손되지 않은 자연 그대로의 모습을 간직한 무민 골짜기 역시 세상 어디에도 없는 마법 같은 곳이에요. 무민 가족과 친구들은 이 아름다운 골짜기를 삶의 터전으로 삼고 자신들의 고향으로 여기며 살아가지요. 사자가 아프리카 초원을 자기 집인 양 누비고 다니는 것처럼요.

사실, 무민 골짜기는 지금 우리가 살고 있는 세상과 크게 다르지 않아요. 단지 무민들이 살아서 무민 골짜기라는 이름이 붙었을 뿐이지요. 토베는 무민 골짜기를 배경으로 이야기의 뼈대를 구성하고 캐릭터들을 설정하여 그들 하나하나에 생명을 불어넣었어요. 무민네 집과 나무 그리고 책장 끄트머리에 실리는 조그만 잎사귀까지도 세심하게 신경을 썼답니다!

토베는 자신이 직접 겪은 일들과 그때 느낀 감정 그리고 생각을 이야기 곳곳에 녹였어요. 무민 동화가 큰 인기를 얻은 이유는 바로 토베의 이러한 자유와 평화, 공동체적인 세계관이 두루 많은 이들의 공감을 샀기 때문이에요.

정 많은 가족과 친구들

▲ 부모님과 소풍 가는 토베, 1940년

토베는 가족과 친구를 무척 소중히 여겨 작품 활동을 하지 않을 때는 언제나 이들과 함께했어요. 남과 잘 어울리고 서로 살뜰하게 챙겨 주는 무민 가족이 바로 떠오르지 않나요? 무민 골짜기에서는 어려운 일이 생기거나 천재지변이 닥치면, 힘을 똘똘 뭉쳐서 함께 풀어 가고 힘든 시기를 극복해 나가잖아요. 이렇듯 토베는 무민 가족 이야기를 통해 가족과 친구에 관한 자신의 생각을 오롯이 드러내고자 했답니다.

토베는 어머니 함을 모델로 하여 엄마 무민을 그렸어요. 함은 정이 넘치고 지혜로우며 자기 분야에서 뛰어난 실력을 발휘한 초인적인 어머니였어요. 집안 살림은 물론 바깥 일까지 모든 일을 도맡아 하면서, 항상 아이들을 보살피고 곁에서 응원해 주었지요.

어머니 함이 엄마 무민처럼 언제 어디서나 손가방을 들고 다녔는지는 모르겠지만, 함은 늘 가족에게 자신의 모든 것을 내주었어요. 얀손 가족의 중심이자 큰 버팀목이 되어 주는 존재였지요. 토베와 어머니 함은 자매처럼 혹은 단짝 친구처럼 가까운 사이였고, 멀리 떨어져 있을 때면 서로를 사무치게 그리워했어요. 마치 무민트롤과 엄마 무민처럼요!

“모든 게 잘될 거야.”
《무민 골짜기의 겨울》

토베의 말과 행동을 들여다보면, 자연스레 무민트롤의 모습이 떠올라요. 토베가 무민트롤을 만들어 냈으니 당연한 거겠지요. 실제로 토베는 친구들에게 보낸 편지에 자신의 모습을 무민트롤에 담아 그렸다고 쓴 적이 있어요. 무민트롤뿐만 아니라 이야기 속 모든 등장인물이 토베를 조금씩 닮았지요.

“엄마, 너무너무 사랑해요.”
《무민 골짜기의 겨울》

토베는 가족이나 친구와 함께하는 시간을 소중히 여기면서도 가끔은 혼자 지냈어요. 깊이 고민하고 스스로를 돌아볼 시간이 필요했거든요. 어릴 적 화장실 바깥벽에 ‘자유보다 좋은 건 없다.’고 썼던 낙서가 토베의 인생에서 가장 중요한 가치관이었지요. 토베의 자유에 대한 갈망은 무민 골짜기를 마음 내키는 대로 돌아다니는 스너프킨을 통해 잘 드러나요. 토베는 〈무민 가족〉 시리즈 초반부터 독립심

이 강하고 철학적이며 자신만의 공간을 찾아다니는 스너프킨을 선보였어요. 사실 스너프킨에는 남동생 라르스와 토베의 가장 친한 친구인 아토스 비르타넨의 모습도 투영되어 있지요. 라르스는 자유롭게 생각하며 뭐든지 스스로 해내는 성격이었고, 작가이자 사상가인 아토스는 시원시원한 성격의 방랑자였거든요.

스너프킨이 불쑥 말했어요.
"누군가를 지나치게 숭배하면
진정한 자유를 누릴 수 없어."
《무민 골짜기의 친구들》

▲ 펠링키섬에서 토베와 모자를 쓴 아토스 그리고 빅토르, 1945년

〈무민 가족〉 시리즈에서 가장 인기 있는 친구는 꼬마 미이예요. 툭하면 짜증을 내고 넘치는 기운으로 짓궂은 일을 벌이니, 실제로 함께 어울리면 피곤하겠지요? 하지만 구경꾼인 독자 입장에서는 참 재미있는 친구랍니다. 꼬마 미이를 보고 있으면 평소 스스럼없이 말하고 멋대로 행동하고 싶어 하는 토베의 마음이 느껴져요. 특히 아버지와 논쟁을 할 때 말이에요! 또한 꼬마 미이는 토베의 오랜 친구 비비카 반들레르처럼 똑똑하고 창조적인 여성을 대표하기도 해요.

꼬마 미이는 돌려 말하는 법이 없고 날카로운 혀로 상대의 아픈 곳을 꾹꾹 찔러요. 크고 튼튼한 이로 마음에 안 드는 친구를 콱 물어 버리기도 하고요. 정말 무례하기 짝이 없지요. 하지만 때로는 굉장히 현실적이어서 감상에 빠져 있는 무민 가족에게 큰 깨우침을 주기도 한답니다.

〈무민 가족〉 시리즈를 돋보이게 하는 또 다른 매력은 토베의 뛰어난 유머 감각이에요. 주인공들이 지껄이는 짓궂은 농담 속에는 토베의 웃음 철학이 깔려 있답니다. 예를 들어 장난꾸러기 꼬마 미이를 보면, 평소에는 친구를 곯려 주거나 성가시게 굴면서도 친구가 위급한 상황에 처하면 당장 달려가서 날카로운 이를 드러내니 미워하려야 미워할 수가 없어요. 그러다 얄미운 행동으로 다시 뒤통수치지요. 토베가 추구하는 반전 유머라고 할까요.

꼬마 미이가 으스대며 말했어요. "네 말이 딱 맞아. 그거야, 난 정말 잘났어!"

《아빠 무민 바다에 가다》

토베가 무민 골짜기 친구들 가운데 실제 인물을 바탕으로 만들었다고 인정한 캐릭터는 투티키예요. 투티키는 지혜롭고 마음이 따뜻하며 강인하게 살아가는 아이로, 토베의 오랜 친구이자 가장 가까운 동반자인 툴리키 피에틸레가 모델이랍니다. 토베는 툴리키를 투티라는 별명으로 부르곤 했지요.

▲ 클로브하룬섬에서 함께 있는 토베와 툴리키

토베와 툴리키는 아테네움 미술대학에 다닐 때는 서로 얼굴만 알고 지내다가, 1955년 파티에서 다시 만나 가까워졌어요. 고양이를 좋아하고 가치관도 비슷해서 금세 깊은 관계로 발전했지요.

둘은 함께 무민 집을 만들거나, 둘만의 섬에 지은 별장에서 많은 작품 활동을 했어요. 그래픽 예술가인 툴리키는 뒷날 헬싱키의 토베 작업실 바로 옆에 작업실을 얻어 양쪽 건물을 연결한 비상계단을 통해 자유롭게 오가곤 했답니다.

툴리키는 똑똑하고 현실적이며 자립심이 강했어요. 낚시도 잘하고, 목공에도 재주가 있어서 무엇이든 뚝딱 만들어 냈지요. 무민 이야기 속 투티키와 아주 비슷하지요?

"세상 모든 것은 불확실해.
하지만 바로 그 때문에 마음이 놓여."
《무민 골짜기의 겨울》

《무민 골짜기의 겨울》에서 무민트롤은 겨울잠에서 일찍 깨는 바람에 난생처음 겨울을 홀로 겪게 돼요. 부모님 없이 스스로 새로운 길을 찾아 나서게 된 거지요. 그러다 투티키를 만나 많은 것을 배우고 어려운 일을 하나하나 극복해 나가요. 토베는 집을 떠나 홀로서기를 하면서 생활력이 강한 툴리키와 새로운 관계를 맺어 갈 때 이 책을 썼어요. 그래서 그때의 경험이 많이 담겨 있답니다.

투티키가 다정하게 말했어요.
"한 번 죽은 건 죽은 거야. 꼬리가 멋진 다람쥐는 이제
흙으로 영원히 돌아갈 거야. 저 흙에서 나무가 새로 자라날 거고,
곧 새로운 다람쥐들이 뛰놀겠지. 그래도 슬프니?"
《무민 골짜기의 겨울》

토베는 삶이 다할 때까지 반 세기에 가까운 오랜 세월 동안 툴리키와 함께했어요.

나는 뭔가에 홀린 것 같으면서도 차분해졌어.
우리 앞에 어떤 일이 닥쳐도 난 두렵지 않아.

토베가 툴리키에게 보낸 편지

《마법사의 모자와 무민》에 등장하는 팅거미와 밥도 실제 인물을 바탕으로 만든 캐릭터들이에요. 토베가 확실하게 인정한 적은 없지만, 나름 근거가 있답니다. 스웨덴어로 팅거미와 밥은 토프슬란과 비프슬란이에요. 토베는 자신의 작품에 토프슬란이라고 서명하기도 했고, 비비카에게 보내는 편지에는 '비프슬란에게'라고 적기도 했지요. 맞아요! 토프슬란은 토베, 비프슬란은 연극 감독으로 활동한 토베의 오랜 친구 비비카 반들레르예요.

토베와 비비카는 예술을 통해 많은 감정을 나누었어요. 핀란드에서는 1971년까지 동성애를 법으로 금지했기 때문에, 아주 가까운 친구들만 둘의 관계를 알고 있었지요. 둘은 서로 편지를 주고받으며 애타는 마음을 전했고, 토베는 자신의 작품을 통해 비비카에 대한 애정을 표현하기도 했어요.

팅거미와 밥은 작은 몸집으로 둘만의 은밀한 언어를 속삭이는 꼬마들이에요. 둘은 값진 왕의 루비를 지키려고 애썼지만 결국 세상에 드러나 버리지요. 팅거미와 밥이 루비를 숨긴 것처럼 토베와 비비카도 둘만의 진실한 감정을 비밀로 간직했어요. 둘의 관계는 오래가지 않았지만 각자의 삶에서 아주 중요한 부분을 차지했지요. 둘은 서로 다른 짝을 찾은 이후에도 평생 친구로 지냈어요. 비비카가 〈무민 가족〉 시리즈 가운데 3권을 독일어로 번역하고 2권을 희곡으로 옮겨 주었을 정도니까요.

산과 바다 그리고 섬

▲ 펠링키섬

무민 골짜기를 둘러싼 산자락 아래로 소나무, 자작나무, 미루나무 들이 우거져 있어요. 숲속의 온갖 생명들에는 마법이 깃들어 있지요. 눈부신 나무 요정이 나무 꼭대기에 앉아 긴 머리칼을 흩날리고, 지저귀는 새들 옆에서 잎사귀들이 부스럭부스럭 기척을 내요. 시냇물이 졸졸 흐르는 소리, 폭포수가 떨어지는 소리도 경쾌하게 울려 퍼지고요. 또 동물들이 소곤소곤 대화를 나누기도 하지요. 생쥐 가족이 재잘거리고 벌레 친구가 속삭이는 모습을 어디에서 볼 수 있겠어요! 외딴 산 꼭대기에는 새하얀 눈이 쌓여 있어서 스키 타는 헤물렌처럼 활동적인 친구들이 마음껏 눈놀이를 즐길 수 있지요. 산이 워낙 가파르고 높아서 바라보기만 해도 현기증이 난답니다.

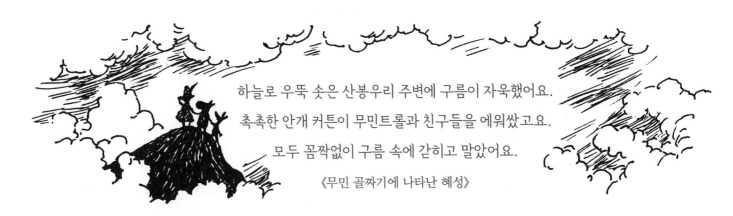

하늘로 우뚝 솟은 산봉우리 주변에 구름이 자욱했어요.

촉촉한 안개 커튼이 무민트롤과 친구들을 에워쌌고요.

모두 꼼짝없이 구름 속에 갇히고 말았어요.

《무민 골짜기에 나타난 혜성》

외딴 산에서 흘러내린 맑은 물이 작은 강을 이루어, 무민 집을 휘감고는 다른 골짜기로 흘러갔어요.

바닷가 주변에는 산과 산 사이로 난 골짜기가 아주 많았어요.

산들은 바닷가를 따라 굽이굽이 오르락내리락하면서 곶이 되기도 하고 만을 이루기도 했어요.

산자락은 깊은 숲속으로 아득히 이어졌고요.

《무민 골짜기의 11월》

토베가 태어나고 자란 핀란드는 자연의 풍경이 눈부시게 아름다워요. 눈과 얼음으로 덮인 툰드라 벌판과 초록빛 소나무 숲이 웅장하게 펼쳐 있지요. 특히 소나무와 가문비나무가 드넓은 군락을 이루고 있어요. 무민 가족은 겨울잠에 들기 전 솔잎으로 배를 든든하게 채운답니다.

토베는 핀란드의 산과 강, 호수와 바다 그리고 나무가 우거진 숲을 아주 좋아했어요. 그래서 무민 골짜기에 핀란드의 자연을 고스란히 그려 넣었지요. 무민 세계에서 자연환경은 등장인물만큼이나 중요한 역할을 차지하고 있어요.

"잠에서 깨어 누운 채 바라본 세상은 초록빛과 금빛, 흰빛으로 넘실댔어.

주위를 둘러보니 굵고 튼튼한 나무들이 하늘 높이 우뚝 서 빽빽하게 들어앉아 있었어.

나뭇가지들이 나무를 타고 올라가 초록 잎으로 가득한 천장을 받쳐 올리는 듯했단다."

《아빠 무민의 모험》

▲ 펠링키섬에서 토베, 1950년대

무민 골짜기 주위에는 바다가 에워싸고 있어요. 그래서 곳곳에 팬 웅덩이에 바닷물이 고여 있고, 바위들 틈으로 거친 야생초들이 자라지요. 그리고 뒤편의 가파른 절벽을 따라가면 동굴이 하나 나와요.《무민 골짜기에 나타난 혜성》에서 스니프가 이 동굴을 발견하고는 아이처럼 폴짝폴짝 뛰던 장면이 아른거리는군요.

"이건 나만의 동굴이야.
지금까지 살면서 이렇게 기쁜 적은 없었어!"

《무민 골짜기에 나타난 혜성》

핀란드에는 멋진 모래사장이 펼쳐진 바닷가와 섬 들이 많아요. 토베는 여름이면 펠링키섬으로 휴가를 떠나거나 바닷가로 소풍을 가 낮잠을 즐겼어요. 조개껍데기를 모아 작업실에 두기도 했지요. 무민 가족도 토베처럼 바다에서 수영하고 낚시하거나 조개껍데기를 주우면서 지냈어요.

따뜻한 모래밭에 누우면 푸르른 하늘이 한눈에 들어오고
머릿속에서 분홍빛 해초들이 파도를 타고 넘실거려요.
여기에서 잠시 쉬자고 생각한 찰나, 곤히 잠들고 말았어요.
《마법사의 모자와 무민》

섬은 무민 가족에게 중요한 의미가 있어요. 아빠 무민이 배를 타고 새로운 세상을 향해 내딛는 첫 발이자 모험의 시작을 뜻하거든요. 그리고 이리저리 떠돌아다니는 해티패트너들에게 먼 바다의 외딴 섬은 기압계가 달린 파란 기둥을 마련할 공간이자 전기를 받을 수 있다는 희망을 상징한답니다.

스노크메이든이 졸랐어요.
"섬에 가 보자!
작은 섬에 한 번도
가 본 적이 없어."
《마법사의 모자와 무민》

포르보 남쪽
북위 60도 7분 12초
동경 25도 45분 50초

핀란드만

무민 가족은 종종 무민 골짜기를 떠나 등대섬이나 해티패트너의 섬으로 갔어요. 실제로 핀란드에도 크고 작은 섬들이 많아요. 이 수많은 섬들이 모여 커다란 군도를 이루고 있답니다.

얀손 가족은 여름이 되면 도시를 벗어나 배를 타고 멀리 바다로 나갔어요. 큰 여객선에서 작은 배로 옮겨 탄 뒤 헬싱키 동쪽으로 80킬로미터 떨어진 곳까지 이동하는 긴 여정이었어요. 바로 포르보 근처 핀란드만의 펠링키섬에서 휴가를 보내기 위해서였지요. 또 외가가 소유한 스웨덴의 여름 별장에도 자주 놀러 갔답니다.

동이 트고 점차 날이 밝아 왔어요.
아빠 무민은 섬에서 오롯이 홀로 있었어요.
시간이 흐를수록 자신은 혼자라는 생각이
더 강해졌어요.

《아빠 무민 바다에 가다》

밤에는 테라스에서 가족들이 모여 식사를 했고 무민네 집처럼 폭이 좁고 천장이 높은 다락에서 각자 쉬기도 했어요. 무민 가족이 베란다에서 오순도순 저녁을 먹고 다락에서 뒹굴뒹굴하는 모습은 바로 얀손 가족의 일상이었던 거예요.

1947년, 토베는 펠링키섬에서 라르스와 작은 통나무집을 짓고 '바람장미'라고 이름 지었어요.

▲ 펠링키섬에서 쉬고 있는 토베, 1930년

▲테라스에서 식사하는 얀손 가족, 1949~1950년

토베는 바람장미에서 많은 시간을 보냈어요. 가족과 친구들도 종종 초대해 함께 지내곤 했지요. 이 곳은 토베가 사랑하는 사람들과 함께하는 소중한 장소이자 상상과 창조의 바탕이었어요. 하지만 해가 지날수록 기자와 방송국 관계자 그리고 팬들까지 찾아오는 바람에 고요한 평화는 사라지고 말았지요. 결국 토베는 복잡한 바람장미를 떠나 새로운 섬에 터전을 잡기로 했어요.

1965년, 토베는 툴리키와 함께 바위가 많은 클로브하룬섬의 바닷가 앞에 작은 오두막집을 지었어요. 둘은 30년 가까이 매 여름을 이곳에서 보냈지요. 토베는 번잡한 도시 생활에서 벗어나 조용한 클로브하룬섬에서 느긋하고 여유롭게 작품 활동에 몰두했어요. 전기도 수돗물도 들어오지 않는 곳이었지만, 토베와 툴리키는 그곳 생활이 아주 마음에 들었답니다. 현재 이 오두막집은 여름철 특별한 날에만 방문할 수 있다고 해요.

빨간 벼랑이 둘러싼 초록빛 섬, 해적의 소굴을 발견했어요.

무민트롤은 목이 메고 가슴이 쿵쿵 뛰었어요.

"꼬마 미이, 이 섬 정말 멋있다!"

《아빠 무민 바다에 가다》

1992년, 토베와 툴리키는 이곳을 완전히 떠나기로 결정했어요. 둘만의 특별한 장소였기에 무척 슬 펐지요. 하지만 둘 다 나이가 너무 많아 좀 더 안전하고 편하게 지낼 곳이 필요했어요.

머릿속에 세찬 물거품을 일으키며 물결치는 바다와

외롭게 떠 있는 섬 그리고 지금껏 겪어 온 멋진 일들만 떠올랐어요.

《아빠 무민 바다에 가다》

▲ 클로브하룬섬에서 배에 오르는 토베와 툴리키

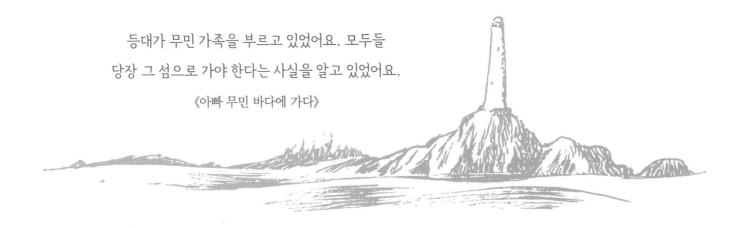

등대가 무민 가족을 부르고 있었어요. 모두들
당장 그 섬으로 가야 한다는 사실을 알고 있었어요.

《아빠 무민 바다에 가다》

토베는 섬뿐만 아니라 섬에 우뚝 선 등대도 좋아했어요. 당시 핀란드에는 50여 개의 섬에 등대가 있었는데, 최남단에 있는 벵츠케르섬의 등대가 가장 높았지요.

이건 어마어마한 등대라오.
세상에서 가장 크고 높을 테니.
이 섬은 세상의 마지막 섬이오.
이 섬 너머에는 아무도 살지 않지.
끝없는 바다만 펼쳐질 뿐.
말하자면, 우리는
세상의 끝에서 바다와
마주하고 있는 거라오.

《아빠 무민 바다에 가다》

토베는 늘 인적이 드문 섬에서 자연과 더불어 살아가는 삶을 꿈꾸었어요. 홀로 꿋꿋이 서 있는 등대를 보면 마음에 고요와 평화가 찾아왔지요. 하지만 나이가 들면서 별장을 손보고 배를 관리하는 일이 점점 힘들어졌고, 집에 도둑이 들면서 불안감이 커졌어요. 바깥세상과 동떨어진 외딴곳에서 단둘이 지내는 게 녹록지 않다는 사실을 깨달은 거예요. 《아빠 무민 바다에 가다》에서 등대지기가 낯선 등대섬에서 외롭게 지내며 마음속으로 끊임없이 갈등을 일으켰던 것처럼요.

아침 해가 떠오를 때면
무민트롤처럼 신나게 파도를 타요!

《마법사의 모자와 무민》

다들 돌고래처럼 파도로 뛰어들었다가 물마루 위로 솟구쳤어요.
스니프는 얕은 바닷물에서 첨벙거렸고, 스너프킨은 드러누워서
먼 바다를 바라보다가 이따금 황금빛과 푸른빛이 섞인 하늘을 쳐다봤지요.

《마법사의 모자와 무민》

바다는 무민 가족의 또 다른 집이에요. 토베가 그랬듯이 무민 가족도 바다 환경에 적응해 살아가려고
애썼지요. 하지만 결코 쉽지 않았어요. 바다는 부드러운 햇살 아래 평화로이 넘실거리다가도 갑자기
폭풍우가 몰아치면 모든 것을 집어삼켰으니까요. 무민 가족과 친구들도 위험에 빠진 적이 있었어요.

아빠 무민이 성난 바다를 바라보았어요.
바다는 섬을 집어삼킬 듯 밀려들어
물보라를 확 흩뿌리고는 무시무시한
소리를 내며 다시 쭉 밀려 나갔어요.
곶 위로 파도가 계속 몰아치고 있었지요.

《아빠 무민 바다에 가다》

▲ 펠링키섬의 앞바다에서 물장난하는 토베

토베는 나이가 들수록 바다의 힘이 얼마나 놀라운지 절실히 깨달았어요. 클로브하룬섬에서 툴리키와 지낼 때 밤에 태풍이 불면 배가 휩쓸리지 않게 번갈아 가며 지키기도 했어요. 토베는 바다를 무척 사랑했지만 두려워했던 것도 사실이에요.

아빠 무민이 몸을 앞으로 쭉 내밀었어요.
"너희도 알다시피, 바다는 착하고 얌전하게 굴 때도 있지만
형편없이 못되게 굴 때도 있어. 무슨 사연이 있어서 그러는지 알 수 없지만,
우리는 그저 바다의 겉모습밖에 볼 수 없지. 하지만 바다를 좋아하면
그런 건 문제가 안 돼. 거친 바다도 부드럽게 받아들이면 되니까."
《아빠 무민 바다에 가다》

바다에 점점이 흩어진 작은 섬들을 하나하나 돌아다니려면 배를 타는 게 가장 좋아요. 토베와 무민 가족 모두 아주 좋아하는 일이지요. 무민 가족은 종종 큰 돛단배 '모험호'를 타고 파도를 헤치며 모험을 떠나요. 아빠 무민이 배를 몰면 다른 가족들은 물고기를 잡았지요.

아빠 무민은 배를 조종해 앞으로 나아갔어요. 앞발로 키를 꽉 잡고 있으니,

배와 자신이 서로를 깊이 이해하고 있는 느낌이 들었어요.

마음이 더할 나위 없이 평화로웠지요.

《아빠 무민 바다에 가다》

변덕스러운 날씨

《무민 골짜기의 여름》의 타는 듯한 무더위부터 《무민 골짜기의 겨울》의 살을 에는 매서운 추위까지, 토베는 〈무민 가족〉 시리즈에 사계절이 뚜렷한 핀란드 기후를 그대로 담았어요. 무민 골짜기에서 자연환경과 날씨는 아주 중요해요. 무민 가족과 친구들은 자신들의 터전을 위협하는 자연재해에 하릴없이 무너지면서도 이를 극복하기 위해 노력하지요. 이렇게 자연은 우리에게 소중한 생명과 소소한 행복을 주지만, 인정사정없는 차가운 모습을 보이기도 해요. 무민 가족은 이 사실을 아주 잘 알고 있었어요.

7월 말, 바람 한 점 없이 무더운

무민 골짜기에는 모든 것이 바싹 말라 갔어요.

파리조차 날아다니지 않을 정도였어요.

《마법사의 모자와 무민》

핀란드 사람들은 무민 가족처럼 계절이 바뀔 때마다 대비를 해요. 특히 6개월 이상 이어지는 겨울이 가까워지면 두꺼운 옷을 여러 벌 준비하지요. 그 위에 걸칠 두꺼운 외투도 꼭 필요하고요.

핀란드에서는 눈이 내리는 풍경을 흔히 볼 수 있어요. 토베는 눈이 소복하게 덮인 나무에서 영감을 얻어 무민의 몸뚱이를 동그랗게 그렸다고 한 적이 있어요. 나무에 두껍게 쌓인 새하얀 눈덩이들이 땅으로 떨어지기 직전의 모습을 상상해 보세요. 울퉁불퉁하고 둥글둥글한 모습이 꼭 무민트롤의 커다란 코를 닮지 않았나요? 하얗게 쌓인 눈을 보면서 무민트롤의 모습을 떠올렸다니, 토베의 상상력은 정말 대단해요.

자연의 선물, 야생 열매

핀란드에는 나무딸기, 블루베리, 로건베리, 넌출월귤, 클라우드베리 등 다양한 야생 열매들이 잘 자라요. 북극에 가까운 핀란드는 한여름이면 태양이 지지 않는 백야가 발생해 열매들이 햇볕을 한껏 받아 잘 익지요. 엄마 무민도 온갖 딸기로 잼을 만들어 곳간에 한가득 보관해 두잖아요. 겨울잠을 자는 동안 무민 집을 방문한 손님들이 잼을 싹싹 비워 버리긴 하지만요. 그래도 무민 가족이 먹을 딸기잼 하나 정도는 있답니다.

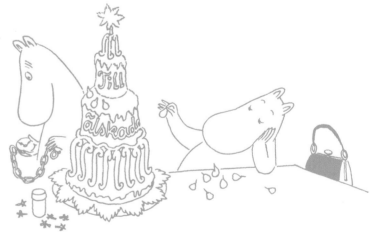

커다란 식탁에 먹음직스러운 샌드위치와
탐스러운 과일들이 놓여 있었어요.
덤불 아래 작은 식탁에는 짚으로 알알이
엮은 곡식과 붉게 물든 나무딸기들이
펼쳐져 있었지요. 넓찍한 잎사귀에는
자그마한 호두 알이 가득했어요.

《마법사의 모자와 무민》

▲《무민 골짜기에 나타난 혜성》의 초기 흑백 수채화

대부분이 그렇겠지만, 무민 가족은 먹는 것을 정말 좋아해서 엄청 잘 먹어요. 그래서 언제 어디서든 손님들을 초대해 잔치를 연답니다.

"구운 물고기는 지금껏 먹어 본 음식 가운데 최고로 맛있었어."

《마법사의 모자와 무민》

331

모든 사람의 권리

핀란드에는 '모든 사람의 권리'라는 말이 있어요. 핀란드 사람이든 외국인이든 상관없이 모두가 핀란드의 숲, 폭포, 호수, 강을 자유로이 드나들 수 있는 권리예요. 누구의 허락을 받을 필요 없이 자연을 마음껏 누리고 산책하며 자전거를 탈 수 있고, 주인이 없는 야생 열매를 얼마든지 딸 수 있어요. 다른 사람의 집에 가까이 가지 않는 한, 텐트를 치고 캠핑을 즐길 수도 있답니다. 하지만 모든 권리에는 의무가 따르는 것처럼 이 모든 행동은 남에게 피해를 주지 않아야 하며, 책임감을 가지고 자연을 자기 물건처럼 아끼고 보호할 때에만 허락되지요. 전쟁이 터져 식량이 부족했던 시절, 얀손 가족은 이 권리에 따라 자연에서 열매와 채소, 버섯 등을 따 먹으면서 살았답니다.

무민 가족도 자연이 주는 선물을 소중히 여겼어요. 엄마 무민이 신선한 재료로 맛있는 도시락을 싸면, 온 가족이 숲이나 바닷가로 소풍을 떠났지요. 아무도 무민 가족을 막을 수 없답니다. 모든 생명은 자연 속에서 자유롭게 살아갈 권리가 있으니까요.

팬케이크는 무민 골짜기에서 아주 인기가 많아요. 무민 가족의 아침 식사엔 언제나 뜨거운 커피, 오트밀 죽 그리고 팬케이크는 절대 빠지지 않는답니다. 그런데 무민 가족만큼이나 팬케이크를 좋아하는 친구가 또 있어요. 바로《마법사의 모자와 무민》에 등장하는 홉고블린 마법사예요. 엄마 무민이 팬케이크와 잼을 대접하자 홉고블린 마법사가 무척 기뻐했어요. 하긴, 팬케이크를 좋아하지 않는 친구는 거의 없지요!

"고마워.
85년 만에 처음 먹는 팬케이크야."

《마법사의 모자와 무민》

무민식 지혜가 담긴 어록

"너희도 알다시피, 바다는 착하고 얌전하게
굴 때도 있지만 형편없이 못되게 굴 때도 있어.
무슨 사연이 있어서 그러는지 알 수 없지만,
우리는 그저 바다의 겉모습밖에 볼 수 없지.
하지만 바다를 좋아하면 그런 건 문제가 안 돼.
거친 바다도 부드럽게 받아들이면 되니까."

《아빠 무민 바다에 가다》

"난 북극 오로라에 대해서 생각하는 중이야.
오로라가 진짜 있는지 아니면 있는 것처럼 보이기만 하는지
잘 모르겠어. 세상 모든 것은 불확실해. 하지만
바로 그 때문에 마음이 놓여."

《무민 골짜기의 겨울》

"한 번 죽은 건 죽은 거야. 꼬리가 멋진 다람쥐는
이제 흙으로 영원히 돌아갈 거야. 저 흙에서
나무가 새로 자라날 거고, 곧 새로운 다람쥐들이
뛰놀겠지. 그래도 슬프니?"

《무민 골짜기의 겨울》

무민 동화의 역사

앞서 언급했듯이, 지금까지 소개한 무민 이야기는 〈무민 가족〉 시리즈 8권에 실린 내용을 바탕으로 구성했어요.

* 무민 골짜기에 나타난 혜성 (Comet in Moominland)
* 마법사의 모자와 무민 (Finn Family Moomintroll)
* 아빠 무민의 모험 (The Exploits of Moominpappa)
* 무민 골짜기의 여름 (Moominsummer Madness)
* 무민 골짜기의 겨울 (Moominland Midwinter)
* 무민 골짜기의 친구들 (Tales from Moominvalley)
* 아빠 무민 바다에 가다 (Moominpappa at Sea)
* 무민 골짜기의 11월 (Moominvalley in November)

토베는 〈무민 가족〉 시리즈 8권 외에, 〈무민 그림 동화〉 시리즈도 냈어요. 또 〈무민 가족〉 시리즈가 나오기 전에 《무민 가족과 대홍수 The Moomins and the Great Flood》라는 책을 먼저 출간했지요. 〈무민 가족〉 시리즈의 시작을 알린 이 책은 좋은 평가를 받았지만, 1945년 제2차 세계 대전이 끝날 무렵에 출간되어서 겨우 219권밖에 팔리지 않았어요. 1990년 무렵에야 스웨덴 출판사에서 이 책을 다시 출간하기로 했지요. 토베는 이 책을 다시 낼 때 삽화의 기법을 바꾸었어요. 초판 때는 흑백 수채화였는데, 개정판은 펜화로 그렸답니다.

토베는 《무민 가족과 대홍수》를 출간한 이듬해에 〈무민 가족〉 시리즈의 첫 권인 《무민 골짜기에 나타난 혜성》을 냈어요. 시리즈 가운데 독자의 반응이 가장 뜨거웠던 책은 1948년에 출간된 《마법사의 모자와 무민》이었답니다. 스니프가 우연히 홉고블린의 마법 모자를 찾고부터 무민 골짜기에 괴상하고 신기한 마법이 펼쳐지는 내용이에요.

이어 세계 각국의 출판사들도 무민 가족 이야기를 자국 언어로 번역해 출간하기 시작했어요. 그리하여 1950년, 《마법사의 모자와 무민》이 영국에서 처음 번역해 출판되었답니다.

▲《무민 골짜기에 나타난 혜성》 영문판, 1951년

▲《마법사의 모자와 무민》영문판, 1950~1960년대　　　　　　　　《아빠 무민의 모험》영문판, 1950~60년대▶

1949년에는 토베가 《무민 골짜기에 나타난 혜성》을 희곡으로 각색해 어린이 연극 무대에 올렸어요. 무민의 삶이 거칠어서 어린이들이 보기에 적절하지 않다는 평가가 있었지만 연극은 성공을 거두었지요. 이어 1950년에 《아빠 무민의 모험》도 출간되었어요. 1인칭으로 쓰인 아빠 무민의 회고록이었지요. 고아원을 떠난 아빠 무민이 엄마 무민을 만나 새로운 삶을 시작하기까지의 과정이 담겨 있으며, 무민 가족의 탄생과 아빠 무민의 성격까지 자세히 보여 주고 있어요. 토베는 회고록 형식의 글에 자신이 있었어요. 어릴 때부터 여러 출판물에 자신의 이야기를 쓰고 그려 왔으니까요.

그다음 〈무민 그림 동화〉 시리즈 첫 권인 《그다음에 무슨 일이 있었을까요? 무민, 밈블 그리고 꼬마미이에 관한 이야기 The Book about Moomin, Mymble and Little My》를 출간했어요. 당시에는 아주 독특한 책이었지요. 매 쪽마다 종이 한가운데에 구멍을 내서 다음 쪽의 일부를 볼 수 있게 했거든요. 이 책은

출간되자마자 많은 독자들의 주목을 받으며 큰 인기를 끌었어요. 스웨덴도서관협회가 수여하는 닐스 홀게르손 상을 비롯해 여러 상도 받았지요.

토베는 어린이 연극 《무민 골짜기에 나타난 혜성》을 상연한 뒤로, 연극에 깊이 빠져들었어요. 이 시기의 경험은 〈무민 가족〉 시리즈의 네 번째 책인 《무민 골짜기의 여름》을 쓸 때 많은 도움이 되었지요. 이 책의 소재가 바로 연극이었거든요. 어느 여름날 무민네 집이 홍수에 잠기자, 무민 가족이 물에 둥둥 떠내려온 극장 건물로 피신했다가 그곳에서 연극을 준비하는 이야기랍니다. 이 작품도 1954년에 출간하고 몇 년 뒤, 희곡으로 각색해 연극 무대에 올렸는데 큰 성공을 거두었지요. 이 공연은 연극 속에 연극이 있는 구성으로, 토베도 깜짝 출연했어

▲《무민 골짜기의 여름》 영문판, 1955년

요. 무민 가족의 연극에 등장하는 사자의 뒷다리 역할로 천을 뒤집어쓰고 참여했답니다.

1957년에는 《무민 골짜기의 겨울》이 출간되었어요. 무민트롤이 홀로 겨울잠에서 깨어나 낯선 겨울을 겪어 내는 이야기예요. 이 책에서 중요한 인물은 투티키예요. 투티키는 배워야 할 것이 너무나 많은 무민트롤에게 겨울을 사랑하고 죽음을 받아들이라고 조언해 주지요. 초기에 나온 책 표지를 보면 무민이 아닌 투티키가 주인공처럼 그려져 있어요. 토베는 자신의 가장 가까운 친구 툴리키 피에틸레를 떠올리며 투티키를 그렸답니다. 이 책의 주제는 고독과 죽음 그리고 멋진 우정과 새로운 시작이에요. 추운 겨울 뒤에 따뜻한 봄이 오면서 무민 골짜기가 싱그럽게 깨어나는 것으로 마무리되니까요.

1960년, 토베는 〈무민 그림 동화〉 시리즈의 두 번째 책인 《누가 토플을 달래 줄까요? Who Will Comfort Toffle?》를 냈어요. 이 책에 처음 등장한 토플은 몸집이 작고 낯을 가리는 소년이에요. 수줍음이 많아서 다른 친구에게 말을 거는 것조차 힘들어 늘 혼자 외롭게 지내지요. 토플은 무민 골짜기에서 자신과 성격이 비슷한 소녀인 미플을 만나고, 무서운 그로크에게서 미플을 구해 주어요. 토베가 툴리키에게 바친 이 책은 핀란드, 스웨덴, 노르웨이에서 큰 성공을 거두었어요.

1962년, 〈무민 가족〉 시리즈의 여섯 번째 책인《무민 골짜기의 친구들》이 출간되었어요. 이 책은 기존의 무민 시리즈와 달리 총 9편의 단편으로 구성되어 있어요. 토베가 예전에 써 두었던 글과 새로 쓴 글 그리고 짧은 이야기들을 모아 엮었지요. 각각의 이야기에는 무민 골짜기에 서린 공포와 두려움, 진지한 철학, 통쾌한 재미 등이 담겨 있어요. 재앙이 곧 닥칠 거라는 상상 때문에 늘 예민한 필리용크 아주머니, 모습이 보이지 않는 아이 닌니 그리고 놀이공원에서 묵묵히 일하는 헤물렌 아저씨도 만날 수 있답니다.

3년 뒤인 1965년에《아빠 무민 바다에 가다》가 출간되었어요. 아빠 무민이 가족과 함께 배를 타고 바다로 떠나는 이야기지요. 토베는 클로브하룬섬의 오두막집을 지으면서 이 이야기를 썼다고 해요. 머나먼 섬에서 새로운 삶을 꿈꾸면서도, 1958년에 세상을 떠난 아버지와 자신의 관계를 되짚으며 아빠 무민에 대한 이야기를 썼던 것 같아요.

▲《누가 토플을 달래 줄까요?》삽화 스케치

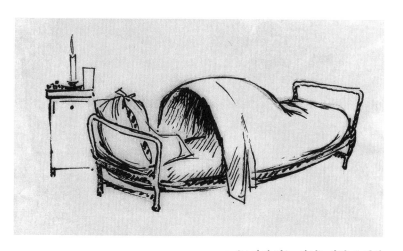

▲〈보이지 않는 아이〉삽화 스케치　　▲《누가 토플을 달래 줄까요?》삽화 스케치

토베는《아빠 무민 바다에 가다》에도 가족끼리 부대끼면서 겪는 일상들을 담았어요. 집안일을 도맡아 하던 엄마 무민이 갑자기 훌쩍 떠나 혼자 느긋한 휴식을 즐긴다면, 남은 무민 가족에게는 어떤 일이 벌어질까요? 가족 구성원의 역할은 토베가 오랫동안 고민해 온 문제였어요. 토베는 아빠 무민을 가장, 엄마 무민을 현모양처로 그리면서도 조금 다른 눈으로 가족의 관계를 바라보았지요. 토베는 1968년 성인 독자를 대상으로 출간한 첫 번째 책《조각가의 딸 Sculptor's Daughter》에서 이 문제를 깊이 다루었어요. 이 책은 〈무민 가족〉 시리즈가 아닌 회고록 형식의 소설로, 이야기 속 아이는 바로 토베 자신이었어요. 여자보다 남자를 우월하게 여기는 세상에서 딸이 바라본 권위적인 아버지의 모습을 현실적으로 그려 낸 이야기예요.

〈무민 가족〉 시리즈의 마지막 책인《무민 골짜기의 11월》은 대체로 분위기가 우울하지만, 섬세한 감정 표현과 티 없이 깨끗한 등장인물들 그리고 서정적인 풍경이 돋보여요. 기존의 책들과 달리 무민 가족이 등장하지 않고 밈블 딸, 그럼블 할아버지, 훔퍼 토프트, 스너프킨 그리고 헤뮬렌이 무민 집에 모여서 무민 가족을 추억하고 그들이 돌아오기를 기다리는 내용이랍니다.

1970년, 토베가 가장 사랑하고 의지했던 어머니 함이 세상을 떠났어요. 토베는 바로 그해에 어머니에 대한 그리움과 슬픔을 《무민 골짜기의 11월》에 담아 출간했지요. 핀란드에서 죽음의 달을 상징하는 11월을 제목에 붙이고, 훔퍼 토프트라는 외로운 고아가 어디에 있는지도 모르는 어머니를 찾는 내용을 담았어요.

이 책은 기존의 명랑한 〈무민 가족〉 시리즈와 분위기가 사뭇 달라서 독자들의 반응이 제각각이었어요. 어린이보다는 어른에게 더 적합하다는 평가와 무민 시리즈 가운데 최고라는 엇갈린 평가를 받았지요. 어쨌든 이 책은 〈무민 가족〉 시리즈의 역사에서 중요한 위치를 차지하고 있답니다.

토베가 마지막으로 쓴 무민 동화는 1977년에 출간된 〈무민 그림 동화〉 시리즈의 세 번째 책 《위험한 여행 The Dangerous Journey》이에요. 안경 쓴 여자아이 수산나가 헤물렌, 팅거미와 밥, 강아지 소리우, 스니프와 함께 모험을 하는 이야기지요. 무민이 아닌 철부지 소녀 수산나를 주인공으로 내세우고, 기존의 삽화와 다르게 수채화와 연필로 담백하게 그렸으며, 글보다는 그림 위주로 구성하여 색다른 무민 동화를 완성했어요. 토베의 초기 그림에서 볼 수 있는 자유로운 표현과 분위기가 담겨 있어 그 어떤 책보다 아름다운 색채와 환상적인 분위기가 가득하답니다.

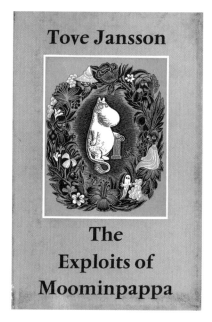

▲《아빠 무민의 모험》 영문판, 1952년

▲《마법사의 모자와 무민》 영문판, 1950년

▲《무민 골짜기의 친구들》 영문판, 1963년

또 다른 작품

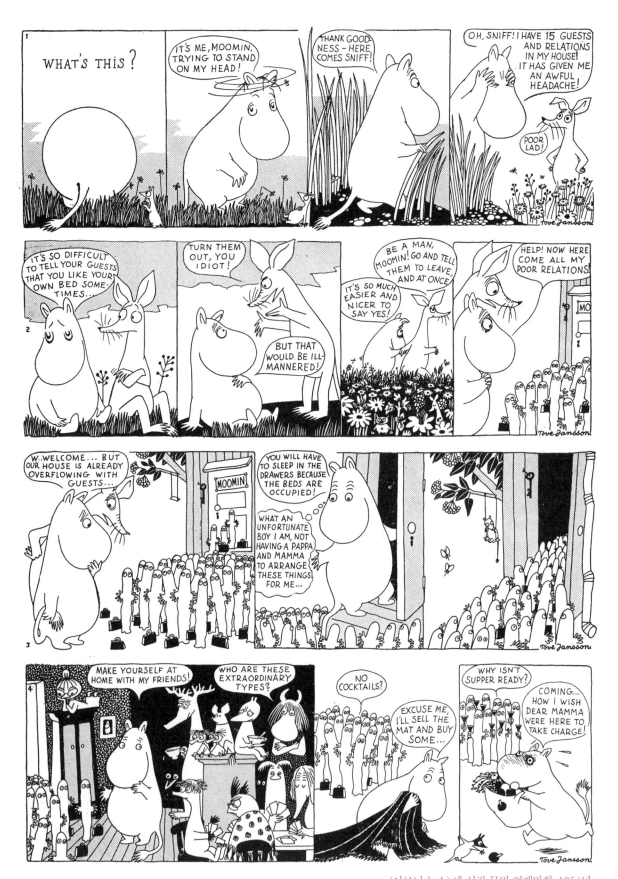

▲ 〈이브닝 뉴스〉에 실린 무민 연재만화, 1954년

무민 연재만화

무민 이야기는 연재만화로도 발표해 세계 각지의 신문에 오랫동안 실렸어요. 덕분에 무민 가족은 더 큰 인기를 얻었지요. 당시 세계에서 가장 많이 읽히던 영국의 신문 〈이브닝 뉴스〉에 무민이 소개되면서 빛을 보기 시작해, 그 뒤로 많은 언론의 관심을 받았어요.

런던의 출판업자 찰스 서튼이 《무민 골짜기에 나타난 혜성》을 읽고 토베에게 편지를 보냈어요. 풍자와 해학, 철학적 교훈이 담긴 무민 이야기를 짧은 만화로 내자는 제안이었지요. 토베는 이를 받아들여 〈이브닝 뉴스〉와 계약하고, 1954년 9월에 무민 연재만화를 발표했어요. 무민 이야기가 만화로도 성공하자 세계 여러 신문사에서 연락이 줄을 이었어요. 그리하여 40개국 120여 개 신문사에 무민 연재만화가 실려 수천만 독자들의 사랑을 받았답니다. 이렇게 토베가 만화가로도 활동하면서 무민 가족 이야기는 더 큰 명성을 쌓았어요.

토베는 무민 가족의 이야기와 소재를 연재만화에 조금씩 버무리면서 새로운 캐릭터들을 창조했고, 자신의 철학을 넣기도 했지요. 하지만 연재만화 작업은 까다로웠어요. 서너 칸 안에서 사건이 빠르게 이어져야 했고, 긴장감 넘치는 줄거리를 짜야 했거든요. 또 가장 극적인 상황에서 이야기를 끊어 독자가 다음 날에도 신문을 사 보게끔 호기심을 자극해야 했지요.

게다가 매주 새로운 아이디어를 떠올려 제시간에 만화를 마감해야 한다는 압박감이 엄청났어요. 또 만화 작업 때문에 자신의 본업인 예술 활동을 전혀 할 수 없었지요.

자, 내 이야기는 여기서 끝맺어야겠다.
다음 이야기가 정말 궁금하지?
하지만 이쯤에서 이야기를 마무리해야
멋진 작품으로 남을 것 같아.
《아빠 무민의 모험》

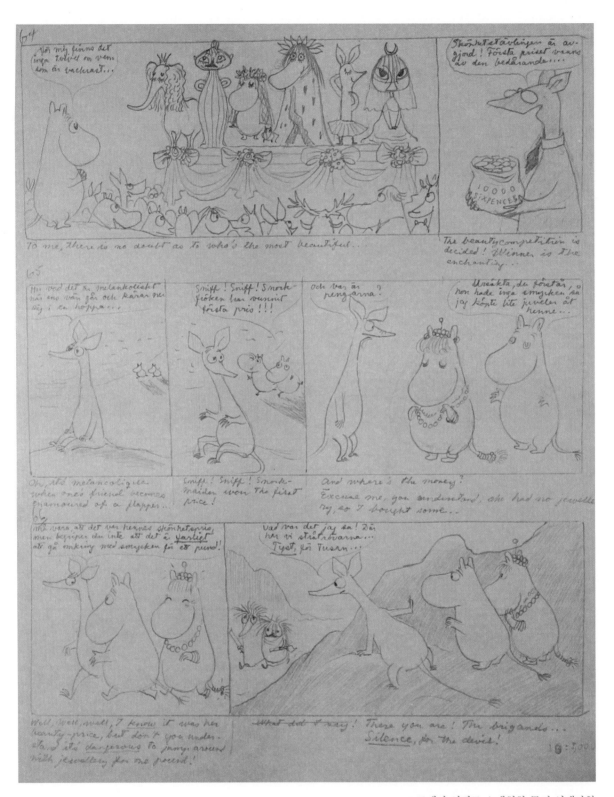

▲ 토베가 연필로 스케치한 무민 연재만화

▲작업실에서 토베와 남동생 라르스, 1978년

토베는 오랜 기간 동안 만화를 연재하다 보니 작업량이 점점 많아져 혼자서는 도저히 감당할 수 없는 지경에 이르렀어요. 1960년, 결국 만화 작업을 남동생 라르스에게 모두 넘겼지요. 라르스는 그 뒤로 15년 동안 홀로 무민 만화를 그렸고 1975년에 연재를 끝냈답니다. 무민이 오늘날까지 사랑받고 있는 데에는 누나 대신 오랫동안 무민 이야기를 쓰고 그린 라르스의 공이 크다고 할 수 있지요.

▲라르스가 그린 연재만화 〈싸우는 무민〉

무민 열풍

무민 작품은 《무민 가족과 대홍수》와 〈무민 가족〉 시리즈 8권, 〈무민 그림 동화〉 시리즈 3권과 연재 만화 수백 편에서 끝나지 않았어요. 〈무민 가족〉 시리즈의 성공 이후, 흥미진진하고 다양한 제안들이 쏟아졌고 연극, 영화, 텔레비전과 라디오 방송을 비롯해 포스터와 캐릭터 상품 등으로 확대되었어요.

토베와 라르스가 공동으로 극본을 맡은 무민 인형극 애니메이션이 1960년대에 당시 서독에서 제작 되었어요. 인형극이 크게 성공하자, 일본 텔레비전 방송국에서도 무민 애니메이션 시리즈를 컬러 로 제작해 시청자에게 많은 인기를 얻었지요. 1978~1982년에는 폴란드에서도 편당 8~9분짜리 무 민 애니메이션 78편이 만들어졌어요. 하지만 토베는 일본의 애니메이션에 크게 실망했어요. 아빠 무민이 무민트롤을 때리고 무민 골짜기에서 전쟁이 벌어지는 등 토베의 철학을 거슬렀기 때문이에 요. 1980~1990년대에 일본에서 다시 야심 차게 무민 애니메이션을 제작했어요. 이번에는 토베와 라르스가 내용을 엄격히 감독해, 100여 편의 애니메이션을 완성했지요. 이 일본 애니메이션이 전 세계로 방송되면서 무민 열풍이 불기 시작했고, 어딜 가나 무민을 볼 수 있게 되었어요. 일본은 《무 민 골짜기에 나타난 혜성》을 만화 영화로도 제작했고, 그 뒤로 세계 각지에서 무민 전시회를 열고 캐릭터 상품까지 만들었지요. 덕분에 무민 동화와 연재만화까지 다시 조명되면서 수억 명의 팬들에 게 사랑받았답니다.

1974년에는 핀란드 국립극장에서 〈무민 오페라〉가 첫 공연을 올렸어요. 토베가 《무민 골짜기의 여 름》을 중심으로 대본을 쓰고, 일카 쿠시스토가 작곡을 맡았답니다. 또 오페라 소책자를 엄마 무민의 손가방 모양으로 디자인할 정도로 세세한 부분까지 신경을 썼어요. 손가방을 열면 오페라 가수 이름 이 적힌 명함이 들어 있었지요.

족스터가 한숨을 쉬었어요.
"유명해지는 것도 따분할 것 같아. 처음에는
재미있겠지만, 익숙해지면 금세 질릴 거야.
회전목마를 타는 것처럼."

《아빠 무민의 모험》

▲'스웨덴을 깨끗하게 하자!' 캠페인 포스터. 토베는 남동생 라르스와 함께 포스터 여러 장을 작업했어요.

전 세계 언어로 번역된 무민 이야기

세계 여러 나라에서는 '무민'을 어떻게 적을까요? 무민 동화는 50여 개의 언어로 번역되었고, 수천만 부가 팔렸답니다. 참고로 〈무민 가족〉 시리즈는 핀란드에서 처음 출판되었지만 스웨덴어로 쓰였다고 해요.

스웨덴어

姆明

중국어

les Moumines

프랑스어

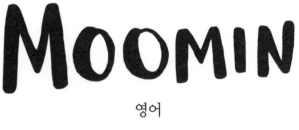

영어

Die Mumins

독일어

Mumitroldene

덴마크어

Muumi

핀란드어

Moemin

네덜란드어

Муми-тролли

러시아어

ムーミン

일본어

Mumin

이탈리아어

Mummitrollet

노르웨이어

Muminki

폴란드어

무민

한국어

Los Mumins

스페인어

무민 이외의 삽화들

토베의 그림은 특히 스웨덴에서 인기가 많았어요. 그래서 다른 작가의 스웨덴판 책에 삽화를 많이 그렸지요. 1962년에는 J.R.R. 톨킨의 《호빗》, 4년 뒤에는 루이스 캐럴의 《이상한 나라의 앨리스》 삽화를 그렸어요. 토베는 루이스 캐럴을 아주 좋아해서 즐거운 마음으로 작업했지요. 1950년대 말에 루이스 캐럴의 시 〈스나크 사냥〉에도 삽화를 그렸답니다.

▲ 《호빗》의 스케치와 삽화

어린이 독자에게 보내는 편지

토베는 가족과 친구에게 편지를 자주 썼는데 편지에 작은 스케치와 그림을 그려 넣곤 했어요. 이 그림들을 살펴 보면 토베가 작업 단계마다 어떤 상상을 펼치고 어떤 감정을 느꼈는지 알 수 있지요. 토베가 특히 많은 시간을 들여 썼던 편지는 바로, 세계 각지의 어린이 독자들이 보내 온 편지에 대한 답장이었어요. 무민을 사랑하는 어린이들이 저마다 토베에게 고민을 털어놓거나 손수 그린 그림을 보내기도 했지요. 해마다 수천 통씩 날아오는 편지에 일일이 답장하는 일은 결코 쉽지 않았지만 토베는 게을리하지 않았어요. 그만큼 어린이 독자들과의 소통을 즐겼답니다.

▲《마법사의 모자와 무민》 영문판에 실린 엄마 무민의 편지

크리스마스 편지

1963년, 토베는 전 세계 어린이들에게 특별한 크리스마스 편지를 썼어요. 매년 크리스마스가 되면 각국의 어린이들이 핀란드 산타 마을에 살고 있는 산타클로스에게 편지를 보내는데, 핀란드 정부에서 토베에게 산타클로스처럼 답장을 써 달라는 요청을 했거든요. 토베는 멋진 손글씨에다 개성 넘치는 그림을 더해 산타클로스의 크리스마스 편지를 완성했어요.

Dear little friend!

How are you? I am getting to be a rather old Santa Claus, a little lonely as well, so I like letters. It's great fun, you see, to think of the fact that all over the world a lot of small kiddies that I've never even seen are sitting remembering me and writing me a letter. Some of them write about presents for themselves or for other people. Some of them write to thank me, and some others just for a chat. But all of them have been thinking of me, and I like that. You see, all the year long I'm living by myself — rather a secretive and lonely life.

I'm waiting for the winter to come and trying to imagine what kiddies like yourself might be wishing for, and what you might need.

Then, one night, I hear the first snow falling outside. Only I, Santa Claus, can hear the snow — it falls so silently and lightly, making all the world soft and white and friendly. By this I know that Christmas is on its way: the very special Eve and Night that are unlike all other nights of the year, the darkest and longest of all nights with its millions of burning candles. The night when everyone tries to be friendly towards everyone else, because the child Jesus was born in that night, once upon a time. So I open my cottage door and sniff against the north wind and ring my silver bell. After a while a rustling and a whispering are to be heard in the woods around my hut. Yule gnomes and brownies and many kinds of winter beings begin to arrive from all directions — on skis, on snow-shoes, struggling on foot or

무민식 지혜가 담긴 어록

모험을 떠나기 참 좋은 날이었어요.
따스한 햇살이 언덕 꼭대기에서 반짝이며 손짓하고
꼬불꼬불한 오솔길이 산등성이를 타고 사라졌다가
맞은편 골짜기에서 다시 빼꼼 모습을 드러냈어요.
골짜기 너머로 수줍게 자리한 언덕도 보였지요.

《마법사의 모자와 무민》

같은 곳에 오래도록 머물다 보면
누구나 몸이 근질근질하고 지루하기 마련이에요.

《마법사의 모자와 무민》

무민트롤이 들뜬 표정으로 말했어요.
"배를 타고 굽이치는 강물을 따라가면 재미있을 것 같지 않아?
강기슭 모퉁이를 돌면 신나는 일이 벌어질지 모르잖아."

《무민 골짜기에 나타난 혜성》

일과 사랑

토베는 평생을 아름다운 자연 속에서 지내며 소박한 생활을 즐겼어요. 풍경화처럼 멋들어진 경치를 구경하고 바다에서 실컷 수영하다가 아늑한 침대에서 잠드는 일상을 이어 갔지요. 마음껏 글을 쓰고 그림을 그리면서 사랑하는 사람들과 맛있는 한 끼를 함께하는 것에 행복해했어요. 돈이나 명성, 사치스런 생활 따위는 토베에게 전혀 중요하지 않았지요. 무민 가족이 평범하고 소박한 일상에서 큰 즐거움을 느끼는 것처럼요. 무민 가족 이야기 속에는 사랑과 우정, 자유로움으로 충만했던 토베의 삶이 고스란히 담겨 있답니다.

"느긋하게 쉬는 것만큼 좋은 건 없어.
평범하고 소박한 삶이 가장 소중하지."

《무민 골짜기의 11월》

토베는 세계적인 명성과 부를 얻은 뒤에도 창작 의욕을 불태우며 작품 활동을 꾸준히 했어요. 일이 파도처럼 밀려들어도 많은 일들을 뚝딱뚝딱 해치웠지요. '일과 사랑(Labora et Amare)'이라는 좌우명만 봐도 알 수 있듯이, 토베는 일을 중요하게 생각했어요. 1947년, 토베는 이 좌우명을 장서표에 적어 책마다 끼워 넣고 다녔지요. 이 책의 3쪽을 펼쳐 장서표를 살펴보세요.

스너프킨이 스니프 곁에서 다정하게 말했어요.
"물건에 자꾸 욕심내니까 그런 일을 겪는 거야.
나는 그냥 바라보다가 마음에 담고 떠나지. 그래서
늘 앞발이 자유로워. 들고 다닐 짐이 없거든."

《무민 골짜기에 나타난 혜성》

토베는 파란색 바탕 위에 바다와 닻, 장미와 포도 덩굴, 그리스 양식 기둥 등 많은 장식들을 담아 장서표를 그렸답니다. 특히 오른쪽 맨 아래에 작은 무민트롤이 그려져 있으니 꼭 확인하세요.

사실 토베의 삶은 파란만장한 변화의 연속이었어요. 젊은 시절에는 화가가 되기 위해 회화 공부에 몰입했지만, 〈무민 가족〉 시리즈를 써서 동화 작가로 큰 성공을 거두었지요. 토베는 그 이후에도 대중문화 예술가로서 새로운 도전을 멈추지 않았어요. 한편 토베는 사회적 편견에서 자유롭지 않아 자신을 감춰야 할 때도 있었어요. 툴리키와의 비밀스러운 관계를 공개하고 싶었지만 당시 핀란드에서는 동성애가 불법이었거든요. 투티키가 무민트롤에게 겨울과 죽음에 대해 깨달음을 주었듯이, 툴리키는 토베가 부와 명성에 따르는 삶의 무게를 견딜 수 있도록 곁에서 지켜 주었어요. 둘은 서로에게 매우 소중한 인생의 동반자였지요.

무민 동화는 아이와 어른 모두가 공감할 수 있어서 모든 세대가 함께 즐길 수 있는 이야기예요. 아이들은 하고 싶은 일을 마음껏 하며 사는 무민 가족의 자유로움에 푹 빠질 것이고, 청소년은 자연을 아끼고 평화를 사랑하는 법과 무민트롤의 지혜를 배우게 될 거예요. 어른은 내일의 일 따위 걱정하지 않는 무민 세상에서 달콤한 여유를 만끽하고, 무뚝뚝한 모습과 달리 속정 깊은 무민 가족의 매력에 깊은 감동을 받을 테지요. 소묘와 수채화, 그래픽아트 등 다양한 기법으로 그린 삽화는 지금도 전혀 촌스럽지 않고, 아동 문학임에도 철학적인 내용을 담고 있어 독자에게 생각할 거리를 던져 준답니다.

가족애와 우정, 모험과 생존 등 보편적인 소재와 주제를 담고 있는 무민 가족 이야기는 우리 삶과 아주 비슷해요. 누구나 한 번쯤 겪어 본 일들을 때로는 솔직 담백하게, 때로는 익살스럽게 풀어 가는 무민 가족은 정말이지 친해지고 싶은 친구들이지요!

무민 이야기로 아동 문학에 한 획을 그은 토베 얀손은 2001년 6월 27일, 87세로 세상을 떠났어요.
토베의 위대한 예술 세계는 오늘날까지도 작품 곳곳에서 생생하게 살아 숨 쉬고 있어요. 뿐만 아니
라 일러스트와 만화 영화, 전시회를 통해 무민 가족을 쉽게 만날 수 있으며 머그잔이나 티셔츠, 접
시와 문구류 같은 기념품에서도 무민 가족의 새로운 모습을 발견할 수 있지요. 이렇게 무민 골짜기
세계는 다양한 콘텐츠로 끊임없이 재창작되고 있는데, 무민 캐릭터에 활력과 생명력을 불어넣는 진
정한 힘은 바로 동화 속 무민 가족과 친구들이랍니다.

토베는 십 대 때부터 글을 쓰고 그림을 그려 책을 낼 만큼 일찍이 자신의 재능을 드러냈어요. 이후 회
화, 동화, 단편과 장편 소설, 희곡, 회고록, 시, 수필, 무대 미술, 벽화, 일러스트레이션, 포스터,
광고 그리고 정치 풍자 삽화와 연재만화에 이르기까지 다양한 창작 활동을 이어 가면서 방대한 양의
작품을 남겼지요. 이를 통해 1953년 닐스 홀게르손 상, 1966년 한스 크리스티안 안데르센 상, 1972
년과 1994년 스웨덴 아카데미 노르딕 상, 1976년 핀란드 최고 훈장인 프로 핀란디아 훈장, 1992년
셀마 라겔뢰프 상, 1993년 핀란드 예술상 등을 수상했으며 저명한 대학의 명예 교수도 지냈답니다.
이렇듯 토베 얀손에게는 수많은 수식어가 있지만, 무엇보다도 무민 골짜기 세계를 탄생시킨 아동 문
학의 어머니로 세상에 영원히 기억될 거예요.

그리고 무민 가족도 묵묵히 자기네 삶을 살아갈 거예요.

등장인물 찾아보기

🍀 작가 소개 🍀

원작 **토베 얀손** (1914~2001)

핀란드를 대표하는 동화 작가이자 예술가, 시사 만평가입니다. 1945년 《무민 가족과 대홍수》를 시작으로 1977년까지 무민 동화를 차례로 출간했습니다. 전 세계에서 수천만 부가 팔렸고 지금도 다양한 콘텐츠로 재창작되어 사랑받고 있답니다. 1966년에 한스 크리스티안 안데르센 상을 받았습니다.

글 **필립 아다 · 프랭크 코트렐 보이스**

영국의 동화 작가 필립 아다가 글을 쓰고, 시나리오 작가이자 카네기 상 수상 작가인 프랭크 코트렐 보이스가 힘을 보태 무민 세계의 모든 것을 담아냈습니다.

옮김 **김옥수**

한국외국어대학교 영어과를 졸업하고 전문 번역가로 활동하고 있습니다. 옮긴 책으로는 《돼지가 한 마리도 죽지 않던 날》, 《행운을 부르는 아이》, 《무민 가족과 대홍수》 등이 있습니다.

마법 같은 일이 가득한 곳, 무민 골짜기 *Philip Ardagh*

🌸 도판 저작권 🌸

© **Per Olov Jansson**   260-261, 268, 269, 270, 271, 272, 274, 288, 301, 302, 308-309, 311, 313, 314, 317, 320, 323, 324, 325, 328, 349, 361

© **Tove Jansson**   266, 267, 277, 278, 279, 282, 284, 286-287, 289, 290-291, 296, 297, 354

© **Eva Konikoff**   281

© **Moomin Characters**   8-9, 31, 36-37, 119, 174-175, 204-205, 292-293, 294, 298, 299, 303-304, 305, 306, 307, 331, 334-335, 337, 338, 339, 340, 341, 343, 344-345, 346, 348, 351, 355, 356, 367

© **World War 2**   300

  * Finland. Bombing of Helsinki by the Russians.
    Block of flats in flames after a direct hit.

  * Universal History Archive

  * UIG

  * Bridgeman Images

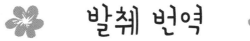

발췌 번역

✽ **102쪽**

무민과 북유럽 신화 속 트롤은 큰 차이가 있어요.
무민은 털이 부드럽고 햇빛을 좋아해서 자주 쐬러 다녀요.
하지만 트롤은 어두울 때만 바깥나들이를 하지요.

✽ **356쪽**

핀란드 북부 라플란드 지역의
코르바툰투리산에서

소중한 꼬마 친구에게

안녕, 나는 산타클로스 할아버지예요. 꼬마 친구가 정성스럽게 쓴 편지 잘 받았어요. 이 할아버지를 떠올리며 편지를 썼다고 생각하니 얼마나 고맙고 뿌듯한지 몰라요. 지금 다른 친구들의 편지도 하나하나 읽으면서 답장을 쓰고 있어요. 크리스마스 선물을 어떤 걸로 준비하면 좋을지 묻는 친구도 있고, 감사 인사를 하거나 하루하루 즐거웠던 것에 대해 이야기하는 친구들도 있더군요. 산에서 혼자 적적하게 지내다가 이렇게 꼬마 친구들의 편지를 받으면 마음이 참 따뜻해진답니다.

나도 꼬마 친구처럼 크리스마스를 손꼽아 기다리고 있어요. 지금은 어떤 선물을 마련하면 좋을지 한창 고민할 때지요. 깊은 겨울밤, 첫눈이 내리는 기적이 어렴풋이 들리면 크리스마스가 가까워지고 있다는 뜻이에요. 참, 눈 내리는 소리는 이 산타클로스 할아버지만 들을 수 있답니다!

크리스마스이브 저녁엔 집집마다 촛불을 켜고 차분한 마음으로 하루를 마무리해요. 그즈음 나는 오두막집 문을 활짝 열고 북쪽에서 불어오는 매서운 겨울바람을 코끝으로 느끼며 은빛 종을 울린답니다. 그러면 숲속 동물들의 귓속말과 이쪽저쪽에서 뒤척이는 소리가 한데 어우러지고, 크리스마스 요정과 대지의 요정 그리고 겨울의 모든 생명들이 한꺼번에 깨어날 테지요. 올해도 밤하늘에 날리는 눈송이를 맞으며 선물 보따리를 잔뜩 짊어지고 꼬마 친구를 찾아갈게요.

모두 즐거운 크리스마스를!